Neuromante

Ciencia Ficción

William Gibson

Neuromante

Trilogía de Sprawl, 1

Traducción de David Tejera Expósito

minotauro

Avda. Diagonal, 662-664, 08034 Barcelona (España)
www.edicionesminotauro.com
www.planetadelibros.com

Diseño de la cubierta: Booket / Área Editorial Grupo Planeta
Imágenes de la cubierta: Shutterstock
Primera edición en Colección Booket: abril de 2006
Primera edición en esta presentación: noviembre de 2025
Segunda impresión: julio de 2026
Tercera impresión: septiembre de 2026

Depósito legal: B. 17.941-2025
ISBN: 978-84-450-2127-9
Impreso en España

Biografía

William Gibson nació en Conway (Carolina del Sur) en 1948, estudió en una escuela del sur de Arizona y a los diecinueve años se trasladó a Canadá. Actualmente vive en Vancouver con su mujer y sus dos hijos. Su primera novela, *Neuromante*, fue también la primera en obtener, en 1984, la tríada de la ciencia ficción: los premios Hugo, Philip K. Dick y Nebula. Gibson acuñó el término «ciberespacio», anticipó la extensión y el impacto de internet y de la realidad virtual antes de que existieran como fenómeno de masas y cambió la concepción del género para siempre.

Para Deb, cuyo amor lo hizo posible

El cielo sobre el puerto

Tardé casi una década en darme cuenta de que muchos de mis lectores, ya incluso en 1984, nunca habían experimentado la primera línea de *Neuromante* como yo pretendía que lo hiciesen. La había creado con esa imagen de la lluvia de la estática en blanco y negro de mi infancia en mente, de un tono plateado como el del sodio y hasta lacerante, un anacronismo descomunal justo al principio de mi carrera en el futuro imaginario.

Pero uno imperceptible, uno que manifiesta cierta elegancia común a todos los futuros imaginarios a medida que avanza la cronología y revela el futuro real, ese al que nos dirigimos todos. El lector nunca se paró a pensar que yo imaginaba, de manera inconsciente, la textura y el color de un canal desintonizado en la pantalla de un mueble de madera Motorola de altavoces cubiertos de tela. Los lectores compensaron esa imagen y añadieron su propia experiencia al colectivo imaginario con lo que era para ellos esa estática, para de ese modo asimilar la melancolía de la expresión «canal desintonizado».

En mi adolescencia durante los años sesenta, leí mucha ciencia ficción publicada en la década de los cuarenta, un periodo muy prolífico para el género, y recuerdo cómo era consciente de hacer este tipo de esfuerzo con las ideas que habían quedado un poco obsoletas a nivel tecnológico o con los futuros imaginados que habían sido superados por la historia. Hice caso omiso de los problemas obvios de esas historias para disfrutar del resto del valor que me ofrecía la narrativa, igual que harán muchos de los lectores que se enfrenten hoy en día a *Neuromante*, no por esos anacronismos imperceptibles, como el del color de mi televisión, sino por la ausencia y la inevitable omisión de los pequeños y ubicuos teléfonos móviles de los que disponemos hoy en día. (De hecho, uno de mis momentos favoritos de la novela es cuando empiezan a sonar una detrás de otra las cabinas telefónicas.)

Imaginad una novela de los años sesenta cuyo autor hubiese vaticinado la industria de la telefonía móvil tal y como está en el año 2004 y la hubiese retratado a la perfección tal y como la conocemos hoy en día en su futuro imaginario. Un libro así habría resultado muy extravagante en esa época, a pesar de que ya se había escrito una ingente cantidad de novelas en las que aparecían pequeños dispositivos de comunicación inalámbricos personales. Un teléfono móvil de los actuales habría sido un elemento inquietante que habría hecho que los personajes se conectaran de una forma sin precedentes, de maneras que habrían echado por tierra gran parte de esas historias.

En retrospectiva, sospecho que *Neuromante* le debe gran parte de su éxito a mi casi perfecta ignorancia de la tecnología que quería extrapolar. Yo estaba muy lejos de ser uno de esos autores de los años sesenta que podían llegar a dilucidar la existencia de los teléfonos móviles. Cuando escribía sobre algo de lo que no tenía ni idea, las descripciones eran muy vívidas, pero cuando tenía la desgracia de hacerlo sobre algo de lo que sí tenía conocimientos reales, el lector se encontraba cosas como el traqueteo de una impresora mecánica o la misteriosa y urgente necesidad de Case de un módem cuando las cosas empiezan a complicarse.

A diferencia de la ausencia de los teléfonos móviles, eso son pecados de comisión. Otra omisión muy llamativa es mi fracaso a la hora de eliminar del mapa a la Unión Soviética y barrer sus restos del escenario cuando nadie estaba mirando. Aunque había una razón estratégica para no hacerlo. Ya lo había hecho con Estados Unidos, que no hay confirmación de que exista en el mundo de *Neuromante.* Nunca menciono el país como tal de manera deliberada, y la novela deja entrever que algo ha ido mal después de eso que hoy en día llamamos «globalización», que ha quedado reemplazada por una combinación menos peligrosa de grandes empresas y ciudades estado. Después de haber hecho desaparecer Estados Unidos, creí que sería mejor mantener la Unión Soviética para que el mundo tuviese algo de continuidad. (De haber hecho desaparecer la Unión Soviética en lugar de Estados Unidos, es probable que me hubiesen quemado en la hoguera como a una bruja.) El lector de hoy en día debería tener en mente que escribí *Neuromante* sin expectativa alguna de que se convirtiese en un fenómeno que, veinte años después, seguiría estando disponible en librerías. Sabía que lo iban a publicar, suponiendo que consiguiera terminarlo y que el editor aceptara el manuscrito, perspectivas que a menudo me parecían improbables. También sabía que la primera edición iba a hacerse en bolsillo, la más efímera de todas las unidades literarias, un pequeño bloque de páginas escritas cuyo cometido era caber en uno de esos expositores de libros, impreso en papel con grandes cantidades de ácido y con aspecto de anhelar volver a convertirse en la pulpa de la que había salido. Mi mayor esperanza era que el libro encontrara al menos unos pocos espíritus afines que lo disfrutaran, fueran cuales fuesen los modestos números de su debut en librerías. Me imaginé que sería mejor recibido en Inglaterra o incluso en Francia. No esperaba que tuviese tal aceptación entre el público estadounidense, porque sentía que estaba escrito de manera deliberada para contradecir mi percepción de lo que creía que los lectores estadounidenses esperaban de la ciencia ficción.

Lo hice porque de verdad que no podía hacerlo de otra manera. Después de que me convencieran para firmar un contrato (el fallecido Terry Carr, persona sin la que no existiría *Neuromante*), me poseyó esa actitud disidente que sin duda no compartía con mi editor. Ni con casi nadie más. Solo con el resto de los escritores novatos con los que terminaron por encasillarme en la etiqueta *ciberpunk* y que estaban muy lejos, la mayoría en Austin (Texas).

Al igual que le sucede a Case en el punto álgido de la novela, estaba cansado de todo y me guiaba por... no sé muy bien por qué, pero parte de ello era un resentimiento cocido a fuego lento y provocado por mis ideas sobre la situación actual del género que tanto me había gustado cuando era adolescente. Tampoco tenía intención ni la más mínima esperanza de que lo que acababa de escribir en una antigua máquina de precisión suiza y que iba a ponerse a la venta en ese libro de bolsillo publicado en los Ace Science Fiction Specials cambiaría de manera alguna el curso de la ciencia ficción. (Y al parecer no lo hizo, pero sí que sirvió para ayudar a mantener abiertas puertas que no creo haber abierto yo, sino que estaban ahí desde que era adolescente, con nombres como *Bester* o *Leiber* grabados en los dinteles.)

Me dijeron no hace mucho que *Neuromante* ha vendido más de un millón de ejemplares en las últimas dos décadas, supongo que en sus ediciones estadounidenses o al menos en inglés. A nivel internacional, se ha traducido a la mayoría de los idiomas a los que se traducen los libros, menos al chino y el árabe, que yo sepa.

Es una sensación muy parecida a la de tener un hijo adulto con quien no mantienes el contacto, aunque sabes que la vida lo trata bien, que viaja por todo el mundo y que conoce a gente interesante.

Pero a quien más me gustaría ver es a ese niño tan listo de trece años, acurrucado en el sofá en un lugar indeterminado, que lleva veinte páginas leídas de la novela e intenta desentrañar con desesperación el misterio de por qué no se permite llevar teléfonos móviles en Chiba City.

Ya verás, amigo mío.

Las cosas se van a poner mucho más extrañas.

William Gibson
Vancouver (Columbia Británica)
17 de mayo de 2004

PRIMERA PARTE

El blues de Chiba City

1

El cielo sobre el puerto era del color de un canal desintonizado en la pantalla de una televisión.

—No estoy enganchado —le oyó decir Case a alguien mientras se abría paso a empujones por entre la multitud hacinada junto a la puerta del Chat—. Es que mi cuerpo tiene déficit de drogas y hay que compensar.

Era una expresión del Ensanche y un chiste del Ensanche. El Chatsubo era un bar para expatriados profesionales; podías ir allí de copas durante toda una semana y no oír ni dos palabras en japonés.

Ratz era el encargado del bar y su brazo prostético se agitaba rutinariamente mientras llenaba una bandeja de vasos de cerveza Kirin de barril. Vio a Case y sonrió; sus dientes eran una amalgama de acero de la Europa del Este y unas caries parduzcas. Case encontró un sitio para sentarse en la barra, entre el bronceado improbable de una de las prostitutas de Lonny Zone y el uniforme de la armada bien planchado de un africano alto cuyas mejillas estaban surcadas por precisas hileras de cicatrices tribales.

—Wage pasó por aquí a primera hora, con dos matones —dijo Ratz, al tiempo que le pasaba una caña desde el otro lado de la barra con la mano buena—. ¿Negocios entre manos contigo, Case?

Case se encogió de hombros. La chica que tenía a la derecha emitió una risotada y le propinó un codazo.

La sonrisa del barman se ensanchó. Hacía gala de una fealdad legendaria. En la era de la belleza asequible, que aquel hombre careciese de ella le confería un aura heráldica. Su primitivo brazo chirrió mientras lo extendía para coger otra jarra. Era una prótesis militar rusa, un manipulador de siete funciones con resistencias y una carcasa de plástico mugriento y de color rosa.

—Eres todo un *artiste*, *Herr* Case —gruñó Ratz, aunque el sonido que emitió parecía más bien una risa. Se rascó con esa garra rosa la barriga que le colgaba por debajo de la camisa blanca—. Un artista para negocios un tanto turbios.

—Ya ves —convino Case, y le dio un sorbo a la cerveza—. Alguien tiene que darle a esto un poco de emoción. Y ni de coña vas a ser tú.

La risotada de la prostituta se volvió una octava más aguda.

—Ni tú tampoco, hermana. Así que date el piro, ¿te parece? Zone y yo somos íntimos.

La mujer miró a Case a los ojos y amagó un escupitajo casi sin hacer ruido ni mover los labios. Pero al final se marchó.

—¡Por Dios! —exclamó Case—. Pero ¿se puede saber qué antro de mala muerte has montado aquí? No puede uno ni echar un trago.

—Ja —rio Ratz mientras le pasaba un trapo a la madera mellada—. Zone me pasa un porcentaje. A ti te dejo trabajar aquí porque me entretienes.

Mientras Case volvía a coger la bebida, se hizo uno de esos extraños instantes de silencio, como si cientos de conversaciones sin relación alguna se detuviesen al mismo tiempo. Luego volvió a oírse a todo volumen la risotada de la prostituta, con cierto tonillo de histeria.

Ratz gruñó.

—Ha pasado un ángel.

—Los chinos —vociferó un australiano borracho—. Los chinos inventaron los empalmes nerviosos, joder. Si quieres una operación nerviosa en condiciones, vete a la China continental. Te dejan que pareces otro, colega...

—Pues anda que... —le dijo Case a la cerveza al tiempo que todo el amargor le subía por la garganta como si de bilis se tratase—. Vaya una chorrada.

A esas alturas, los japoneses ya se habían olvidado de más neurocirugía que la que los chinos habían sabido jamás. Las clínicas clandestinas de Chiba estaban a la vanguardia del negocio. Su gran variedad de técnicas mejoraba mes a mes; aun así, no habían sido capaces de reparar el daño sufrido por Case en aquel hotel de Memphis.

Llevaba un año allí y aún soñaba con el ciberespacio, pero las esperanzas se desvanecían más y más cada noche. Pese a todo el *speed* que consumía, todas las oportunidades que había aprovechado, todos los problemas a los que se había enfrentado en Ciudad Nocturna, aún veía la matriz en sueños, ese entramado resplandeciente de lógica que se desplegaba contra un vacío incoloro... El Ensanche era ahora un largo y extraño camino de vuelta a casa sobre el Pacífico, y ya no era un jinete de las consolas, ya no era un vaquero del ciberespacio. Tan solo un estafador del montón que necesitaba ganarse la vida. Pero los sueños continuaban en la noche japonesa como si fuesen un vudú eléctrico, y había gritado, gritado en sueños, y despertado solo en la oscuridad, acurrucado en la habitación de un hotel cápsula cualquiera con las manos clavadas en el colchón de la cama y con la espuma viscoelástica entre los dedos, tratando de aferrar una consola inexistente.

—Vi a tu chica anoche —comentó Ratz mientras le pasaba a Case la segunda Kirin.

—No tengo chica —dijo, y bebió.

—La señorita Linda Lee.

Case negó con la cabeza.

—¿No es tu chica? ¿No es nada? ¿Solo negocios, amigo *artiste*? Hay que ver lo volcado que estás. —Los pequeños ojos marrones del barman anidaban en lo más profundo de su rostro arrugado—. Creo que me gustabas más cuando ibas con ella. Eras más risueño. Ahora, algunas noches te pones demasiado intenso. Vas a acabar en el tanque de una clínica, una pieza de repuesto.

—Me partes el corazón, Ratz.

Apuró la cerveza, pagó y se marchó, los hombros altos y estrechos encorvados debajo de una cazadora de nailon caqui llena de gotas de lluvia. Se abrió paso por entre la multitud de Ninsei. Olía su sudor rancio.

Case tenía veinticuatro años. A los veintidós había sido vaquero, un cuatrero, uno de los más destacados del Ensanche. Lo habían entrenado los mejores: McCoy Pauley y Bobby Quine, leyendas del negocio. Trabajaba con un subidón casi permanente de adrenalina, derivado de su juventud y de sus aptitudes, enchufado en un equipo personalizado de ciberespacio que proyectaba su presencia incorpórea en esa alucinación consensuada llamada matriz. Era un ladrón que trabajaba para otros ladrones más ricos, empleadores que proporcionaban los programas insólitos y necesarios para franquear los muros resplandecientes de los sistemas corporativos y abrir las ventanas de los fértiles campos de datos.

Había cometido el típico error, el que juró que nunca iba a cometer. Robó a los que lo habían contratado. Se quedó con algo e intentó colárselo a un perista de Ámsterdam. Aún no tenía claro cómo lo habían pillado, pero tampoco es que importase a esas alturas. Esperaba que lo asesinaran, pero se limitaron a sonreír. Le dijeron que estuviese agradecido, agradecido por el dinero, porque lo iba a necesitar. Ya que, sin dejar de sonreír, se iban a asegurar de que nunca volviese a trabajar.

Le dañaron el sistema nervioso con una micotoxina rusa de tiempos de guerra.

Atado a la cama en un hotel de Memphis, su talento se consumió micrón a micrón. Alucinó durante treinta horas.

El daño fue minucioso, sutil y del todo efectivo.

Para Case, que había vivido para ese júbilo incorpóreo del ciberespacio, fue como la Caída. En los bares que había frecuentado cuando era una celebridad entre los vaqueros, permanecer en la élite implicaba cierta dejadez y desprecio por la carne. El cuerpo no era más que carne. Case se volvió prisionero de su propia carne.

No tardó en cambiar todo su capital a neoyenes, un grueso fajo de viejo papel moneda que no hacía más que circular por el circuito cerrado que conformaban los mercados negros del mundo como si de las conchas de los nativos de las islas Trobriand se tratase. En el Ensanche era difícil hacer negocios con dinero en efectivo; en Japón ya era ilegal.

Y fue en Japón donde tuvo la certeza absoluta de que encontraría la cura. En Chiba. O bien en una clínica certificada, o bien en las turbiedades de una clandestina. Chiba era sinónimo de implantes, empalmes nerviosos y microbiónica, y también un imán para las subculturas tecnocriminales del Ensanche.

En Chiba había visto como sus neoyenes se evaporaban después de una ronda de dos meses de análisis y consultas médicas. Los encargados de las clínicas clandestinas, su última esperanza, alabaron la habilidad con la que lo habían capado para después negar con la cabeza despacio.

Terminó por dormir en las cápsulas más baratas, las más cercanas al puerto, debajo de los focos de halógenos que iluminaban los muelles toda la noche como si fueran escenarios enormes, lugar desde el que no se veían las luces de Tokio debido al resplandor de ese cielo que parecía una televisión, ni siquiera el altísimo holograma con el logo de la Fuji Electric Company, y desde el que la bahía de Tokio era una extensión oscura en la que las gaviotas revoloteaban sobre cascotes de poliestireno blanco a la deriva. Al otro lado del puerto se encontraba la ciudad, cúpulas de fábricas entre las que predominaban los extensos cubos de las arcologías corporativas. La línea de demarcación del puerto y de la ciudad era una estrecha frontera de calles viejas, una zona a quien nadie le había dado un nombre oficial. Ciudad Nocturna y, en su corazón, Ninsei. De día, los bares de Ninsei estaban cerrados y tenían un aspecto anodino, el neón apagado, los hologramas inertes, aguardando bajo aquel cielo plomizo envenenado.

Dos manzanas al oeste del Chat, en una tetería llamada Jarre de Thé, Case se tomó la primera pastilla de la noche con un expreso doble. Era un octógono plano y rosa, una variante brasileña y muy potente de dextroanfetaminas que le había comprado a una de las chicas de Zone.

Las paredes del Jarre eran acristaladas, y cada uno de los paneles estaba enmarcado con neón rojo.

Al principio, solo, en Chiba, con poco dinero y mucha menos esperanza de encontrar una cura, Case se había dejado llevar por una especie de vehemencia mortal para conseguir liquidez que lo había sumido en una exaltación insensible que no parecía propia de él. El primer mes había matado a dos hombres y a una mujer por cantidades que un año antes le habrían parecido ridículas. Ninsei lo consumió tanto que hasta la calle terminó por parecerle la exteriorización de sus tendencias suicidas, un veneno misterioso que no sabía que le corriese por las venas.

Ciudad Nocturna era como un experimento demente de darwinismo social diseñado por un investigador aburrido que no levantaba el dedo del botón de avance rápido. Si dejabas de moverte, te hundías en ella sin dejar rastro, pero si lo hacías demasiado rápido, rompías la frágil tensión superficial del mercado negro. Así pues, hicieras lo que hicieses no tenías ningún futuro y solo iba a quedar de ti un vago recuerdo en la mente de algún asiduo del lugar como Ratz, aunque era posible que tu corazón, tus pulmones y tus riñones acabasen por sobrevivir al servicio de algún desconocido que tuviera los neoyenes suficientes para comprarlos en los tanques de una clínica.

El negocio allí era como un zumbido constante y subliminal; y la muerte, el castigo aceptado por la vagancia, la indiferencia, la falta de tacto o el fracaso a la hora de acatar las exigencias de un protocolo muy intrincado.

Case estaba solo en la mesa del Jarre de Thé. El octógono había empezado a subirle y unas gotículas de sudor comenzaban a adornarle las palmas de las manos al tiempo que se hacía demasiado consciente de todos y cada uno de los movimientos de los pelos que tenía en los brazos y en el pecho. Sabía que en algún momento había empezado a jugar consigo mismo a un juego muy antiguo que no tenía nombre, un solitario definitivo. Ya no llevaba un arma ni tomaba las precauciones básicas. Se encargaba de los trabajos más rápidos y dudosos de la calle y tenía reputación de ser capaz de conseguir lo que le pidieran. Una parte de él sabía que esa tendencia autodestructiva quedaba muy clara a ojos de sus clientes, que no habían dejado de menguar, pero esa misma parte de él disfrutaba de que solo fuera cuestión de tiempo. Y era esa parte de él, cautivada por la expectativa de la muerte, la que más odiaba pensar en Linda Lee.

Se había encontrado con ella una noche lluviosa en un salón recreativo.

Bajo los fantasmas que relucían a través del humo azulado de los cigarrillos, hologramas de *Castillo del mago*, *Guerra de tanques europea* o *Skyline de Nueva York*... Y ahora siempre la recordaba de esa manera, con la cara iluminada por la convulsa luz de los láseres, sus facciones reducidas a líneas de código. Sus mejillas brillaban de un rojo escarlata cuando ardía el *Castillo del mago*, su frente se iluminaba de un azul celeste cuando Múnich caía en *Guerra de tanques* y su boca tenía cierto toque dorado reluciente cuando un cursor deslizante prendía chispas en las paredes de un cañón formado por rascacielos. Esa noche le estaba yendo muy bien. Ya se había agenciado el dinero de la venta de un buen alijo de la ketamina de Wage, que ya estaba de camino a Yokohama. Había salido a la cálida lluvia que caía en la acera de Ninsei y, de alguna manera, ella le había llamado la atención, una cara entre las docenas que había frente a las máquinas, perdida en el juego. La expresión de su rostro era la misma que vería horas después mientras dormía en una cápsula junto al puerto; su labio superior era como esas líneas que usaban los niños para dibujar pájaros al vuelo.

Cruzó los recreativos para colocarse junto a ella, emocionado aún por el trato que acababa de cerrar, y vio que alzaba la vista. Ojos grises rodeados por un borrón negro de sombra de ojos. Mirada propia de un animal con la vista fija en los faros del coche que está a punto de atropellarlo.

La noche que pasaron juntos terminó por la mañana, comprando pasajes en la terminal de aerodeslizadores para su primer viaje al otro lado de la bahía. La lluvia los acompañó hasta Harajuku. Las gotas resbalaban por su chaqueta plástica, y los niños de Tokio recorrían en tropel las famosas tiendas de moda con mocasines blancos y capas de film transparente. Llegaron a un salón de *pachinko* en el estrépito de medianoche, y ella le cogió la mano como si fuese un niño.

Pasó un mes antes de que la terapia de drogas y ansiedad que era ahora su día a día convirtiese esos ojos sorprendidos en pozos de reflexiva necesidad. Vio como la personalidad de Linda se fragmentaba, se resquebrajaba como un iceberg y sus esquirlas se alejaban hasta que se percató de esa necesidad en bruto, del entramado voraz de la adicción. La había visto picar la siguiente raya con una concentración que le recordaba a las mantis que vendían en los puestos de Shiga, junto a los tanques de carpas mutantes azules y los grillos en jaulas de bambú.

Case se quedó mirando el anillo negro de posos que había quedado en su taza vacía, que había empezado a vibrar a causa del efecto del *speed* que acababa de consumir. El laminado de madera de la mesa lucía mate a causa de una pátina de rayajos diminutos. Las dextroanfetaminas habían empezado a subirle por la columna y vio la infinita cantidad de impactos fortuitos que eran necesarios para dejar así una superficie como esa. El Jarre estaba decorado con un estilo del siglo anterior, anticuado e indescriptible, una mezcla inquietante de tradición japonesa y plásticos milaneses de tonos pálidos, pero todo parecía estar cubierto por una película sutil, como si un millón de clientes hubieran perdido los estribos y golpeado los espejos y los plásticos antaño relucientes para dejar todas las superficies emborronadas de tal manera que jamás pudieran volver a brillar.

—¿Qué tal? Case, amigo mío...

Alzó la vista y se topó con esos iris grises rodeados por el borrón de la sombra de ojos. Llevaba un mono de trabajo orbital francés y unas zapatillas blancas nuevas.

—Te he estado buscando, tío. —Se sentó frente a él y apoyó los codos en la mesa. Las mangas del traje azul de cremallera habían sido arrancadas a la altura de los hombros. Lo primero que hizo fue mirarle los brazos, por si encontraba marcas de dermos o de agujas—. ¿Quieres un cigarrillo?

Sacó un paquete arrugado de Yeheyuan de un bolsillo que tenía en el tobillo y le ofreció uno. Case lo cogió y dejó que se lo encendiese con un tubo de plástico rojo.

—¿Duermes bien, Case? Pareces cansado.

El acento dejaba claro que era del sur del Ensanche, de cerca de Atlanta. La piel bajo sus ojos era pálida y macilenta, pero la carne seguía siendo firme y suave. Tenía veinte años. En las comisuras de los labios habían empezado a marcársele nuevas arrugas permanentes causadas por el dolor. Tenía el cabello negro recogido con una cinta de seda estampada. El patrón era similar al de un microcircuito, o al mapa de una ciudad.

—No tengo problema si recuerdo tomarme las pastillas —respondió al tiempo que una oleada tangible de nostalgia se apoderaba de él, soledad y lujuria alentadas por la longitud de onda de las anfetaminas. Recordó el olor de su piel en la oscuridad sobrecalentada de esa cápsula junto al puerto, los dedos de Linda amasándole la parte baja de la espalda.

«La carne manda y tiene sus necesidades», pensó.

—Wage —dijo ella al tiempo que entrecerraba los ojos—. Quiere verte con un buen agujero en la cara.

Se encendió un cigarrillo.

—¿Quién lo dice? ¿Ratz? ¿Has hablado con Ratz?

—No. Mona. Su nuevo amante es uno de los chicos de Wage.

—No le debo tanto. Él a mí sí, pero tampoco es que tenga dinero.

Se encogió de hombros.

—Ahora son muchos los que le deben dinero, Case. Quizá te use de ejemplo. Ándate con cuidado, te lo digo en serio.

—Claro. ¿Y tú, Linda? ¿Tienes dónde quedarte a dormir?

—Dormir. —Sacudió la cabeza—. Claro, Case.

Se estremeció y se inclinó hacia delante sobre la mesa. Tenía el rostro cubierto de sudor.

—Toma —dijo él mientras se metía la mano en el bolsillo de la cazadora y sacaba un billete arrugado de cincuenta. Lo alisó con ademanes mecánicos por debajo de la mesa, lo dobló en cuatro y se lo pasó.

—Lo necesitas más que yo, guapo. Será mejor que se lo des a Wage.

Había algo en esos ojos grises que no era capaz de discernir, algo que no había visto hasta entonces.

—Le debo mucho más a Wage. Cógelo. Conseguiré más —mintió mientras veía desaparecer sus neoyenes en un bolsillo con cremallera.

—Será mejor que consigas el dinero y hables rápido con Wage, Case.

—Nos vemos, Linda —dijo él mientras se levantaba.

—Claro. —Un milímetro de blanco se iluminó debajo de cada una de sus pupilas. *Sanpaku*—. Cuídate, tío.

Case asintió, ansioso por marcharse.

Miró por encima del hombro mientras la puerta de plástico se cerraba tras él y vio los ojos de la joven reflejados en una jaula de neón rojo.

Viernes noche en Ninsei.

Pasó junto a puestos de *yakitori* y salones de masaje, la cafetería de una franquicia llamada Chica Guapa, el estruendo electrónico de un salón recreativo. Se apartó para dejar paso a un *sarariman* de traje negro y vio el logo de Mitsubishi-Genentech tatuado en el dorso de la mano derecha del hombre.

¿Era auténtico? Sabía que, en caso de ser real, ese hombre estaba buscando problemas. Si no lo era, se lo tenía merecido. A los empleados de M-G de cierto nivel les implantaban unos microprocesadores avanzados que monitoreaban los niveles de mutágeno en el flujo sanguíneo. Un equipamiento de esa índole podía convertirte en una diana para los ladrones de Ciudad Nocturna, lo suficiente como para acabar en una clínica clandestina.

El *sarariman* era japonés, pero toda la muchedumbre que deambulaba por Ninsei estaba formada por *gaijin*. Grupos de marineros procedentes del puerto, turistas solitarios y nerviosos que buscaban placeres que no salían anunciados en las guías, matones del Ensanche que lucían injertos e implantes, así como una docena de especies diferentes de estafadores que deambulaban por las calles en lo que parecía una coreografía intrincada de negocios y ambición.

Corrían todo tipo de teorías encaminadas a explicar por qué Chiba City toleraba la región de Ninsei, pero Case tendía a pensar que quizá la *yakuza* conservara el lugar como una especie de parque histórico, un recordatorio de sus orígenes humildes. Pero también le veía algún sentido a la idea de que las tecnologías en expansión requerían zonas al margen de la legalidad, que Ciudad Nocturna no estaba ahí para servir a sus habitantes, sino como un parque infantil al que, de manera deliberada, se había dejado sin vigilancia para la propia tecnología.

Se preguntó si Linda tendría razón mientras alzaba la vista hacia las luces. ¿Lo mataría Wage para dar ejemplo? No tenía mucho sentido, pero el hombre comerciaba sobre todo con biológicos ilegales y todo el mundo consideraba que había que estar loco para dedicarse a algo así. Linda le había asegurado que Wage quería verlo muerto. Lo primero que aprendió Case sobre las transacciones callejeras era que ni el comprador ni el vendedor lo necesitaban. El negocio de un intermediario siempre consistía en convertirse en un mal necesario. El dudoso nicho que había conseguido ocupar en el ecosistema criminal de Ciudad Nocturna se había creado con mentiras, forjado noche a noche a base de traiciones. Se sentía al borde de una extraña euforia ahora que veía como sus paredes empezaban a derrumbarse.

La semana antes había pospuesto la transacción de un extracto glandular para venderlo por un precio que le aseguraba unos beneficios mayores de lo habitual. Sabía que a Wage no le había gustado nada. Wage era su proveedor principal: llevaba nueve años en Chiba y era uno de los pocos proveedores *gaijin* que había conseguido relacionarse con la aristocracia criminal inmovilista y estratificada que había más allá de las fronteras de Ciudad Nocturna. El material genético y las hormonas entraban en Ninsei a cuentagotas gracias a un complejo entramado de testaferros y corruptelas. De alguna manera, Wage se las había arreglado para seguirle la pista a una mercancía en cierta ocasión, y ahora contaba con los contactos adecuados en una docena de ciudades.

Case reparó en que estaba mirando el escaparate de una tienda. Allí se vendían objetos pequeños y relucientes a los marineros. Relojes, navajas automáticas, mecheros, magnetoscopios de bolsillo, pletinas simestim, cadenas *manriki* con contrapesos y *shurikens*. Los *shurikens* siempre le habían fascinado, estrellas de metal de punta afilada. Algunos estaban cromados, otros eran negros y otros contaban con una superficie irisada similar a los reflejos del aceite en el agua, pero los que más le llamaron la atención fueron los cromados. Estaban colocados sobre una ultragamuza escarlata y amarrados a ella con unos nudos casi invisibles de nailon de pesca, y en su centro tenían adornos de dragones o símbolos del yin y el yang. Reflejaban el neón de la calle y refractaban la luz. Esta imagen le hizo pensar a Case que eran las estrellas bajo las que se abría su porvenir, un destino escrito en una constelación de cromo barato.

—Julie —dijo a las estrellas—. Es hora de ver al viejo Julie. Él sabrá qué hacer.

Julius Deane tenía ciento treinta y cinco años. Su metabolismo se alteraba con asiduidad gracias a la fortuna que gastaba todas las semanas en sueros y hormonas. Su seguro principal contra el envejecimiento era una peregrinación anual a Tokio, donde cirujanos genéticos reseteaban el código de su ADN. Aquella técnica no estaba disponible en Chiba. Después volaba a Hong Kong y hacía acopio de camisas y trajes para todo el año. Asexuado y paciente hasta extremos inhumanos, lo que más satisfacción parecía ofrecerle era su entrega a variedades esotéricas de culto a la sastrería. Case nunca lo había visto llevar el mismo traje dos veces, aunque su fondo de armario parecía consistir en su totalidad en meticulosas recreaciones de atuendos del siglo anterior. Llevaba gafas con una montura dorada y muy delgada, de cristales pulidos de cuarzo rosa sintético y biselados como los espejos de una casa de muñecas victoriana.

Sus oficinas se encontraban en un almacén detrás de Ninsei. Una parte de este se había decorado de manera minimalista con una colección de muebles europeos que parecían seleccionados al azar, como si en algún momento Deane hubiese pensado en mudarse allí. Unas estanterías neoaztecas acumulaban polvo contra una pared de la estancia en la que esperaba Case. Un par de lámparas de mesa de estilo Disney se retorcían desgarbadas sobre una mesilla baja que parecía salida de la mente de Kandinski y cuyo acero estaba lacado de un rojo escarlata. Un reloj a lo Dalí colgaba en la pared entre las estanterías, y su circunferencia deformada caía hacia el suelo de hormigón. Las manecillas eran hologramas que cambiaban para adecuarse a las circunvoluciones de la esfera a medida que rotaban, y que nunca marcaban la hora correcta. La estancia estaba llena de cajas de fibra de vidrio blanca que olían a jengibre en conserva.

—Parece que estás limpio, hijo —le oyó decir a la incorpórea voz de Deane—. Entra.

Unos cerrojos magnéticos se abrieron por la enorme puerta de imitación de palisandro que había a la izquierda de las estanterías. Unas letras mayúsculas autoadhesivas y algo ajadas que rezaban importaciones y exportaciones Julius Deane surcaban el plástico. Si los muebles desperdigados por el vestíbulo improvisado de Deane sugerían que se trataba de un lugar perteneciente a finales del siglo anterior, los del despacho parecían de principios de dicho siglo.

El rostro rosa e impoluto de Deane contemplaba a Case desde un haz de luz proyectado por una antigua lámpara de latón que tenía una pantalla rectangular de vidrio verde oscuro. El importador estaba bien resguardado detrás de un enorme escritorio de acero pintado flanqueado a cada lado por unos armarios altos con cajones fabricados con algún tipo de madera de tonalidad clara. Case supuso que en el pasado se habría usado para almacenar registros escritos de alguna clase. El escritorio estaba lleno a rebosar de cintas de casete, rollos impresos y amarillentos y varias piezas de una máquina de escribir mecánica, que Deane nunca parecía tener tiempo de volver a montar.

—¿Qué te trae por aquí, chavalín? —preguntó Deane al tiempo que le ofrecía a Case un caramelo estrecho envuelto en un papel a cuadros blancos y azules—. Prueba uno. Ting Ting Jahe, los mejores.

Case rechazó el caramelo de jengibre, se sentó en una amplia silla giratoria de madera y pasó el pulgar por las costuras desteñidas de sus vaqueros negros.

—Julie, he oído que Wage quiere matarme.

—Ah. Sí, eso. ¿Y quién te lo ha dicho, si puede saberse?

—Gente.

—Gente —repitió Deane al tiempo que saboreaba un caramelo—. ¿Qué clase de gente? ¿Amigos?

Case asintió.

—No siempre es fácil saber quiénes son tus amigos, ¿verdad?

—Le debo un poco de dinero, Deane. ¿Te ha dicho algo?

—No estamos en contacto de un tiempo a esta parte. —Luego suspiró—. Y si lo supiera, tampoco es que fuera a decirte nada. Ya sabes cómo son las cosas.

—¿Las cosas?

—Es un contacto muy importante, Case.

—Ya. ¿Quiere matarme, Julie?

—Que yo sepa, no. —Deane se encogió de hombros, como si hablasen sobre el precio del jengibre—. Si resulta que se trataba de un rumor infundado, hijo, vuelve dentro de una semana o así y te daré algo procedente de Singapur.

—¿Del hotel Nan Hai de la calle Bencoolen?

—¡Qué lengua más larga tienes, hijo!

Deane sonrió. El escritorio de metal estaba lleno de equipamiento de depuración valorado en una fortuna.

—Nos vemos, Julie. Saludaré a Wage.

Deane alzó la mano y rozó con los dedos el nudo perfecto de su corbata de tonos pálidos.

Se dio cuenta cuando se encontraba a menos de una manzana de la oficina de Deane. Fue esa repentina impresión a nivel celular de que alguien le pisaba los talones, y muy cerca.

Case sabía a ciencia cierta que llevaba tiempo cultivando una paranoia reprimida. El truco consistía en no dejar que se saliera de madre, pero era difícil de llevar a cabo cuando estabas muy puesto debido a un buen montón de octógonos. Intentó controlar la adrenalina y mantuvo sus estrechas facciones en un rictus de impasibilidad y apatía mientras fingía que se dejaba llevar por la multitud. Consiguió detenerse cuando vio un escaparate oscuro, que resultó pertenecer a una *boutique* quirúrgica cerrada por reformas. Se metió las manos en los bolsillos de la chaqueta y se quedó mirando a través del cristal al rectángulo plano de carne sintética que yacía sobre un pedestal esculpido en jade de imitación. El color de la piel le recordó al de las putas de Zone, y tenía tatuada una pantalla digital luminosa conectada a un chip subcutáneo.

«¿Por qué preocuparte por la cirugía cuando puedes llevarla en el bolsillo?», pensó mientras notaba cómo el sudor le bajaba por las costillas.

Sin mover la cabeza, alzó la vista y examinó en el reflejo a la multitud que pasaba detrás de él.

Allí.

Caminando detrás de los marineros con camisas caqui de manga corta. Pelo negro, gafas espejadas, ropa oscura, delgado...

Y desapareció.

Luego Case empezó a correr inclinado un poco hacia delante y esquivando a la muchedumbre.

—¿Me alquilas un arma, Shin?

El chico sonrió.

—Dos horas. —Se encontraban el uno frente al otro, rodeados por el olor a marisco crudo detrás de un puesto de *sushi* en Shiga—. Vuelve. En dos horas.

—Necesito una ahora, tío. ¿Tienes algo que dejarme ahora mismo?

Shin rebuscó detrás de unos botes vacíos de dos litros que antes estaban llenos de rábano picante en polvo. Sacó un paquete estrecho envuelto en un plástico gris.

—Una táser. Una hora. Veinte neoyenes. Treinta de fianza.

—Joder. Necesito una pistola. Puede que tenga que pegarle un tiro a alguien, ¿me entiendes?

El camarero se encogió de hombros y volvió a colocar la táser detrás de los botes de rábano picante.

—Dos horas.

Entró en la tienda sin molestarse en mirar el expositor de *shurikens*. Nunca había lanzado uno en su vida.

Compró dos cajetillas de Yeheyuan con un chip del Mitsubishi Bank que lo identificaba como Charles Derek May. Le gustaba más que Truman Starr, el mejor nombre que había conseguido ponerse en un pasaporte.

La mujer japonesa que estaba detrás del terminal parecía algo mayor que el viejo Deane, y no había aprovechado ninguno de los años que le sacaba para beneficiarse de los avances de la ciencia. Case se sacó del bolsillo el delgado fajo de neoyenes y se lo enseñó.

—Quiero comprar un arma.

Ella hizo un gesto hacia un estuche lleno de dagas.

—No, no me gustan las dagas —aseguró él.

Después sacó una caja rectangular de debajo del mostrador. La tapa era de cartón amarillo y tenía impresa una imagen bastante rudimentaria de una cobra enroscada con la capucha abierta. Dentro había ocho cilindros idénticos envueltos en sendos pañuelos. Se quedó mirando mientras unos dedos con manchas marrones desenvolvían uno. La mujer alzó lo que había en su interior para que Case lo examinara: era un soso tubo de acero con una correa de cuero en un extremo y una pequeña pirámide de bronce en el otro. La anciana agarró el tubo con una mano, sostuvo la pirámide entre el pulgar y el índice de la otra mano y tiró. Tres segmentos engrasados y telescópicos con resortes muy apretados se deslizaron hacia fuera y quedaron fijados.

—Cobra —dijo la anciana.

El cielo era de ese infame color plomizo sobre el titilar de las luces de neón de Ninsei. El aire había empeorado y esa noche parecía tener dientes, lo que obligaba a la mitad de las personas a llevar mascarillas de filtración. Case había pasado diez minutos en un urinario tratando de descubrir la mejor manera de ocultar la cobra, y al final había decidido encajar el mango en la cintura de los vaqueros y cruzar el tubo sobre el vientre. La afilada punta piramidal se le clavaba entre las costillas y le rozaba el forro de la cazadora. Le dio la impresión de que podía caérsele al suelo y repiquetear en cualquier momento, pero llevarla encima lo hacía sentir mucho mejor.

El Chat no era en realidad un bar de trapicheos, pero entre semana atraía a cierto tipo de clientela. Los viernes y los sábados eran diferentes. La mayoría de los parroquianos seguían acudiendo al lugar, pero se entremezclaban con todo un caudal de marineros y especialistas que los desplumaban. Case buscó a Ratz nada más traspasar las puertas, pero el barman no estaba a la vista. Lonny Zone, el proxeneta del lugar, observaba con interés apático y paternal como una de sus chicas se marchaba con un joven marinero. Zone era adicto a una marca de hipnóticos que los japoneses llamaban Bailanubes. Case le indicó al proxeneta que se acercase a la barra cuando lo miró, y el hombre se empezó a abrir paso entre la multitud a cámara lenta, con su alargado rostro hierático pero sereno.

—¿Has visto hoy a Wage, Lonny?

Zone lo miró con su parsimonia habitual. Agitó la cabeza.

—¿Estás seguro, tío?

—Puede que en el Namban. Hace dos horas.

—¿Iba con algún matón? ¿Sabes si uno de ellos tenía el pelo negro y una cazadora negra?

—No —respondió Zone al fin, con la frente muy arrugada para dejar claro el esfuerzo que le había llevado recordar unos detalles tan insignificantes—. Eran grandes. Injertados.

Los ojos de Zone no tenían mucho blanco y casi nada de iris. Tenía las pupilas dilatadas y enormes debajo de sus párpados caídos. Se quedó un buen rato contemplando el rostro de Case y luego bajó la mirada. Vio el bulto del látigo de metal.

—Cobra —dijo al tiempo que arqueaba una ceja—. ¿Quieres joderle la vida a alguien?

—Nos vemos, Lonny.

Case se marchó del bar.

Volvían a seguirlo. Estaba seguro. Sintió una punzada de euforia, como si los octógonos y la adrenalina se entremezclasen con algo más.

«Lo estás disfrutando —pensó—. Estás loco.»

Lo cierto era que se podía comparar a un viaje por la matriz, de una manera algo extraña y muy aproximada. Solo había que meterse de todo hasta colocarse, toparse con un problema desesperado pero extrañamente arbitrario, y luego uno podía ver Ninsei como si fuese un campo de datos, de igual manera que la matriz le había recordado en cierta ocasión a los enlaces de las proteínas que servían para distinguir la especialización celular.

Luego uno podía lanzarse a la deriva y empezar a derrapar, absorto pero distanciado al mismo tiempo, y ver como a su alrededor revoloteaban los negocios, interactuaba la información y los datos se volvían de carne y hueso en los laberintos del mercado negro...

«A por ellos, Case —se dijo para sí—. Jódelos a base de bien. Es lo último que se esperan.»

Se encontraba a media manzana del salón recreativo en el que había conocido a Linda Lee.

Recorrió Ninsei a toda prisa, abriéndose paso a empellones entre un grupo de marineros que daban un paseo. Uno de ellos le gritó algo en español mientras él seguía su camino. Después atravesó la entrada y el estruendo del lugar le envolvió como una ola, los graves no dejaban de retumbarle en el estómago. Alguien consiguió un impacto de diez megatones en *Guerra de tanques europea,* y una onda expansiva simulada recorrió el salón recreativo para luego ahogarlo en ruido blanco mientras una vistosa bola de fuego holográfica estallaba como un hongo nuclear sobre sus cabezas. Giró a la derecha y subió a grandes zancadas un tramo de escaleras de madera prensada sin pintar. Había subido una vez con Wage para hablar sobre una transacción de gatillos hormonales ilegales con un hombre llamado Matsuga. Recordaba el pasillo, la moqueta rugosa, la hilera de puertas idénticas que llevaban a pequeños cubículos de oficina. Había una puerta abierta. Una japonesa que llevaba una camiseta negra sin mangas alzó la vista de un terminal blanco; detrás de ella había un póster de Grecia: el azul del Egeo salpicado de ideogramas simplificados.

—Que suban los de seguridad —le dijo Case.

Después echó a correr por el pasillo y se perdió de vista. Las últimas dos puertas estaban cerradas, dio por hecho que con llave. Giró y le dio una patada con el talón de sus zapatillas de nailon al azul barnizado de la puerta enchapada. Se salió de los goznes y la cerrajería barata cayó al suelo desde el marco. Estaba oscuro, y vio la curva blanca de la carcasa de un terminal. Después se acercó a la puerta de la derecha, agarró con ambas manos el picaporte de plástico transparente y empujó con todas sus fuerzas. Algo emitió un chasquido, y pasó al interior. Ese era el lugar en el que Wage y él se habían reunido con Matsuga, pero la sociedad instrumental que representaba Matsuga en aquel momento parecía haber desaparecido hacía mucho. No había terminal ni nada. Una luz se proyectaba desde el callejón que había detrás del salón recreativo y se filtraba a través de un plástico tiznado de hollín. Atisbó un fibróptico enrollado que salía de un hueco de la pared, una pila de cajas de comida vacías y el rotor sin aspas de un ventilador eléctrico.

La ventana solo tenía una hoja de plástico barato. Se quitó la chaqueta, la hizo un ovillo en la mano derecha y le dio un puñetazo. Se resquebrajó, pero necesitó dos golpes más para sacarla del marco. Oyó que empezaba a sonar una alarma por encima del caos ahogado de los recreativos, activada a causa de la ventana rota o por la chica del principio del pasillo.

Case se dio la vuelta, se puso la chaqueta y extendió la cobra al máximo.

La puerta estaba cerrada, y dio por hecho que la persona que lo seguía pensaría que había entrado por la que había sacado de los goznes de una patada. La pirámide de bronce de la cobra empezó a mecerse con suavidad, y la vara de acero elástico amplificaba su pulso en la mano.

No sucedió nada. Solo se oyeron el alboroto de la alarma, el estallido de los juegos, el retumbar de su corazón. Cuando llegó el miedo, fue como si volviese a estar con un amigo al que casi había olvidado. No era esa fría y súbita paranoia de las dextroanfetaminas, sino puro miedo animal. Había vivido tanto tiempo al borde de una ansiedad constante que casi se había olvidado de lo que era el miedo de verdad.

Ese cubículo era el típico lugar en el que había muerto gente. Él no iba a ser menos. Bien podrían tener armas...

Un estallido al fondo del pasillo. La voz de un hombre que le gritaba algo a la japonesa. Un grito, estridente y cargado de pavor. Otro estallido.

Y pasos, pausados, que se acercaban.

Que pasaban junto a su puerta cerrada y dejaban de oírse durante tres latidos de su acelerado corazón. Después prosiguieron. Uno, dos, tres. Un talón rozó la moqueta.

Fue entonces cuando dejó de sentir el valor que le infundía el octógono. Volvió a recoger la cobra y se abalanzó hacia la ventana, cegado por el miedo y con los nervios a flor de piel. Saltó, salió y cayó, todo ello antes de ser consciente siquiera de lo que acababa de hacer. El impacto contra el suelo hizo que notara punzadas de dolor por las canillas.

Un estrecho haz de luz se proyectaba por la puerta entreabierta de una escotilla de mantenimiento rodeada por un montón de fibrópticos desechados y el bastidor de una consola desguazada. Case cayó bocabajo sobre un pedazo de madera empapada, y después rodó hacia la sombra de la consola. La ventana del cubículo no era más que un cuadrado de luz tenue. La alarma no había dejado de sonar, más fuerte ahí abajo, y la pared ahogaba el rugido de los juegos.

Apareció una cabeza en mitad de la ventana, recortada contra la luz de los tubos fluorescentes del pasillo. Luego desapareció. No tardó en regresar, pero Case fue incapaz de discernir sus facciones. Vio un destello plateado a la altura de los ojos.

—Joder —dijo alguien, una mujer con acento de la región septentrional del Ensanche.

La cabeza había vuelto a desaparecer. Case se quedó escondido bajo la consola mientras contaba hasta veinte y luego se puso en pie. Aún tenía la cobra de acero en la mano, y tardó unos pocos segundos en recordar lo que era. Se tambaleó por el callejón, mientras trataba de no pisar fuerte con el tobillo izquierdo.

La pistola de Shin era una imitación vietnamita de cincuenta años de una copia sudamericana de una Walther PPK, de doble acción en el primer disparo y mucho retroceso. La recámara servía para balas del calibre 22, y Case habría preferido balas explosivas de azida de plomo a las chinas de punta hueca que le había vendido Shin. No obstante, ahora tenía una pistola con nueve balas, y se la guardó en el bolsillo de la chaqueta mientras se alejaba del puesto de *sushi*. La empuñadura era de plástico rojo moldeado con motivos de un dragón erguido, una manera de tener una referencia al pasar el pulgar por ella en la oscuridad. Tiró la cobra a un contenedor de basura de Ninsei y se tragó otro octógono sin echar un trago de agua.

La pastilla avivó su sistema nervioso y se dejó llevar desde Shiga hasta Ninsei para luego terminar en Baiitsu. Llegó a la conclusión de que habían dejado de seguirlo, y le pareció bien. Tenía llamadas que hacer y negocios que cerrar, asuntos inaplazables todos ellos. A una manzana más de Baiitsu en dirección al puerto había un anodino edificio de oficinas de diez pisos fabricado con espantosos ladrillos amarillos. Las ventanas estaban oscuras a esas horas, pero, si alzabas un poco el cuello, podías percibir un tenue brillo en la azotea. Un cartel de neón apagado que había junto a la puerta rezaba hotel barato debajo de varios ideogramas. Case ignoraba si el lugar tenía nombre alguno: siempre lo había llamado «Hotel Barato». Se llegaba a él a través de un callejón de Baiitsu, donde un ascensor esperaba al pie de un hueco transparente. El ascensor, al igual que el Hotel Barato, parecía más bien un añadido unido al edificio con bambú y resina epoxi. Case subió a la cabina de plástico y usó la llave: un pedazo alargado de cinta magnética rígida.

Desde que había llegado a Chiba, había alquilado a razón de una cápsula por semana, pero nunca había dormido en el Hotel Barato. Dormía en sitios más baratos aún.

El ascensor olía a perfumes y a cigarrillos, y los lados de la cabina estaban arañados y manchados con grasa de dedos. Vio las luces de Ninsei al pasar del quinto piso. Tamborileó con los dedos contra la empuñadura de la pistola mientras la cabina se detenía con un siseo gradual. Como siempre, se detuvo con una sacudida brusca, pero ya estaba preparado para ella. Salió al patio que hacía las veces de jardín y vestíbulo.

Un adolescente japonés leía un libro de texto sentado detrás de una consola con forma de C en el centro de esa alfombra cuadrada y verde de césped de plástico. Las cápsulas de fibra de vidrio blanca estaban alineadas de tal manera que parecían unos andamios industriales. Seis filas de cápsulas y diez cápsulas en cada una de ellas. Case saludó al chico con una inclinación de cabeza y cojeó por el césped de plástico hasta la escalera más cercana. El recinto contaba con un techo compuesto por una plancha laminada barata que traqueteaba cuando hacía mucho viento y que tenía goteras cuando llovía, pero las cápsulas eran razonablemente difíciles de abrir sin la llave.

La pasarela de rejilla vibraba bajo su peso mientras se dirigía por la tercera fila hasta el número 92. Las cápsulas medían tres metros de largo, y las compuertas ovaladas eran de un metro de ancho y menos de un metro y medio de alto. Metió la llave en la ranura y esperó a que el ordenador de la casa la verificase. Unas cerraduras magnéticas se abrieron con fuerza y la compuerta empezó a ascender entre el chasquido de los resortes. Los tubos fluorescentes parpadearon mientras reptaba al interior, y después cerró la puerta detrás de él y tocó el panel que activaba el pestillo manual.

En el número 92 no había nada más que un ordenador de bolsillo Hitachi normal y corriente y una caja refrigerada pequeña y blanca de poliestireno extrudido. La caja contenía los restos de tres trozos de diez kilos de hielo seco envueltos con cuidado en papel para retrasar su evaporación y una probeta de laboratorio de metal repujado. Echado sobre la espuma viscoelástica marrón que servía tanto de suelo como de cama, Case sacó del bolsillo la 22 de Shin y la colocó sobre la caja. Después se quitó la cazadora. La terminal de la cápsula estaba encajada en una pared cóncava, frente a un panel en el que se detallaban las normas del lugar en siete idiomas. Case descolgó el teléfono rosa y marcó de memoria un número de Hong Kong. Lo dejó sonar cinco veces y luego colgó. Su comprador de los tres *megabytes* de RAM mangados del Hitachi no cogía las llamadas.

Después marcó un número de Shinjuku, en Tokio.

Una mujer respondió con unas palabras en japonés.

—¿Está el Víbora?

—Qué alegría saber de ti —dijo el Víbora, que se unió a la llamada desde una extensión—. Quería hablar contigo.

—Tengo la música que querías.

Mirando a la caja.

—Me alegra oírlo. Ahora mismo tenemos un problema de liquidez. ¿Podrías fiárnosla?

—Pero... tío, es que necesito el dinero ya mismo...

El Víbora colgó.

—Será cabrón —le dijo Case al zumbido del teléfono. Después se quedó mirando la pistolita barata—. Incierto. Esta noche todo me parece muy incierto.

Case entró en el Chat una hora antes del amanecer con ambas manos en los bolsillos de la cazadora: en una de ellas sostenía la pistola alquilada; en la otra, la probeta de metal.

Ratz estaba en una mesa situada al fondo y bebía agua Apollinaris en una jarra de cerveza, con sus ciento veinte kilos de carne rolliza sobre una silla chirriante y apoyados contra la pared. Un niño brasileño llamado Kurt estaba en la barra y servía a los pocos parroquianos del lugar, casi todos ellos borrachos taciturnos. El brazo de plástico de Ratz zumbaba cada vez que levantaba la jarra para beber. Su cabeza afeitada estaba cubierta por una película de sudor.

—Qué mal te veo, amigo *artiste* —dijo al tiempo que mostraba el húmedo estropicio que era su dentadura.

—Me va bien —respondió Case, y le dedicó una sonrisa cadavérica—. Superbién.

Se dejó caer en la silla frente a Ratz sin sacar las manos de los bolsillos.

—Y por eso vas por ahí en ese cuerpo que parece un búnker portátil hecho de priva y de anfetas, claro. A prueba de emociones fuertes, ¿no?

—¿Por qué no te metes en sus asuntos, Ratz? ¿Has visto a Wage?

—A prueba del miedo y de la soledad —continuó el barman—. Quizá te convenga prestarle más atención al miedo. Puede ser un buen amigo.

—¿Sabes algo de la pelea que se produjo anoche en el salón recreativo, Ratz? ¿Algún herido?

—Algún pirado rajó a uno de seguridad. —Se encogió de hombros—. Dicen que era una chica.

—Tengo que hablar con Wage, Ratz. Tengo que...

—Ah. —Ratz cerró la boca y apretó los labios hasta formar una delgada línea. Miraba detrás de Case, hacia la entrada—. Diría que estás a punto de hacerlo.

A Case le vinieron a la mente de repente los *shurikens* del expositor. La cabeza empezó a irle a mil por hora, y notó como la pistola que tenía en la mano le resbalaba a causa del sudor.

—*Herr* Wage —dijo Ratz al tiempo que extendía despacio la prótesis mecánica rosa, como si esperase un apretón de manos—. Es todo un placer. No sueles honrarnos con tu presencia.

Case giró la cabeza y alzó la vista para mirar a Wage. Su rostro era una máscara bronceada y olvidable. Sus ojos eran artificiales, trasplantes Nikon de color verdemar. Llevaba un traje de seda de color plomizo y sendos y simples brazaletes de platino en las muñecas. Iba flanqueado por sus matones, jóvenes casi idénticos cuyos brazos y hombros abultados sin duda eran producto de los injertos.

—¿Cómo te va, Case?

—Caballeros —dijo Ratz al tiempo que cogía el cenicero colmado de la mesa con su garra de plástico rosa—. No quiero problemas. —El cenicero estaba fabricado con un plástico denso e inastillable y tenía el logo de la cerveza Tsingtao. Ratz lo estrujó con suavidad. En ese momento las colillas y esquirlas de plástico verde empezaron a caer sobre le mesa—. ¿Ha quedado claro?

—Oye, encanto, ¿te gustaría probar eso conmigo? —dijo uno de los matones.

—Ni te molestes en apuntar a las piernas, Kurt —respondió Ratz con naturalidad.

Case miró a la otra punta de la estancia y vio al brasileño que, subido a la barra, apuntaba al trío con una pistola antidisturbios Smith & Wesson. El cañón estaba hecho de una aleación fina como el papel envuelta en un kilómetro de fibra de vidrio y era lo bastante ancho como para que cupiese un puño. El escuálido cargador contenía cinco cartuchos grandes y anaranjados, proyectiles subsónicos de jalea arenosa.

—Técnicamente hablando, no es letal —apuntó Ratz.

—Oye, Ratz. Te debo una —aseguró Case.

El barman se encogió de hombros.

—No me debes nada. Estos de aquí deberían saberlo. —Fulminó con la mirada a Wage y a los matones—. No quiero muertes en el Chatsubo.

Wage carraspeó.

—¿Quién ha dicho nada de matar a nadie? Solo venimos a entablar una conversación de negocios. Case y yo trabajamos juntos.

Case sacó la 22 del bolsillo y apuntó a la entrepierna de Wage.

—Me han dicho que quieres acabar conmigo.

La garra rosa de Ratz se cerró alrededor de la pistola, y Case bajó el brazo.

—Mira, Case, ¿me quieres decir qué coño pasa contigo? ¿Te has vuelto loco? ¿De dónde cojones has sacado que te quiero matar, hostia? —Wage se giró hacia el chico que tenía a la izquierda—. Volved a Namban y esperadme allí.

Case vio como pasaban junto a la barra, que se había quedado del todo vacía a excepción de Kurt y un marinero de atuendo caqui hecho un ovillo entre las patas de un taburete. El cañón de la Smith & Wesson siguió a los matones hasta la puerta y luego volvió a apuntar hacia Wage. El cargador de la pistola de Case repiqueteó contra la mesa. Ratz levantó la pistola con la garra y después sacó la bala de la recámara.

—¿Quién te ha dicho que iba a por ti, Case? —preguntó Wage.

Linda.

—¿Quién te lo ha contado, tío? ¿Alguien intenta tenderte una trampa?

El marinero gruñó y soltó un chorro de vómito.

—Sácalo de aquí —le gritó Ratz a Kurt, que ahora estaba sentado al borde de la barra con la Smith & Wesson sobre el regazo y se encendía un cigarrillo.

Case percibió cómo el peso de la noche se apoderaba de él, como si tuviese una bolsa de arena mojada detrás de los ojos. Sacó la probeta del bolsillo y se la pasó a Wage.

—Es todo. Pituitarias. Puedes conseguir hasta quinientas si te mueves rápido. Iba a conseguir el resto vendiendo una RAM, pero he perdido al comprador.

—¿Estás bien, Case? —La probeta ya había desaparecido de su solapa plomiza—. No pasa nada. Esto es suficiente, pero tienes mal aspecto. Estás hecho unos zorros. Será mejor que vayas a algún lado para descansar.

—Sí. —Se puso en pie y sintió como el Chat oscilaba a su alrededor—. Tenía cincuenta, pero se los di a alguien. —Rio entre dientes. Después cogió el cargador de la 22 y la bala suelta y se los guardó en un bolsillo. Metió la pistola en el otro—. Tengo que ver a Shin y recuperar la fianza.

—Ve a casa —dijo Ratz, que se agitó en la silla chirriante con algo parecido a la vergüenza en el rostro—. *Artiste.* Vete a casa.

Notó cómo lo miraban mientras cruzaba la estancia y empujaba con el hombro las puertas de plástico para salir.

—Puta —dijo a los tonos rosáceos que cubrían Shiga.

En Ninsei, los hologramas se desvanecían como fantasmas y la mayor parte del neón ya estaba frío y apagado. Le dio un sorbo al café solo servido en dedal de espuma que le había comprado a un vendedor callejero y contempló el amanecer—. Te marchaste, cariño. Las ciudades como esta están hechas para personas a las que nos gusta la decadencia.

Pero eso no era lo que había ocurrido de verdad, y cada vez le resultaba más difícil sentirse traicionado. Ella solo quería un billete para volver a casa, y la RAM de su Hitachi podía comprárselo si encontraba el perista adecuado. Y después estaba el asunto de los cincuenta, que ella casi había rechazado a sabiendas de que estaba a punto de robarle todo lo que tenía.

Cuando salió del ascensor, vio al mismo chico en el escritorio. Con un libro de texto diferente.

—¿Qué tal, amigo? —gritó Case mientras avanzaba por el césped de plástico—. No hace falta que me lo digas. Ya lo sé. Una mujer muy guapa vino de visita y dijo que tenía mi llave. Te dejó una buena propina. ¿Cuánto? ¿Cincuenta neoyenes? —El chico bajó el libro—. La mujer —continuó Case al tiempo que dibujaba una línea por la frente con el pulgar—. Seda. —Le dedicó una amplia sonrisa. El chico se la devolvió y asintió—. Gracias, gilipollas.

Ya en la pasarela, se las vio y se las deseó con la cerradura. Supuso que la había estropeado de alguna manera al forzarla. Principiante. Él sabía dónde alquilar una caja negra que abría cualquier cosa del Hotel Barato. Los tubos fluorescentes se encendieron cuando reptó hacia el interior.

—Cierra la compuerta muy despacio, amigo. ¿Aún tienes ese especial del sábado noche que le alquilaste al camarero?

Tenía la espalda apoyada en la pared del fondo de la cápsula, con las rodillas levantadas y las muñecas apoyadas en ellas. Los cañones múltiples de una pistola de dardos se atisbaban entre sus manos.

—¿La de los recreativos eras tú? —Cerró la compuerta—. ¿Dónde está Linda?

—Pulsa el interruptor del cerrojo.

Lo hizo.

—¿Es tu chica? ¿Linda?

Case asintió.

—Se ha marchado. Se llevó tu Hitachi. Era una chica muy nerviosa. ¿Y la pistola, tío?

Tenía unas gafas de espejo. Llevaba la ropa negra, y los tacones de unas botas también negras se clavaban a mucha profundidad en la espuma viscoelástica.

—Se la he devuelto a Shin para recuperar la fianza. Le volví a vender las balas por la mitad de lo que le había pagado. ¿Quieres el dinero?

—No.

—¿Quieres un poco de hielo seco? Es lo único que tengo.

—¿Qué te ha pasado esta noche? ¿Por qué has montado ese numerito en el salón recreativo? Tuve que darle una buena paliza a un privipoli que me siguió con unos *nunchakus.*

—Linda dijo que ibais a matarme.

—¿Que dijo qué? Nunca la había visto antes de venir aquí.

—¿No estás con Wage?

Negó con la cabeza. Case se dio cuenta de que las gafas eran un injerto en su rostro y se cerraban alrededor de sus cuencas oculares. Los cristales plateados parecían surgir de la piel suave y pálida que tenía sobre las mejillas, todo ello encuadrado en un cabello negro y algo despeinado. Los dedos que atenazaban la pistola de dardos eran esbeltos, blancos y de puntas de color bermellón. Las uñas parecían falsas.

—Creo que la has cagado, Case. Te has montado una película conmigo y me has metido donde mejor encajaba.

—¿Y qué es lo que quieres entonces, señorita?

Se dejó caer contra la compuerta.

—A ti. Un cuerpo vivo con el cerebro más o menos intacto. Molly, Case. Me llamo Molly. El hombre para el que trabajo me ha pedido que te venga a buscar. Solo quiere hablar. Nada más. Nadie te va a hacer daño.

—Menos mal.

—Pero también es verdad que a veces sí que le hago daño a la gente, Case. Supongo que lo llevo en los genes. —Llevaba unos pantalones ceñidos de cuero negro y una cazadora abultada y negra de una tela que daba la impresión de absorber la luz—. ¿Te portarás bien si suelto la pistola, Case? Algo me dice que eres de esos a quienes les gusta arriesgarse aunque sea una locura.

—Siempre me porto bien. Soy un pusilánime. No tendrás problema.

—Así me gusta, tío. —La pistola de dardos desapareció en la cazadora negra—. Porque como intentes jugármela, será la última vez que te arriesgues en toda tu vida.

Extendió las manos con las palmas hacia arriba y los dedos blancos algo separados. En ese momento se oyó un chasquido casi inaudible y diez escalpelos de cuatro centímetros y doble filo surgieron de los armazones bajo sus uñas de color bermellón.

Esbozó una sonrisa mientras las cuchillas se replegaban poco a poco.

2

Después de pasarse un año en las cápsulas, la habitación del piso 25 del Chiba Hilton le resultaba enorme. Medía diez metros de ancho por ocho de largo, y era la mitad de una *suite.* Una cafetera Braun humeaba en una mesilla baja que había junto a los paneles de cristal deslizantes que daban a una estrecha terraza.

—Tómate un café. A juzgar por tu aspecto, diría que lo necesitas.

Se quitó la chaqueta negra, y Case vio que la pistola de dardos le colgaba debajo del brazo en una cartuchera de nailon negro. Llevaba un suéter gris sin mangas con sencillas cremalleras de metal en cada hombro. Antibalas, supuso Case al tiempo que se servía el café en una taza roja. Sentía como si tuviese los brazos y las piernas hechos de madera.

—Case. —Alzó la vista y vio al hombre por primera vez—. Me llamo Armitage. —La túnica negra estaba abierta por la cintura y dejaba al descubierto un pecho lampiño y musculado, así como un vientre liso y duro. Tenía los ojos azules tan pálidos que Case no pudo evitar compararlos con la lejía—. Ha salido el sol, Case. Hoy es tu día de suerte, chico.

Case hizo un ademán brusco con el brazo, y el hombre se agachó con facilidad para esquivar el café hirviendo. Unas salpicaduras marrones empezaron a resbalar por el papel de arroz de imitación que cubría la pared. Vio el aro de oro angular que tenía en el lóbulo izquierdo. Fuerzas Especiales. El hombre le dedicó una sonrisa.

—Sírvete otro café, Case. No te va a pasar nada, pero tampoco vas a ir a ninguna parte hasta que Armitage te cuente lo que te tiene que contar —dijo Molly, que se encontraba sentada con las piernas cruzadas en un futón de seda y había empezado a desmontar la pistola de dardos sin mirarla siquiera.

Unos espejos gemelos reflejaron la figura de Case mientras se acercaba a la mesa y volvía a llenar la taza.

—Eres demasiado joven como para acordarte de la guerra, ¿no es así, Case? —Armitage se pasó una mano enorme por el pelo corto y castaño. Un pesado brazalete dorado le brilló en la muñeca—. Leningrado. Kiev. Siberia. Te inventamos en Siberia, Case.

—¿Qué se supone que significa eso?

—Puño Estridente, Case. Seguro que has oído el nombre.

—Eso fue una operación, ¿no? Para intentar destruir ese nexo ruso con unos virus. Sí, he oído algo al respecto. Todos muertos.

Notó una tensión repentina. Armitage se acercó a la ventana y contempló la bahía de Tokio.

—Eso no es cierto. Una unidad consiguió regresar a Helsinki, Case.

Case se encogió de hombros y le dio un sorbo al café.

—Eres un vaquero de las consolas. Los prototipos de los programas que usabas para piratear bancos industriales se desarrollaron para Puño Estridente, para el asalto del nexo computarizado de Kírensk. El equipo básico era un microligero Ala Nocturna, un piloto, una consola para conectarse a la matriz y un vaquero. Ejecutamos un virus llamado Topo. El Topo era un programa de intrusión real de primera generación.

—Picahielos —dijo Case por encima del borde de la taza roja.

—Hielo. Es un acrónimo de *herramienta de interrupción electrónica y limitadora de ofensivas.*

—Señor, el problema es que ya no soy vaquero, así que creo que me voy a largar...

—Estuve allí, Case. Estuve allí cuando inventaron a los que son como tú.

—No tienes nada que ver ni conmigo ni con los míos, amigo. Solo estoy aquí porque eres lo bastante rico como para contratar a navajeras caras y ordenarles que me traigan a rastras. No pienso volver a teclear en una consola. Ni para ti ni para nadie. —Se acercó a la ventana y miró hacia abajo—. He dejado atrás esa vida.

—Nuestro perfil dice que no dejas de estafar en los bajos fondos, como si quisieras que te matasen cuando menos te lo esperas.

—¿Perfil?

—Hemos creado un modelo muy detallado. Compramos datos de todos tus pseudónimos y procesamos la información por un programa militar. Eres un suicida, Case. Ese modelo ha predicho que, si sigues a este ritmo, te queda un mes como mucho. Y el pronóstico médico especifica que necesitarás un páncreas nuevo en menos de un año.

—¿Por qué hablas en plural? —Case miró fijamente sus ojos azul pálido—. ¿Quiénes?

—¿Qué dirías si te aseguro que podemos reparar tus daños neuronales, Case?

Armitage miró de repente a Case como si fuese una figura esculpida de un bloque de metal, inmóvil y plúmbea. Una estatua. Ahora tenía claro que era un sueño y que no tardaría en despertar. Seguro que Armitage no volvía a hablar. Los sueños de Case siempre terminaban así, con una imagen congelada. Y, al parecer, ese había llegado a su fin.

—¿Qué dirías, Case?

Case contempló la bahía y se estremeció.

—Diría que eres un mentiroso de mierda.

Armitage asintió.

—Y después preguntaría cuáles serían las condiciones.

—No serían muy diferentes de aquellas a las que estabas acostumbrado.

—Déjalo que duerma un poco, Armitage —intervino Molly desde el futón, con los componentes de la pistola de dardos desplegados a su alrededor como un rompecabezas muy caro—. Está hecho una pena.

—Las condiciones —dijo Case—. Ahora. Ya.

Seguía temblando. No podía dejar de temblar.

La clínica no tenía nombre. Contaba con muebles caros y un grupo de pabellones elegantes separados por unos jardines pequeños y distinguidos. Recordaba haber visto el lugar durante la ronda que había hecho en su primer mes en Chiba.

—Asustado, Case. Estás muy asustado.

Era domingo por la tarde y se encontraba con Molly en una especie de patio. Rocas blancas, un puesto de bambú verde, gravilla negra amontonada en ondulaciones regulares. Un jardinero, una especie de cangrejo gigante de metal, se ocupaba del bambú.

—Funcionará, Case. No tienes ni idea de las cosas con las que trabaja Armitage. Va a pagarles a estos neurocirujanos para que te arreglen el cerebro con un programa que les ha dado él mismo y les dirá cómo hacerlo. Los va a catapultar tres años por delante de la competencia. ¿Tienes idea de lo que vale algo así?

Metió los pulgares en las trabillas de sus pantalones de cuero y empezó a balancearse sobre los tacones de sus botas de vaquero de color rojo cereza. Tenía los delgados dedos enfundados en reluciente plata mexicana. Las lentes de su rostro eran de un azogue opaco, y miraba a Case con una calma insectil.

—Eres una samurái callejera —dijo él—. ¿Cuánto llevas trabajando para él?

—Unos meses.

—¿Y qué hacías antes?

—Trabajar para otro. Tengo que trabajar, ¿sabes?

Case asintió.

—¿No es divertido, Case?

—¿El qué es divertido?

—Es como si te conociera. Ese perfil de Armitage. Se podría decir que sé cómo estás programado.

—No me conoces, hermana.

—Estás bien, Case. Se podría decir que solo has tenido mala suerte.

—¿Y él? ¿Él está bien, Molly?

El cangrejo robot se dirigió hacia ellos a través de las ondulaciones de gravilla. Su caparazón de bronce daba la impresión de tener mil años. Cuando se encontraba a menos de un metro de las botas de Molly, surgió de él un haz de luz y se quedó quieto por un instante, como si analizase los datos que acababa de obtener.

—Case, lo primero en lo que pienso siempre es en salvar mi precioso culo.

El cangrejo se desvió para evitarla, pero ella le dio una patada con mucha precisión y la punta de plata de la bota resonó contra la carcasa metálica. La criatura cayó bocarriba, pero las extremidades de bronce no tardaron en recolocarla.

Case se sentó en una de las rocas y siguió las ondulaciones simétricas de la gravilla con los zapatos. Empezó a rebuscar en la cazadora para sacar un cigarrillo.

—En tu camisa —dijo ella.

—¿Quieres responder a mi pregunta?

Pescó un Yeheyuan arrugado de la cajetilla, y ella se lo encendió con un pequeño bloque de acero alemán que parecía sacado de una mesa de operaciones.

—Bueno, lo que te puedo decir a ciencia cierta es que se trae algo gordo entre manos. Tiene mucho dinero, y no lo había tenido antes, y no deja de ganar más y más. —Case atisbó cierta tensión alrededor de las comisuras de sus labios—. O puede que alguien trame algo contra él...

Se encogió de hombros.

—¿A qué te refieres?

—Pues no sabría decirte. Lo único que sé es que no sé para quién o para qué trabajamos de verdad.

Case miró los espejos gemelos. Después de marcharse del Hilton el sábado por la mañana, había regresado al Hotel Barato para dormir unas diez horas. Luego había dado un paseo largo e infructuoso por el perímetro de seguridad del puerto para contemplar las gaviotas volando en círculos sobre la valla. No sabía si la mujer lo había seguido, pero, si ese era el caso, se le daba bien pasar desapercibida. Case había evitado Ciudad Nocturna y esperado en la cápsula a que Armitage lo llamase. Y ahora, ese patio tranquilo. Un domingo por la tarde. Una chica con un cuerpo atlético y manos de ilusionista.

—Ya puede entrar, señor. El anestesista lo espera.

La especialista hizo una reverencia, se dio la vuelta y volvió a entrar en la clínica sin girarse siquiera para comprobar que Case la seguía.

Hedor a acero frío. Hielo que le acariciaba la espina dorsal.

Perdido, insignificante ante la oscuridad, manos heladas y su imagen corporal desvaneciéndose en ese cielo parecido a una televisión.

Voces.

Luego, un fuego negro que encuentra las ramificaciones de sus nervios. Un dolor más intenso que la sensación que había dado origen a ese nombre...

Quieto. No te muevas.

Y Ratz estaba allí. También Linda Lee, Wage y Lonny Zone, cientos de rostros de esa jungla de neón, marineros, estafadores y prostitutas, todos en ese lugar en el que el cielo es de un argénteo emponzoñado, al otro lado de la valla y de la prisión que es el cráneo.

Joder, que no te muevas.

Ese lugar en el que el cielo pasa de la estática zumbante al color ausente de la matriz. Vio los *shurikens,* sus estrellas.

—Quieto, Case. ¡Intento encontrarte la vena!

La mujer le escarbaba en el pecho con una jeringuilla de plástico azul que tenía en una mano.

—Como no te estés quieto te voy a rajar la puta garganta, joder. Aún estás hasta arriba de inhibidores de endorfinas.

Cuando se despertó, la encontró estirada junto a él en la oscuridad.

Sentía el cuello frágil, como formado por ramitas, y unas punzadas regulares de dolor en mitad de la espina dorsal. Las imágenes se formaban y desvanecían en su mente: un *collage* intermitente de las torres y las cúpulas geodésicas irregulares, de figuras sombrías que avanzaban hacia él a la sombra bajo un puente o sobre un paso elevado, todo en el Ensanche...

—¿Case? Es miércoles, Case. —La mujer se movió, rodó a un lado y extendió el brazo para tocarlo. Un pecho le rozó el brazo izquierdo. La oyó romper el sello de aluminio de una botella de agua y luego beber—. Toma. —Le puso la botella en la mano—. Veo en la oscuridad, Case. Intensificadores de imagen por microcanal. En mis lentes.

—Me duele la espalda.

—Porque te reemplazaron los fluidos. También la sangre. Lo de la sangre fue por el páncreas nuevo. Y también te pusieron algo de tejido nuevo en el hígado. De lo de los nervios no tengo ni idea. Muchas inyecciones. Al parecer, no tenían que abrirte por ningún lado para el plato principal. —Se incorporó junto a él—. Son las 2.43.12 de la mañana, Case. Tengo un chip en el nervio óptico.

Case se incorporó también e intentó dar un trago a la botella. Se atragantó, tosió y un agua tibia se le derramó por el pecho y los muslos.

—Tengo que enchufarme —se oyó decir mientras buscaba su ropa—. Tengo que saber...

La mujer rio. Unas manos pequeñas lo agarraron por la parte de arriba de ambos brazos.

—Lo siento, guapo, pero tienes que esperar ocho días. Si te enchufas ahora, podrías achicharrarte el sistema nervioso. Son órdenes del doctor. Creen que ha ido bien. Te harán unas pruebas en cosa de veinticuatro horas, más o menos.

Case se volvió a tumbar.

—¿Dónde estamos?

—En casa. En el Hotel Barato.

—¿Dónde está Armitage?

—En el Hilton, vendiendo abalorios a los nativos o algo así. Nos marcharemos pronto, tío. Iremos a Ámsterdam y a París, y luego volveremos al Ensanche. —Se tocó el hombro—. Date la vuelta. Los masajes no se me dan nada mal.

Se tumbó bocabajo con los brazos extendidos hacia arriba, y las puntas de los dedos tocaron las paredes de la cápsula. Ella se colocó a horcajadas sobre la parte baja de su espalda, con las rodillas clavadas en la espuma viscoelástica. Case sintió el roce de los pantalones fríos contra su piel. Los dedos de la mujer le acariciaban el cuello.

—¿Por qué no estás también en el Hilton?

A modo de respuesta, estiró la mano hacia atrás, entre sus muslos, y le rozó con gestos circulares el escroto con el pulgar y el dedo índice. Se meció en esa posición durante un minuto, en la oscuridad, erguida sobre él y con la otra mano en el cuello. El cuero de los pantalones rechinaba un poco con cada uno de sus movimientos. Case se agitó y sintió la erección aplastada contra la espuma viscoelástica.

Notó latidos en la cabeza, pero la fragilidad de su cuello pareció remitir. Se apoyó en un codo, rodó y se colocó bocarriba. Tiró de ella hacia abajo. Le chupó los pechos, pezones pequeños y duros que rozó, húmedos, contra su mejilla. Encontró la cremallera de los pantalones de cuero y la bajó.

—Tranquilo —dijo ella—. Yo sí veo.

El sonido de los vaqueros al bajarse. Se afanó junto a él hasta que consiguió quitárselos. Después le puso una pierna por encima, y Case le tocó el rostro. Se topó con la inesperada dureza de sus lentes implantadas.

—No las toques, o las mancharás con tus huellas.

Volvía a estar sentada a horcajadas sobre él. Le cogió la mano y la cerró sobre la de él, que se encontraba entre sus nalgas, con los dedos extendidos sobre los labios vaginales. Cuando ella empezó a moverse, las imágenes volvieron a sucederse en la cabeza de Case: rostros, fragmentos de neón que se iluminaban y se apagaban. Ella bajó hasta él, y la espalda de Case se arqueó, espasmódica. Lo montó, se empaló a sí misma bajando una y otra y otra vez hasta que ambos se corrieron y sus orgasmos relucieron azules en un espacio atemporal, una inmensidad propia de la matriz, en la que los rostros quedaban triturados o salían despedidos en pasillos huracanados, todo ello mientras la cara interior de los muslos atléticos de ella rozaba, húmeda, las caderas de Case.

En Ninsei, una versión más escasa de la multitud, propia de un día de diario, se dejó llevar por esa danza rutinaria. Unas oleadas de sonido surgían de los salones recreativos y los de *pachinko.* Case echó un vistazo dentro del Chat y vio a Zone vigilando a sus chicas en ese crepúsculo cálido que olía a cerveza. Ratz atendía la barra.

—¿Has visto a Wage, Ratz?

—Esta noche, no.

Ratz arqueó un poco la ceja al ver a Molly.

—Si lo ves, dile que tengo su dinero.

—¿Un golpe de suerte, *artiste*?

—Aún es pronto para saberlo a ciencia cierta.

—Bueno. Pues tengo que ver a este tío —dijo Case mientras contemplaba su reflejo en las lentes de Molly—. Tengo algunos trabajillos que terminar.

—A Armitage no le va a gustar que te pierda de vista.

Estaba junto a ese reloj de apariencia fundida de Deane, con las manos en las caderas.

—Este tío no hablará conmigo si te ve ahí. A mí Deane me importa un carajo; solo se preocupa por sí mismo. Pero hay gente que lo pasará mal si me voy de Chiba sin decir nada. Es mi gente, ¿sabes?

Apretó los labios. Agitó la cabeza.

—Conozco gente en Singapur y también tengo contactos en Shinjuku y Asakuza, en Tokio, y lo pasarían mal. ¿Entiendes? —mintió mientras le ponía la mano en el hombro de la chaqueta negra—. Cinco. Dame cinco minutos. Cronometrados. ¿Vale?

—No me pagan para esto.

—No. Te pagan para otra cosa, para que deje morir a unos buenos amigos porque te has tomado las órdenes de manera demasiado literal.

—¿Buenos amigos? Y una mierda. Vas a entrar ahí para pedirle a tu contrabandista información sobre nosotros.

Levantó una bota y la puso encima de la mesilla Kandinski cubierta de polvo.

—Case, joven. Parece que tu compañera está bien armada, por no hablar de esa gran cantidad de silicio que tiene en la cabeza. ¿De qué va todo esto?

El humo fantasmal de Deane flotó por el aire que lo rodeaba.

—Un momento, Julie. Voy a entrar ahí yo solo.

—No te quepa la menor duda de eso, hijo. No iba a permitir otra cosa.

—Muy bien —dijo ella—. Ve. Pero cinco minutos. Como tardes más, dejaré a tu buen amigo criando malvas. Y mientras estás ahí, más te vale que pienses bien al respecto.

—¿Al respecto de qué?

—De por qué te hago el favor.

Se dio la vuelta y salió después de cruzar junto a los módulos de jengibre en conserva.

—¿Relacionándote con gente más rara de lo habitual, Case? —preguntó Julie.

—Julie, ya se ha ido. ¿Quieres dejarme entrar? Te lo pido por favor, Julie.

Se abrieron las cerraduras.

—Despacio, Case —dijo la voz.

—Enciéndelo todo, Julie, todo lo que tengas en el escritorio —dijo Case al tiempo que tomaba asiento en la silla giratoria.

—Siempre está encendido —aseguró Deane con tono apacible mientras sacaba un arma de detrás de las entrañas de su antigua máquina de escribir y apuntaba con mucha cautela a Case. Era una con tambor, un revólver Magnum con el cañón recortado hasta dejarlo como poco más que una mera protuberancia. Le habían quitado la parte delantera de la guarda del gatillo y envuelto la empuñadura con lo que parecía cinta de carrocero vieja. Case pensó que formaba una imagen muy extraña al mezclarse con las manos rosas y bien cuidadas de Deane—. Por si acaso. Espero que lo entiendas. No es nada personal. Bueno, cuéntame qué es lo que querías.

—Necesito una clase de historia, Julie. E información sobre alguien.

—¿Ha pasado algo, hijo?

La camisa de Deane era de algodón a rayas de colores, de cuello blanco y rígido, como la porcelana.

—Yo, Julie. Me voy. Voy a desaparecer. Pero necesito que me hagas el favor, ¿vale?

—¿Información sobre quién, hijo?

—Un *gaijin* llamado Armitage. Ha alquilado una *suite* en el Hilton.

Deane bajó la pistola.

—Ni se te ocurra moverte, Case. —Tocó algo en un terminal portátil—. Diría que sabes lo mismo que mi red. Al parecer, este caballero tiene un acuerdo temporal con la *yakuza*, y los Hijos del Crisantemo de Neón tienen muchas maneras de proteger a sus aliados de mí, como era de esperar. Ahora, un poco de historia. Es lo que querías, ¿no? —Volvió a coger la pistola, pero no apuntó a Case directamente—. ¿Qué tipo de historia?

—La guerra. ¿Estuviste en la guerra, Julie?

—¿La guerra? ¿Qué tiene que ver la guerra? Duró tres semanas.

—Puño Estridente.

—Es muy conocido. ¿No os enseñan historia hoy en día o qué? Fue todo un sangriento partido de fútbol político en la época. Uno y otro bando *watergateados* una y otra vez... Los altos mandos militares, Case. Los altos mandos del Ensanche en... ¿Dónde fue? ¿McLean? En esos búnkeres. Fue... fue todo un escándalo. Malgastaron mucha sangre joven y patriótica para probar una tecnología nueva o algo así. Más tarde se descubrió que los rusos estaban preparados y tenían defensas, que sabían lo de los pulsos electromagnéticos y las armas que los disparaban. Pero enviaron a esos chicos a pesar de todo, para ver qué ocurría. —Deane se encogió de hombros—. Un blanco fácil para los Ivanes.

—¿Sobrevivió alguno?

—Dios, han pasado muchos años... —respondió Deane—. Aunque creo que sí sobrevivieron algunos. Uno de los equipos. Se apoderaron de un vehículo de combate soviético. Un helicóptero, ¿sabes? Volaron a Finlandia. No tenían los códigos para entrar, por lo que hicieron saltar por los aires las defensas del país para lograrlo. Defensas de las Fuerzas Especiales. —Deane resopló—. Un puto infierno.

Case asintió. El olor del jengibre en conserva era abrumador.

—Yo pasé la guerra en Lisboa, ¿sabes? —continuó mientras bajaba el arma—. Un lugar encantador.

—¿De servicio, Julie?

—No mucho, pero sí que hubo movimiento. —Deane le dedicó una sonrisa sonrosada—. Es increíble lo que una guerra puede llegar a mejorar la economía de uno.

—Gracias, Julie. Te debo una.

—No es nada, Case. Y adiós.

Más tarde se diría a sí mismo que esa noche en el Sammi's había ido mal desde el principio, que lo había sentido incluso mientras iba detrás de Molly por ese pasillo, abriéndose paso entre el montón de resguardos de entradas rotos y tazas de poliestireno. La muerte de Linda, a la espera...

Habían ido al Namban después de su encuentro con Deane, y allí había saldado la deuda con Wage con un fajo de neoyenes de Armitage. Wage había quedado complacido, sus hombres, algo menos, y Molly había sonreído junto a Case con una especie de intensidad salvaje y estática, deseando sin duda que alguno de ellos hiciese un movimiento equivocado. Después habían vuelto al Chat para tomarse una copa.

—Pierdes el tiempo, vaquero —dijo Molly cuando Case se sacó un octógono del bolsillo de la cazadora.

—¿Por qué lo dices? ¿Quieres uno?

Alzó la píldora para mostrársela.

—Tu nuevo páncreas, Case, y esos enchufes de tu hígado. Armitage los diseñó para que esa mierda no te afectase. —Tocó el octógono con una uña de color bermellón—. Eres incapaz a nivel bioquímico de colocarte con anfetas o cocaína.

—Joder —dijo él.

Miró el octógono. Y luego a ella.

—Cométela si quieres. Cómete doce. No ocurrirá nada.

Lo hizo. No ocurrió nada.

Tres cervezas después, Molly le preguntó a Ratz sobre las peleas.

—En el Sammi's —dijo Ratz.

—Yo paso —comentó Case—. Me han dicho que son a muerte.

Una hora después, Molly le compraba entradas a un tailandés muy flaco que llevaba una camiseta blanca y unos pantalones cortos de *rugby* muy holgados.

El Sammi's era una cúpula enorme que había detrás de un almacén del puerto, de tela gris y estirada reforzada con una red de finos cables de acero. El pasillo, que tenía una puerta a cada lado, era una esclusa de aire rudimentaria que servía para conservar la diferencia de presión que sostenía la cúpula. En el techo de madera contrachapada habían atornillado unos anillos de luces fluorescentes bien separados unos de otros, pero la mayoría se había roto. Había mucha humedad en el ambiente, que olía a cerrado, a sudor y a hormigón.

Nada de aquello lo preparó para la arena, la multitud, el tenso silencio y las gigantescas figuras de luz que había debajo de la cúpula. El hormigón descendía por filas hasta alcanzar una especie de escenario central, un círculo elevado rodeado por una reluciente maraña formada por equipamiento de proyección. La única luz eran los hologramas que se movían y parpadeaban sobre la lona, y que reproducían los movimientos de los dos hombres que había en ella. Los restos del humo de los cigarrillos ascendían por las filas y flotaban hasta que caían presa de las corrientes que expulsaban los ventiladores que sostenían la cúpula. El único sonido era el zumbido ahogado de esos aparatos y la respiración amplificada de los luchadores.

Los colores se reflejaban en las lentes de Molly a medida que se movían los luchadores. Los hologramas amplificaban diez veces la figura original. A ese tamaño, las navajas que sostenían medían poco menos de un metro. Case recordó que la pose de un navajero era muy parecida a la de un duelista, con los dedos alrededor de la empuñadura y el pulgar alineado con la hoja. Las navajas parecían tener vida propia y relucían en lo que parecía un ritual exento de apremio, mientras ellos arqueaban el cuerpo, deambulaban por la lona y rozaban las puntas de las armas, a la espera de encontrar una abertura. El rostro alzado de Molly los observaba con tranquilidad, hierático y contemplativo.

—Voy a buscar algo de comida —dijo Case.

Ella asintió, perdida en los devaneos de la danza.

No le gustaba aquel sitio.

Se dio la vuelta y de nuevo se perdió en las sombras. Demasiado silencio.

Vio que gran parte de la multitud era japonesa. No se podía decir que fuese un público de Ciudad Nocturna. Parecían técnicos venidos de las arcologías. Supuso que eso significaba que el recinto contaba con el visto bueno de algún comité corporativo recreacional. Se preguntó durante unos instantes cómo sería trabajar durante toda tu vida para un *zaibatsu*. Que la empresa te proporcionase una casa. Tener que cantar el himno. Que te hiciesen el funeral.

Encontró los puestos de comida después de haber dado casi una vuelta completa a la cúpula. Compró *yakitori* y dos vasos grandes de cartón parafinado. Alzó la vista a los hologramas y vio que la sangre adornaba el pecho de una de las figuras. Una salsa marrón y espesa empezó a derramarse por las brochetas y le cayó por los nudillos.

Solo tenía que esperar siete días para conectarse. Cerró los ojos y se imaginó la matriz.

Sombras que se retorcían, igual que el baile de esos enormes hologramas.

Luego, el miedo empezó a pesarle en los hombros. Notó un sudor frío que cayó y se abrió paso hasta sus costillas. La operación no había funcionado. Seguía allí, en carne y hueso. Molly no lo esperaba, y sus ojos estaban fijos en la danza de las navajas. Armitage no lo esperaba en el Hilton con billetes y un pasaporte nuevo y dinero. Todo era un sueño, una ilusión patética... Unas lágrimas calientes le nublaron la vista.

La sangre salió a chorros de una yugular, en gotas rojas de luz. Y oyó que la multitud empezaba a gritar, a levantarse, a aullar, mientras una de las figuras caía a plomo y el holograma se desvanecía entre parpadeos...

Una náusea le subió por la garganta. Cerró los ojos, respiró hondo, volvió a abrirlos y vio que Linda Lee pasaba junto a él, con los ojos grises ciegos a causa del pavor. Llevaba el mismo mono de trabajo orbital francés.

Y luego desapareció. En las sombras.

Un reflejo del todo involuntario: tiró al suelo las cervezas y el pollo y corrió detrás de ella. Puede que en ese momento la llamara por su nombre, pero nunca lo sabría.

Un fosfeno de una única luz roja del grosor de un cabello. Hormigón chamuscado bajo las finas suelas de sus zapatos.

Las zapatillas blancas de la chica que relucían, cerca ahora de una pared curvada y, de nuevo, esa línea de un láser fantasma cruzó frente a los ojos de Case y rebotó arriba y abajo mientras corría.

Alguien le hizo una zancadilla. El hormigón le arañó las palmas de las manos.

Rodó y dio una patada, pero no consiguió impactar a su objetivo. Un chico flaco con cabello rubio de punta iluminado desde atrás por un halo arcoíris se encontraba sobre él. En la lona, una de las figuras se giró con la navaja en alto y saludó a la multitud enfervorecida. El chico sonrió y se sacó algo de la manga. Una cuchilla, que se iluminó de rojo cuando un tercer haz de láser pasaba junto a ellos hacia la oscuridad. Case vio como la cuchilla se dirigía a su garganta como si fuese la vara de un zahorí.

El rostro quedó distorsionado por una estruendosa nube de explosiones microscópicas. Los dardos de Molly, que tenían una cadencia de veinte por segundo. El chico tosió una vez, se convulsionó y se derrumbó en las piernas de Case.

Se dirigió hacia los puestos y se internó en las sombras. Bajó la vista con la esperanza de ver esa aguja de rubí rojo surgir de su pecho. Nada. La encontró a ella. Estaba derrumbada junto a la base de una columna de hormigón, con los ojos cerrados. Olía como a carne asada. La multitud coreaba el nombre del ganador. Y un vendedor de cerveza limpiaba los grifos con un trapo negro. Una de las zapatillas blancas de Linda se le había caído, a saber cómo, y estaba tirada junto a su cabeza.

Siguió la pared. La curva de hormigón. Las manos en los bolsillos. No dejó de caminar. Pasó junto a rostros que no lo veían, con la cabeza alzada para ver la imagen del ganador. En un momento dado, un arrugado rostro europeo bailó al resplandor de una cerilla, con los labios fruncidos alrededor de la corta boquilla de metal de una pipa. Aroma a hachís. Case siguió caminando, sin sentir nada.

—Case. —Las lentes espejadas surgieron entre las densas sombras—. ¿Estás bien?

Algo bulló y gimoteó detrás de ella, en la oscuridad.

Él negó con la cabeza.

—El combate ha terminado, Case. Es hora de volver a casa.

Intentó dirigirse al ruido detrás de ella, ese lugar en el que había algo moribundo. Pero ella lo detuvo poniéndole una mano en el pecho.

—Han sido amigos de ese buen amigo tuyo. Han matado a tu chica por ti. Se podría decir que lo de las amistades no se te ha dado muy bien en este lugar, ¿no? Conseguimos un perfil parcial de ese viejo cabrón cuando hicimos el tuyo, tío. Freiría a cualquiera por unos pocos neos. El de ahí detrás dice que la pillaron cuando intentaba vender tu RAM en el mercado negro, y que para ellos era mejor matarla para robársela y así ahorrar un poco de dinero... Conseguí sonsacárselo todo al de la mira láser. Supongo que es una casualidad que estemos también por aquí, pero me gustaría asegurarme de este punto.

Tenía los labios apretados y le formaban una línea estrecha.

Case se sentía como si le hubieran batido los sesos.

—¿Quién? —preguntó—. ¿Quién los envió?

Molly le pasó una bolsa de jengibre en conserva manchada de sangre. Vio que sus manos también estaban pegajosas a causa de la sangre. En la oscuridad de detrás, alguien soltó un estertor y murió.

Molly lo llevó al puerto después de la revisión posquirúrgica en la clínica. Armitage los estaba esperando. Había alquilado un aerodeslizador. Lo último que Case vio de Chiba fueron las aristas oscuras de las arcologías. Al cabo, una niebla empezó a cubrir las aguas negras y los bancos de inmundicia que flotaban a la deriva.

SEGUNDA PARTE

La expedición de compras

3

Casa.

Casa era el EMBA, el Ensanche, el Eje Metropolitano Boston-Atlanta.

Programas un mapa para mostrar la frecuencia de intercambio de datos, cada mil *megabytes* quedan representados por un único píxel en una pantalla muy grande. Manhattan y Atlanta arden con un blanco inexpugnable. Luego empiezan a latir, y la densidad del tráfico comienza a sobrecargar tu simulación. Tu mapa está a punto dc cstallar como una supcrnova. Ticncs quc cnfriarlo, aumentar la escala. Cada píxel pasa a ser un millón de *megabytes.* Cuando llega a los cien millones de *megabytes* por segundo, empiezas a apreciar alguna que otra manzana del centro de Manhattan, el contorno de parques industriales de cientos de años de antigüedad que destacan en el centro del casco antiguo de Atlanta...

Case se despertó de un sueño de aeropuertos, de los pantalones de cuero negro de Molly moviéndose frente a él a través de los vestíbulos y pasillos de Narita, Schiphol,

Orly... Se vio comprar una petaca plana de vodka danés en un quiosco una hora antes del amanecer.

En algún lugar de las profundidades de cemento armado del Ensanche, un tren despidió una columna de aire viciado a través de un túnel. Era silencioso y se deslizaba sobre sus amortiguadores de inducción, pero el agitar del aire hacía que el túnel zumbara, tan grave que alcanzaba frecuencias subsónicas. La vibración llegó hasta la estancia en la que yacía, de modo que el polvo salió de las grietas que había en el parqué deshidratado.

Al abrir los ojos vio a Molly, desnuda y fuera de su alcance, al otro lado de una extensión de espuma viscoelástica rosa. En lo alto, la luz del sol se filtraba a través de la cuadrícula manchada de hollín de un tragaluz. Medio metro de ese cristal cuadrado había sido reemplazado por madera prensada, y un cable salía de ella para quedarse colgando a unos pocos centímetros del suelo. Case estaba tumbado de lado y contemplaba la respiración de Molly, sus pechos, el contorno de un costado definido con la elegancia funcional propia del fuselaje de un avión de combate. Su cuerpo era enjuto y prolijo, con los músculos de una bailarina.

La estancia era amplia. Se incorporó. Estaba vacía, a excepción del colchón viscoelástico sobre el que yacía y dos mochilas de nailon nuevas e idénticas que había junto a él. Las paredes despejadas, sin ventanas y con una única puerta cortafuegos de acero pintado de blanco. Los muros estaban cubiertos con una infinidad de capas de pintura de látex. Parecía una fábrica. Conocía ese tipo de habitaciones, ese tipo de edificios: los arrendatarios operaban en esa interzona en la que el arte no llegaba a ser crimen y en la que el crimen no llegaba a ser arte.

Estaba en casa.

Posó los pies en el suelo. Estaba construído por unos pequeños bloques de madera, algunos ausentes y otros sueltos. Le dolía la cabeza. Recordó Ámsterdam, otra habitación en el casco antiguo, cerca del centro histórico, edificios que tenían siglos de antigüedad. A Molly que regresaba de la orilla de un canal con zumo de naranja y huevos. Armitage se había ausentado, en una de sus enigmáticas incursiones, mientras los dos paseaban solos por la plaza Dam y llegaban a un bar en Damrak. París era poco más que un sueño borroso. De compras. Molly lo había llevado de compras.

Se puso en pie, se embutió en unos vaqueros negros nuevos que había a sus pies y se arrodilló junto a las mochilas. La primera que abrió era la de Molly: ropa doblada a la perfección y algunos cachivaches con pinta de ser muy caros. La segunda estaba llena de cosas que no recordaba haber comprado: libros, cintas, una pletina simestim y ropa de marca francesa o italiana. Debajo de una camiseta verde descubrió un paquete plano envuelto en papel reciclado japonés, papel de origami.

El papel se rasgó al cogerlo, y una reluciente estrella de nueve puntas cayó al suelo y se quedó clavada en vertical en una de las grietas del parqué.

—Un recuerdo —dijo Molly—. Me di cuenta de que no dejabas de mirarlos.

Case se dio la vuelta y la vio sentada en la cama con las piernas cruzadas mientras se rascaba el vientre con las uñas de color bermellón, el gesto somnoliento.

—Alguien vendrá más tarde para asegurar el lugar—les informó Armitage.

Se hallaba en el umbral de la puerta abierta con una llave magnética pasada de moda en la mano. Molly había empezado a preparar café en una pequeña cocinilla alemana que acababa de sacar de la mochila.

—Puedo hacerlo yo —dijo ella—. Ya tengo equipo suficiente. Infraescáneres para el perímetro, alarmas...

—No —espetó Armitage al tiempo que cerraba la puerta—. Quiero hacerlo bien.

—Como prefieras.

Molly llevaba una camiseta negra de rejilla y unos pantalones negros y holgados de algodón.

—¿Has sido madero, señor Armitage? —preguntó Case sin levantarse y con la espalda apoyada en la pared.

Armitage no era más alto que Case, pero sus hombros anchos y su pose militar lo hacían cubrir el marco de la puerta de lado a lado. Llevaba un traje de corte italiano muy formal, y en la mano derecha sostenía un mullido maletín de cuero de becerro. Ya no llevaba puesto el pendiente de las Fuerzas Especiales. Sus rasgos bellos e inexpresivos hacían gala de esa belleza rutinaria de las tiendas de cosméticos, una amalgama tradicional de los rostros mediáticos más llamativos de la década anterior. El resplandor pálido de sus ojos hacía que su rostro pareciera cada vez más una máscara. Case empezó a arrepentirse de haberle preguntado eso.

—Me refiero a que muchos miembros de las Fuerzas Especiales acaban como policías. O trabajando en la seguridad privada —añadió Case, azorado. Molly le pasó una taza de café humeante—. Eso que me hiciste en el páncreas es una práctica habitual en el cuerpo de policía.

Armitage cerró la puerta, cruzó la estancia y se colocó frente a Case.

—Eres un tipo con suerte, Case. Deberías darme las gracias.

—¿Debería?

Case sopló el café con fuerza.

—Necesitabas un páncreas nuevo. Gracias al que te compramos, te has librado de una adicción muy peligrosa.

—Gracias, pero lo cierto es que disfrutaba de esa adicción.

—Me alegro, porque ahora vas a tener una nueva.

—¿Cuál?

Case alzó la vista del café y vio que Armitage le sonreía.

—Tienes quince sacos de toxinas unidos al revestimiento de algunas de tus principales arterias, Case. Han empezado a disolverse. Muy despacio, pero lo están haciendo. Cada uno de ellos contiene una micotoxina. Ya sabes cuál es el efecto de esa micotoxina: es la misma que uno de tus antiguos jefes te suministró en Memphis.

Case parpadeó al contemplar esa máscara sonriente.

—Tienes tiempo suficiente para culminar la misión para la que te voy a contratar, Case, pero poco más. Hazlo y te inyectaré una enzima que soltará esos sacos sin abrirlos. Después, solo necesitarás una transfusión de sangre. Si no, los sacos cumplirán con su cometido y te quedarás igual que cuando te encontré. ¿Ves, Case? Nos necesitas, tanto como nos necesitabas cuando te recogimos de las calles.

Case miró a Molly, quien se encogió de hombros.

—Ahora baja en el montacargas y sube las maletas que encontrarás allí. —Armitage le entregó la llave magnética—. Venga. Ya verás que te diviertes tanto como la mañana de Navidad, Case.

Verano en el Ensanche. La multitud se agita en las tiendas como la hierba azotada por el viento, un prado de cuerpos perdidos en remolinos de necesidades y satisfacciones.

Estaba sentado junto a Molly a la luz filtrada del sol, en el borde de una fuente de cemento seca, y dejaba que el infinito fluir de rostros le recordase las diferentes fases de su vida. Primero, un niño de ojos caídos, de la calle, con las manos relajadas y preparadas a los costados. Luego, un adolescente, de gesto tranquilo e inescrutable detrás de unas gafas rojas. Case recordó una pelea en una azotea a los diecisiete años, un combate silencioso en el resplandor rosáceo de la geodesia del amanecer.

Se agitó un poco en el cemento, y lo sintió áspero y frío a través de los vaqueros negros y finos. Aquello no tenía nada que ver con la danza eléctrica de Ninsei. Eran tiendas diferentes, un ritmo diferente entre el olor a comida rápida, perfume y fresco sudor veraniego.

La consola lo esperaba en el apartamento, una Ciberespacio 7 de Ono-Sendai. Habían dejado el lugar lleno de esas formas blancas y abstractas de las unidades de empaquetado, con film de plástico arrugado y cientos de tiras de espuma adhesiva. La Ono-Sendai, que era el ordenador de Hosaka más caro del año siguiente, un monitor Sony, una docena de discos con hielo de categoría corporativa y una cafetera Braun. Armitage había esperado a confirmar que Case aprobaba cada uno de aquellos objetos.

—¿Adónde ha ido? —le había preguntado Case a Molly.

—Le gustan los hoteles. Los grandes. Cerca de los aeropuertos, si puede ser. Bajemos a la calle.

Se había puesto un chaleco militar con una infinidad de bolsillos de formas extrañas y luego unas gafas de plástico negro enormes que le cubrían por completo los injertos espejados.

—¿Sabías lo de esa toxina de mierda? ¿Antes que yo? —le preguntó ya en la fuente. Ella negó con la cabeza—. ¿Crees que es verdad?

—Puede que sí o puede que no. La verdad es que da lo mismo.

—¿Conoces alguna manera de averiguarlo?

—No —respondió Molly, al tiempo que alzaba la mano izquierda para indicarle que guardara silencio—. Es algo demasiado sutil como para aparecer en un escáner. —Después volvió a mover los dedos: «Espera»—. Y tampoco tienes por qué preocuparte demasiado. Te he visto usando la Sendai, tío. Era como ver porno.

Molly rio.

—¿Cómo te ha convencido a ti? ¿Cómo ha chantajeado a una trabajadora como tú?

—Orgullo profesional, guapo. Nada más. —Volvió a hacer el gesto que indicaba que guardara silencio—. Vamos a desayunar, ¿vale? Huevos. Beicon de verdad. Puede que mueras y todo, después de haberte pasado tanto tiempo comiendo ese kril reestructurado que venden en Chiba. Venga, sí, pillaremos el metro a Manhattan y nos tomaremos un desayuno de verdad.

Un neón apagado rezaba METRO HOLOGRAFIX con letras mayúsculas y polvorientas formadas por tubos de cristal. Case se quitó un trozo de beicon que se le había quedado pegado entre los incisivos. Se había dado por vencido: ya no preguntaba adónde se dirigían, ni por qué razón. Tan solo recibía empellones en las costillas y ese gesto demandando silencio a modo de respuesta. Molly habló de las tendencias de moda de la temporada, de deportes y de un escándalo político en California del que Case no había oído hablar en la vida.

Echó un vistazo por el callejón vacío. Una sábana de papel de periódico giró sobre sí misma en el cruce. La extraña brisa del East Side, provocada por algo que estaba relacionado con la convección y la abundancia de cúpulas. Case miró el neón del cartel apagado a través de la ventana. Llegó a la conclusión de que el Ensanche que veía él no era el mismo que veía Molly. La mujer lo había llevado por bares y clubs que él no conocía de nada antes para cerrar tratos, que por lo general apenas consistían en un gesto de asentimiento. Era su manera de conservar los contactos.

Algo se movió en las sombras detrás de METRO HOLOGRAFIX.

La puerta era una lámina de techumbre corrugada. Las manos de Molly fluyeron frente a ella en una intrincada secuencia en esa jerga de lenguaje de signos que él era incapaz de seguir. Vio el que significaba dinero, un pulgar que rozaba la punta del dedo índice. La puerta se abrió hacia dentro, y Molly lo guio a través de ese olor a polvo. Se detuvieron en un claro, donde densas marañas de basura se alzaban a ambos lados hacia paredes llenas de estanterías llenas a rebosar de libros de bolsillo en un pésimo estado de conservación. Parecía como si la basura creciera allí de manera natural, un moho hecho de plástico y metal retorcido. Distinguía un objeto por aquí y otro por allá, pero estos no tardaban en volver a conformar una masa informe: las entrañas de una televisión tan vieja que estaba salpicada por las bombillas de las válvulas termoiónicas, una antena parabólica doblada, un contenedor de fibra marrón lleno de cabos oxidados de tubos de metal de aleación. Una pila enorme de revistas viejas que se había desperdigado por el suelo en el espacio abierto, la carne desnuda de esos veranos de antaño que lo contemplaba con mirada perdida mientras él seguía a Molly a través de un cañón estrecho de chatarra compactada. Oyó como la puerta se cerraba detrás de ellos. No volvió la vista atrás.

El túnel terminaba en una antigua manta del ejército fijada en la parte superior del marco de la puerta. Una luz blanca se proyectó desde detrás cuando Molly la apartó para pasar.

Cuatro paredes de plástico blanco y vacío con un techo a juego y baldosas blancas de hospital moldeadas con un patrón antideslizante de pequeños círculos en relieve. En el centro había una mesa cuadrada pintada de blanco y cuatro sillas plegables.

Al hombre que ahora parpadeaba tras ellos mientras la manta le cubría un hombro como si de una capa se tratase parecían haberlo diseñado en un túnel de viento. Tenía las orejas muy pequeñas y aplastadas contra un cráneo estrecho y unas paletas enormes e inclinadas hacia delante entre las que se entreveía algo que apenas si se parecía a una sonrisa. Llevaba una chaqueta de *tweed* antigua y sostenía un arma de fuego de alguna clase con la mano izquierda. Los miró, parpadeó y guardó el arma en un bolsillo de la chaqueta. Le hizo un gesto a Case y señaló un pedazo de plástico blanco que estaba apoyado cerca del umbral de la puerta. Case se acercó y vio que era una placa de circuitos impresos maciza y de casi un centímetro de grosor. Ayudó al hombre a levantarla y la colocó en el umbral. Unos dedos ágiles y manchados de nicotina la aseguraron con un velcro blanco, y un conducto de ventilación oculto empezó a zumbar.

—Empezad a hablar. El tiempo vuela —dijo el hombre al tiempo que se enderezaba—. Ya sabes cuál es la tarifa, Moll.

—Necesitamos unos escaneos, Finlandés. Para unos implantes.

—Colócate allí, entre los postes, sobre la cinta. Bien erguida, sí. Ahora gira y da una vuelta completa. —Case la vio rotar entre dos postes de aspecto endeble tachonados con sensores. El hombre sacó un pequeño monitor del bolsillo y entrecerró los ojos—. Tienes algo nuevo en la cabeza, sí. Silicio, con una capa de carbón pirolítico. Un reloj, ¿verdad? Tus gafas están como siempre: grafito isotrópico de baja temperatura. Tendrías una mayor biocompatibilidad con pirolíticos, pero eso ya es cosa tuya. Lo mismo te digo de las garras.

—Acércate, Case. —Vio una marca en forma de cruz negra en el suelo blanco—. Date la vuelta. Despacio.

—Este tío está virgen. —El hombre se encogió de hombros—. Unos empastes baratos y poco más.

—¿Puedes hacer escáneres biológicos?

Molly se desabrochó el chaleco verde y sacó unas gafas oscuras.

—¿Te crees que estás en la clínica Mayo o qué? Súbete a la mesa, chico, que te hago una pequeña biopsia. —Rio y enseñó más de esos dientes amarillos—. Na, era broma. Palabra del Finlandés, tiernita, no tienes micrófonos ni bombas en el córtex. ¿Quieres que apague la pantalla?

—Solo hasta que te vayas, Finlandés. Luego querremos pantalla completa tanto tiempo como sea necesario.

—Al Finlandés le parece bien, Moll. Tú eres la que va a pagar cada segundo.

Sellaron la puerta cuando el hombre salió, y Molly le dio la vuelta a una de esas sillas blancas para luego sentarse en ella y apoyar la barbilla en los brazos que había cruzado sobre el respaldo.

—Hablemos. Esto es lo más confidencial que nos podemos permitir.

—¿De qué quieres hablar?

—De lo que vamos a hacer.

—¿Y qué vamos a hacer?

—Trabajar para Armitage.

—¿Y dices que no es para su beneficio?

—Sí. He visto tu perfil, Case. Y también vi el resto de tu lista de la compra en una ocasión. ¿Has trabajado con los muertos alguna vez?

—No. —Vio su reflejo en las lentes de Molly—. Supongo que podría hacerlo. Se me da bien mi trabajo.

Aquella alusión en tiempo presente lo puso nervioso.

—¿Sabes que Dixie el Plano está muerto?

Asintió.

—He oído que fue un ataque al corazón.

—Trabajarás con su constructo. —Molly sonrió—. Te enseñó todo lo que sabes, ¿no? Quine y él. Ya que ha salido el tema, conozco a Quine. Menudo gilipollas.

—¿Alguien ha grabado a McCoy Pauley? ¿Quién? —Case se sentó y apoyó los codos en la mesa—. Me parece imposible. Nunca lo habría permitido.

—Senso/Red. Te apuesto lo que quieras a que le pagaron un pastón.

—¿Quine también ha muerto?

—No caerá esa breva. Está en Europa. No quiere saber nada del asunto.

—Bueno, pues si podemos conseguir al Plano, seguro que todo será mucho más fácil. Era el mejor. ¿Sabes que tuvo el encefalograma plano en tres ocasiones?

Molly asintió.

—Vi la línea plana. Me enseñaron vídeos. «Chico, estaba muerto», lo oí decir con ese acento suyo.

—Mira, Case, he intentado averiguar quién financia a Armitage desde que me contrató, pero no parece un *zaibatsu*, ni un gobierno ni una filial de la *yakuza*. Armitage recibe órdenes. Le ordenaron ir a Chiba, contratar a un drogata que estaba a punto de palmarla e intercambiar un programa para pagar la operación con la que recuperaría la salud. Podríamos haber pagado el sueldo de veinte de los mejores vaqueros del mundo por lo que pagaría el mercado por ese programa quirúrgico. Eres bueno, pero no tanto...

Se rascó un lado de la nariz.

—Supongo que todo esto tendrá sentido para alguien —se limitó a decir él—. Para alguien importante.

—No quería herir tus sentimientos. —Molly sonrió—. Vamos a dar un golpe de los gordos, Case, y solo para conseguir el constructo del Plano. Senso/Red lo tiene confinado en una biblioteca de datos acorazada situada en la parte alta de la ciudad, donde lo someten a una vigilancia más estrecha que el ojete de una anguila. También guardan allí todo el material nuevo que van a usar para la temporada de otoño. Si lo robáramos seríamos más ricos que el carajo, pero no, quiere que nos centremos en el Plano y en nada más. Es muy raro.

—Sí, todo es muy raro. Tú eres rara. Este antro es raro. ¿Y quién es ese pequeño perrito de las praderas del pasillo?

—El Finlandés, un antiguo contacto de los míos. Se dedica a la protección, básicamente. Programas de protección. Este negocio particular no es más que una fachada. Conseguí que Armitage le permitiese ser nuestro especialista para el trabajo, pero si te cruzas con él más adelante, haz como que no lo conoces de nada, ¿de acuerdo?

—¿Qué te ha metido Armitage en el cuerpo para convencerte?

—Soy una chica fácil. —Sonrió—. Buscan a los mejores, y eso es lo que somos, ¿no crees? Tú cuando te conectas y yo cuando hay gresca.

Case se la quedó mirando.

—Cuéntame lo que sepas sobre Armitage.

—Pues, para empezar, no hay nadie llamado Armitage que haya participado en la operación Puño Estridente. Lo he comprobado. Pero eso no quiere decir nada. He visto fotografías de los supervivientes y no se parece a ninguno de ellos. —Se encogió de hombros—. Parece algo gordo, pero no dispongo de más información al respecto. —Tamborileó con las uñas en el respaldo de la silla—. Pero tú eres un vaquero, ¿no? Me refiero a que podrías investigar un poco.

Sonrió.

—Me mataría.

—Puede. O puede que no. Creo que te necesita, y mucho. Además, eres un tipo listo, ¿no es así? Seguro que puedes salirte con la tuya.

—¿Qué más hay en esa lista que mencionaste?

—Juguetitos. La mayoría son para ti. Y también un psicópata llamado Peter Riviera. Un tipo muy desagradable.

—¿Dónde está?

—Ni idea. Pero te aseguro que es muy chungo. Vi su perfil. —Hizo un mohín—. Pero horrible. —Se levantó y se estiró como una gata—. Entonces, ¿estás conmigo, chaval? ¿Puedo contar contigo? ¿Somos compañeros?

Case la miró.

—Tampoco es que tenga muchas opciones.

Molly rio.

—En eso tienes razón, vaquero.

—La matriz se había originado con los primeros videojuegos de recreativas —dijo la grabación—. Con los primeros programas gráficos y experimentos militares con conexiones intracraneales. —En el Sony, una guerra espacial bidimensional se desvanecía detrás de una maraña de helechos generados matemáticamente que ponía de manifiesto las posibilidades espaciales de las espirales logarítmicas. Un entrecortado metraje militar de un tono azulado e insulso, animales de laboratorio conectados a sistemas de prueba, cascos enchufados a los circuitos antiincendios de tanques y aviones de guerra—. El ciberespacio. Una alucinación consensuada que miles de millones de operadores legales de todos los países experimentan a diario, niños a los que se les enseñan conceptos matemáticos... Una representación gráfica y abstracta de los datos de todos los ordenadores de la humanidad. Algo de una complejidad impensable. Líneas de luz alineadas en el no lugar de la mente, grupos y constelaciones de datos. Parecidos a las luces de una ciudad, alejándose...

—¿Qué es eso? —preguntó Molly mientras Case giraba el selector de canales.

—Un programa para niños. —Una oleada de imágenes discontinuas mientras movía el selector—. Desconexión —le dijo al Hosaka.

—¿Quieres probar ahora, Case?

Miércoles. Ocho días desde que había despertado en el Hotel Barato con Molly a su lado.

—¿Quieres que me marche? Quizá te resulte más fácil si estás solo...

Él negó con la cabeza.

—No, quédate. Da igual.

Se colocó la cinta para el sudor en la frente con cuidado de no mover los dermatrodos lisos de la Sendai. Miró la consola que tenía sobre el regazo, aunque en realidad no la veía: estaba recordando el escaparate de Ninsei, los *shurikens* cromados que ardían con los reflejos del neón. Alzó la vista justo encima de la Sony, donde había colgado el regalo de Molly clavando una chincheta amarilla por el agujero del centro.

Cerró los ojos.

Encontró la superficie rugosa del interruptor de encendido.

Después vio unos fosfenos que se iluminaban agitados en la oscuridad en carne viva que había detrás de sus ojos, vio unas imágenes hipnagógicas que se superponían en su visión como fotogramas fortuitos de una película. Símbolos, figuras, rostros... Un mandala emborronado y fragmentado de información visual.

«Por favor —rogó—, venga...»

Un disco gris del color del cielo de Chiba.

«Venga...»

El disco empezaba a rotar, cada vez más rápido, hasta convertirse en una esfera de un gris más pálido. Expandiéndose...

Y fluyó, brotó para él como un prolongado truco de origami que relucía como el neón, como el despliegue de un hogar que no conocía distancias, su país, un tablero de ajedrez tridimensional que se extendía hasta el infinito. Su ojo interior se abrió a la pirámide escarlata y escalonada del Centro de Fisión de la Costa Este que ardía tras los cubos verdes del Mitsubishi Bank of America. Y en las alturas, a mucha distancia, vio los brazos en espiral de los sistemas militares que nunca estaban a su alcance.

Y, en algún lugar, reía, en un *loft* pintado de blanco mientras sus dedos distantes acariciaban la consola y las lágrimas de alivio le caían por el rostro.

Cuando se quitó los trodos, Molly se había marchado y el *loft* estaba oscuro. Miró el reloj. Había pasado cinco horas en el ciberespacio. Llevó la Ono-Sendai hasta una de las nuevas mesas de trabajo y se derrumbó sobre el colchón para luego colocarse el saco de dormir de seda negra de Molly sobre la cabeza.

El sistema de seguridad que había instalado en la puerta cortafuegos pitó dos veces.

—Solicitud de acceso —dijo—. Mis sistemas indican que el sujeto tiene permiso.

—Ábrela.

Case se quitó el saco de la cara y se incorporó mientras se abría la puerta, tras la que esperaba que apareciesen Molly o Armitage.

—Por Dios —dijo una voz ronca—. Sé que esa zorra ve en la oscuridad, pero... —Una figura achaparrada entró y cerró la puerta—. Enciende la luz, ¿no?

Case se levantó del colchón y encontró el interruptor pasado de moda.

—Soy el Finlandés —dijo el Finlandés, que puso gesto de advertencia.

—Case.

—Encantado de conocerte. No me cabe duda. Al parecer voy a fabricar equipo para tu jefe. —El Finlandés sacó un paquete de Partagás de un bolsillo y encendió uno. Un olor a puro habano llenó la estancia. Se acercó a la mesa de trabajo y miró la Ono-Sendai—. Parece del montón. Ya cambiaremos eso. Tu problema es otro, chaval. —Sacó un sobre de papel manila sucio de dentro de la chaqueta, tiró un poco de ceniza al suelo y después extrajo un rectángulo negro y anodino del sobre—. Malditos prototipos de fábrica —dijo al tiempo que lo soltaba en la mesa—. Lo meten en un bloque de policarbonato y solo se puede abrir con un láser, pero al hacerlo freirías el interior. También tiene trampas que lo protegen de los rayos X, de ultraescaneos y de a saber qué más. Lo conseguiremos, pero no hay paz para los malvados, ¿verdad?

Dobló el sobre con mucho cuidado y se lo volvió a meter en un bolsillo interior.

—¿Qué es?

—Un interruptor biestable, básicamente. Lo conectas a esta Sendai y puedes acceder a un simestim grabado o en directo sin tener que desenchufarte de la matriz.

—¿Para qué?

—No tengo ni idea. Sé que tengo que preparar un equipo de emisión para Moll, por lo que es muy probable que vayas a acceder a su sensórium. —El Finlandés se rascó la barbilla—. Parece que al fin vas a poder ver lo que hay debajo de esos vaqueros tan apretados, ¿eh?

4

Case estaba sentado en el *loft* con los dermatrodos conectados por la frente mientras veía las motas de polvo bailotear en la atenuada luz del sol que se filtraba por la rejilla que tenía encima. Una cuenta atrás en progreso se atisbaba en una esquina del monitor.

«Los vaqueros no usan simestim porque es básicamente un juguete de carne», pensó. Sabía que los trodos y la pequeña tiara de plástico que colgaba de la pletina simestim eran lo mismo, y que la matriz del ciberespacio era en realidad una simplificación drástica del sensórium humano, al menos en términos de representación, pero creía que un simestim no era más que una multiplicación gratuita de los sentidos de la carne. Las obras comerciales se editaban, como era de esperar. De ese modo, si a Tally Isham le dolía la cabeza durante algún segmento, a ti no tenía por qué dolerte también.

La pantalla pitó a modo de advertencia: quedaban dos segundos.

El nuevo interruptor estaba conectado a su Sendai con una estrecha cinta de fibrópticos.

Uno, dos y...

El ciberespacio se abrió ante él por todos los puntos cardinales.

«Ha sido llevadero —pensó—, pero no lo suficiente. Habrá que trastear un poco...»

Después pulsó el nuevo interruptor.

Sintió la abrupta sacudida que se experimenta al entrar en otra carne. La matriz desapareció en una oleada de sonido y de color... Ella avanzaba a través de una calle abarrotada y pasaba junto a los puestos en los que se vendían programas en oferta cuyos precios estaban escritos con rotulador en láminas de plástico, retazos de música de una infinidad de altavoces. Olor a orín, monómeros gratis, perfumes, empanadillas de kril frito. Case se afanó en vano por controlar el cuerpo de la mujer durante unos segundos que le resultaron aterradores. Después consiguió tranquilizarse y convertirse así en un pasajero tras sus ojos.

Las lentes no parecían filtrar la luz del sol. Se preguntó si los amplificadores que tenía implantados la compensarían de manera automática. Unos caracteres alfanuméricos azules mostraban la hora en la esquina inferior izquierda de su campo de visión.

«Seguro que lo hace para fardar», pensó Case.

Su lenguaje corporal era desconcertante; su estilo, ajeno. Parecía estar siempre a punto de chocar con alguien, pero la gente se apartaba de su camino, se escabullía a los lados para hacerle hueco.

—¿Cómo te va, Case?

Oyó las palabras y sintió cómo ella las formaba. La mujer se metió una mano en la cazadora y se tocó un pezón con gestos circulares por debajo de la seda caliente. La sensación lo dejó sin aliento, y ella rio, pero la conexión era unilateral y no tenía manera de responder.

Dos manzanas después, se abría paso por las afueras del callejón de la Memoria. Case insistió en apartar la mirada hacia los puntos de referencia que él habría usado para guiarse, cada vez más irritado por la pasividad que entrañaba aquella situación.

La transición al ciberespacio cuando pulsó el interruptor fue instantánea. Se obligó a traspasar una pared de hielo muy rudimentaria que pertenecía a la Biblioteca Pública de Nueva York mientras contaba de forma automática las posibles ventanas. Volvió a pulsar el interruptor para volver al sensórium, a ese fluir sinuoso de músculos y sentidos nítidos e intensos.

Se encontró planteándose preguntas sobre la mente con la que compartía aquellas sensaciones. ¿Qué sabía sobre ella? Que se trataba de otra profesional, y que usaba su ser (al igual que Case) para ganarse la vida. También sabía cómo había tratado de moverse contra él hacía unos momentos, cuando ella fue consciente de lo que ocurría y él se había conectado, y Case también sabía que le gustaba el café solo después de...

Ella se dirigió a uno de los dudosos complejos de alquiler de programas que había por todo el callejón de la Memoria. Allí reinaban la quietud y el silencio. Unas cabinas se alineaban en un recibidor principal. La clientela era joven, casi nadie mayor de veinte años. Toda la gente parecía tener puertos de carbono implantados detrás de la oreja izquierda, pero no se fijó en nadie. Los mostradores que había delante de las cabinas exponían cientos de astillas de microsoft, fragmentos angulares de silicio coloreado montados en burbujas rectangulares sobre cuadrados de cartón blanco. Molly se acercó a la séptima cabina de la pared meridional. Detrás del mostrador, un chico con la cabeza rapada contemplaba el infinito con la mirada perdida, y una docena de astillas de microsoft le sobresalían del puerto que tenía detrás de la oreja izquierda.

—Larry, ¿estás ahí, tío?

La mujer se colocó frente a él, y los ojos del chico la enfocaron. Se enderezó en la silla y sacó una astilla de un magenta reluciente del puerto con la mugrienta uña del pulgar.

—Oye, Larry.

—Molly —saludó.

—Tengo un trabajito, de parte de uno de tus amigos.

Larry sacó un estuche plano de plástico de un bolsillo de su camisa deportiva roja, lo abrió y guardó el microsoft junto a una docena más. Después titubeó antes de coger el chip de un negro reluciente que era un poco más largo que los demás e introducirlo con cuidado en su cabeza. Entrecerró los ojos.

—Molly lleva un pasajero, y eso no le gusta a Larry —dijo.

—Anda, no sabía que fueras tan... sensible. Me impresiona. Cuesta mucho volverse tan sensible.

—¿La conozco de algo, señora? —La mirada perdida había regresado a su rostro—. ¿Quiere comprar algún *soft*?

—Busco a los modernos.

—Esto dice que tienes un pasajero, Molly —dijo mientras se tocaba la astilla negra—. Hay alguien que también está usando tus ojos.

—Es mi compañero.

—Dile a tu compañero que se largue.

—Tengo algo para los Panteras Modernos, Larry.

—¿De qué habla, señorita?

—Case, date el piro —dijo Molly.

Case volvió a pulsar el interruptor y volvió a encontrarse de inmediato en la matriz. Unas impresiones fantasma del lugar quedaron superpuestas durante unos pocos segundos en la calma zumbante del ciberespacio.

—Los Panteras Modernos —le dijo al Hosaka mientras se quitaba los trodos—. Un resumen de cinco minutos.

—Listo —respondió el ordenador.

No conocía el nombre. Era algo nuevo, que había aparecido durante el tiempo que él había pasado en Chiba. La moda se apoderaba de las juventudes del Ensanche a la velocidad de la luz. Subculturas enteras podían alzarse de la noche a la mañana, desarrollarse a toda velocidad durante semanas y luego desaparecer por completo.

—Adelante —dijo. El Hosaka había accedido a una batería de bibliotecas, diarios y servicios de noticias.

El resumen comenzó con una imagen fija en colores que Case supuso en un primer momento que se trataba de un *collage* de algún tipo, el rostro de un chico recortado de otra imagen y pegado a una fotografía de una pared pintarrajeada. Unos ojos oscuros, pliegue epicántico que sin duda era fruto de la cirugía, marcas de un acné enrojecido sobre pómulos enjutos y pálidos. El Hosaka activó la reproducción, y el chico empezó a moverse, a fluir con la gracilidad siniestra de un mimo que fingía ser un depredador de la jungla. Su cuerpo era casi invisible, un patrón abstracto que se acercaba a los ladrillos pintarrajeados y se deslizaba con suavidad bajo un mono muy ceñido. Policarbonato mimético.

Aquella imagen dio paso a una de la doctora Virginia Rambali, del Departamento de Sociología de la Universidad de Nueva York. Su nombre, el de la facultad y el de la universidad latían por la pantalla representados con una tipografía rosa.

—Debido a su inclinación por estos actos fortuitos de violencia irreal —dijo alguien—, puede que a nuestros espectadores les cueste entender por qué sigues insistiendo en que este fenómeno no es un tipo de terrorismo.

La doctora Rambali sonrió.

—Siempre hay un punto en el que un terrorista deja de manipular la *Gestalt* de los medios de comunicación. Uno en el que es posible que la violencia vaya a más, pero también indica que el propio terrorista se ha convertido en un síntoma de la misma *Gestalt* de dichos medios. El terrorismo, tal y como lo entendemos, está unido de forma intrínseca a los medios de comunicación. Los Panteras Modernos se diferencian de otros terroristas precisamente a causa de su grado de conciencia de sí mismos, por su conocimiento de la manera en la que dichos medios de comunicación separan el acto de terrorismo de su intención sociopolítica original...

—Páralo —dijo Case.

Case conoció a su primer moderno dos días después de ver el resumen en el Hosaka. Había llegado a la conclusión de que eran una versión contemporánea de los Grandes Científicos, otra banda que había tenido su auge cuando él era un adolescente. En el Ensanche había una suerte de ADN adolescente y fantasmal, algo que portaba los principios cifrados de varias subculturas efímeras y que las replicaba en intervalos irregulares. Los Panteras Modernos eran una variante absurda de los Científicos. De haber contado con esa tecnología, los Grandes Científicos habrían tenido puertos llenos de microsofts. El matiz verdaderamente relevante era el estilo, y este era el mismo. Los modernos eran mercenarios, imbéciles muy prácticos, tecnofetichistas de tendencias nihilistas.

El que se encontraba en la puerta del *loft* con una caja de disquetes del Finlandés era un chico de voz suave llamado Angelo. Su rostro era una máscara de colágeno injertado y polisacáridos de cartílagos de tiburón, terso y repugnante. Era uno de los ejemplos de cirugía estética opcional más horribles que Case jamás hubiera visto. Cuando Angelo sonrió y dejó a la vista los caninos afilados como cuchillas que parecían los de un enorme animal, Case se sintió aliviado. Injertos de dientes. Ya los había visto antes.

—No puedes dejar que esos cabrones se aprovechen de la brecha generacional —dijo Molly. Case asintió, absorto en los patrones del hielo de Senso/Red.

Aquello era otra cosa. Era su naturaleza, su identidad, su esencia. Se había olvidado de comer. Molly le había dejado arroz y bandejas de espuma con *sushi* en una esquina de la mesa larga. A veces se arrepentía de haber dejado la consola para usar el baño químico que habían montado en una esquina del *loft*. Los patrones del hielo se formaban una y otra vez en la pantalla mientras él intentaba encontrar grietas, evitaba las trampas más obvias y mapeaba la ruta que había tomado a través del hielo de Senso/Red. Era un buen hielo. Era fantástico. Los patrones ardían en esa realidad mientras él yacía tumbado con el brazo bajo los hombros de Molly y veía el amanecer rojo a través de la rejilla de metal del tragaluz. Lo primero que vio al despertar fue ese laberinto de píxeles del color del arcoíris. Se fue directo a la consola, sin vestirse siquiera, y se conectó. Lo estaba picando. Estaba trabajando. Había perdido la cuenta de los días.

Y a veces, cuando se quedaba dormido, sobre todo cuando Molly salía a dar uno de sus paseos de reconocimiento con una cuadrilla de modernos, las imágenes de Chiba volvían a su mente. Rostros y el neón de Ninsei. En una ocasión se despertó de un sueño muy confuso en el que aparecía Linda Lee, uno en el que era incapaz de recordar quién era ella ni lo que había significado para él. Al recordarlo, se había enchufado y había trabajado durante nueve horas seguidas.

—Dije una semana —comentó Armitage, incapaz de ocultar su satisfacción cuando Case le mostró el plan para el golpe—. Te has tomado tu tiempo.

—No me jodas —replicó Case, que sonrío a la pantalla—. He hecho un trabajo de diez, Armitage.

—Sí —admitió él—, pero no dejes que se te suba a la cabeza. Esto es poco más que uno de esos juegos recreativos comparado con aquello a lo que tendrás que enfrentarte en el futuro.

—Te quiero, Madre de Gatos —susurró el enlace de los Panteras Modernos. Su voz estaba modulada por los auriculares de Case.

—Atlanta, Polluelos. Todo bien. Adelante. ¿Recibido?

La voz de Molly sonaba algo más nítida.

—Tus deseos son órdenes.

Los modernos usaban algún tipo de antena reticulada en Nueva Jersey para que la señal rebotara en un satélite de los Hijos de Dios que estaba en órbita geoestacionaria sobre Manhattan. Habían decidido tomarse el conjunto de la operación como un elaborado chiste privado, y su elección de satélites de comunicaciones parecía deliberada. Las señales de Molly se enviaban desde una antena parabólica pegada con resina epoxi a la azotea de la torre de un banco que era casi tan alta como el edificio de Senso/Red.

«Atlanta.» El código de identificación era sencillo. De Atlanta a Boston a Chicago a Denver; cinco minutos para cada ciudad. Si alguien conseguía interceptar la señal de Molly, desencriptarla y sintetizar su voz, el código avisaría a los modernos. Si ella se quedaba más de veinte minutos en el edificio, era poco probable que saliese con vida.

Case le dio el último sorbo al café, se colocó los trodos y se rascó el pecho por debajo de la camiseta negra. Solo tenía una vaga idea del plan que habían preparado los Panteras Modernos para distraer a los efectivos de seguridad de Senso/Red. El trabajo de Case consistía en asegurarse de que el programa de intrusión que había escrito enlazara con los sistemas de Senso/Red justo cuando Molly lo necesitase. Miró la cuenta atrás en la esquina de la pantalla. Dos. Uno.

Se enchufó y activó su programa.

—Línea principal —susurró el enlace.

Su voz era el único sonido que oyó Case mientras se abría paso por los estratos relucientes del hielo de Senso/Red. Bien. Tenía que comprobar cómo le iba a Molly. Pulsó el interruptor del simestim para cambiarlo al sensórium de su compañera.

El codificador enturbiaba un poco los datos visuales. Se encontraba frente a una pared espejada con adornos dorados que había en el enorme recibidor blanco del edificio. Mascaba chicle, al parecer fascinada por su reflejo. Si se dejaba de lado el enorme par de gafas de sol con el que ocultaba sus injertos, se podía decir que no llamaba la atención en aquel lugar: parecía otra turista más a la espera de ver, aunque fuese de pasada, a Tally Isham. Llevaba un chubasquero rosa, un top blanco de rejilla y unos pantalones holgados y también blancos con un corte que había estado de moda en Tokio el año anterior. Tenía una sonrisa vacía en el rostro y hacía globos con el chicle. Case estuvo a punto de reírse. Sintió la cinta de microporos que llevaba pegada en las costillas y las unidades planas y pequeñas que había debajo: la radio, la unidad de simestim y el codificador. El micrófono de garganta que llevaba pegado al cuello parecía más bien un dermadisco analgésico. Tenía las manos en los bolsillos del chubasquero rosa, y las abría y las cerraba una y otra vez en una serie de ejercicios de relajación. Case tardó unos segundos en reparar en que la sensación peculiar que notaba en la punta de los dedos se debía a las cuchillas que sobresalían un poco y luego se envainaban de nuevo con cada serie de movimientos.

Volvió a pulsar el interruptor. Su programa había llegado a la quinta puerta. Vio como su picahielos relucía estroboscópico y se agitaba frente a él, casi sin ser consciente de sus manos al moverse por la consola para efectuar algún que otro ajuste menor. Unos planos translúcidos de color se agitaban como el mazo de cartas de un mago.

«Coge una carta —pensó—. Cualquiera.»

La puerta se emborronó a su alrededor. Rio. El hielo de Senso/Red había aceptado su acceso como una transferencia rutinaria del complejo que la sociedad mercantil tenía en Los Ángeles. Estaba dentro. Detrás de él, unos subprogramas virales habían empezado a entremezclar el código de la puerta para rechazar cualquier transferencia real de datos de Los Ángeles, si se daba el caso.

Volvió a pulsar el interruptor. Molly pasaba junto al enorme escritorio circular de la recepción que había al fondo del vestíbulo.

Los números 12.01.20 relucieron en su nervio óptico. El enlace de Jersey había dado la orden a medianoche, sincronizando con el chip que había detrás del ojo de Molly.

—Línea principal.

Nueve modernos desperdigados por más de trescientos kilómetros del Ensanche habían introducido el código EMERG MÁX en cabinas telefónicas. Cada uno de los modernos articuló unas pocas palabras, colgó y se perdió en la noche mientras se quitaba unos guantes quirúrgicos. Nueve comisarías y agencias de seguridad pública diferentes habían empezado a recibir información sobre una subsecta de fundamentalistas cristianos activistas que habían reivindicado haber esparcido un agente psicoactivo ilegal conocido como Azul Nueve en los sistemas de ventilación de la pirámide de Senso/Red. Azul Nueve, que en California se conocía como Ángel Inquebrantable, había provocado una paranoia aguda y psicosis homicida en el ochenta y cinco por ciento de los sujetos experimentales.

Case volvió a pulsar el interruptor y su programa atravesó las puertas de los subsistemas que controlaban la seguridad de la biblioteca de investigación de Senso/Red. Se vio a sí mismo entrando en un ascensor.

—Perdón, ¿es usted empleada?

El guardia arqueó las cejas. Molly reventó un globo de chicle.

—No —respondió al tiempo que dirigía los dos primeros nudillos de la mano derecha al plexo solar del hombre. Cuando se dobló a causa del dolor e intentó coger el busca que llevaba a la cintura, Molly le aplastó la cabeza contra la pared de la cabina del ascensor.

Empezó a mascar chicle un poco más rápido, y tocó «cerrar puerta» y «detener» en el panel iluminado. Sacó una caja negra del bolsillo del chubasquero e insertó una lámina de plomo en la cerradura que protegía la circuitería del panel.

Los Panteras Modernos esperaron cuatro minutos para que la primera de sus acciones surtiese efecto y después inyectaron una segunda dosis de desinformación que habían preparado con mucha minuciosidad. En esa ocasión, la inyectaron directamente en los sistemas de videovigilancia del edificio de Senso/Red.

A las 12.04.03, todas las pantallas del edificio emitieron durante dieciocho segundos una luz estroboscópica en una frecuencia que provocó convulsiones a la parte más vulnerable de los empleados de Senso/Red. Después, un rostro vagamente humano apareció en las pantallas, con los rasgos estirados en extensiones asimétricas de hueso, como si fuese una escabrosa proyección de Mercator. Unos labios azules y húmedos se separaron cuando la retorcida y alargada mandíbula empezó a moverse. Algo parecido quizá a una mano, un amasijo rojo de raíces retorcidas, se acercó a la cámara, se convirtió en un borrón y desapareció. Unas súbitas imágenes subliminales de polución: gráficos del sistema de suministro de agua del edificio, manos enguantadas que manipulaban equipo de laboratorio, algo que se agitaba en la oscuridad, una salpicadura pálida... La pista de audio estaba ajustada para reproducirse a un poco menos del doble de la velocidad normal, y era un telediario de hacía un mes en el que se detallaban los posibles usos militares de una sustancia conocida como HsG, un bioquímico con el que se podía controlar el factor de crecimiento óseo de los humanos. Las sobredosis de HsG hacían que algunas células óseas se sobrecargaran y aceleraban el crecimiento hasta alcanzar cifras del mil por cien.

A las 12.05.00, el núcleo cubierto de espejos de la sociedad mercantil de Senso/Red solo tenía más de tres mil empleados. Cinco minutos después de medianoche, el mensaje de los modernos terminó con una cegadora pantalla blanca y la pirámide de la empresa aulló.

Media docena de aerodeslizadores tácticos de la policía de Nueva York acudieron ante la amenaza de que hubiese Azul Nueve en los sistemas de ventilación del edificio y se congregaron alrededor de la pirámide. Un helicóptero de tropas de despliegue rápido despegó de su plataforma en Riker.

Case activó su segundo programa. Era un virus diseñado minuciosamente para atacar el código básico que protegía los comandos principales del subsótano en el que se guardaba el material de investigación de Senso/Red.

—Boston —se oyó la voz de Molly por el enlace—. Estoy abajo.

Case pulsó de nuevo el interruptor y vio la pared blanca del ascensor. Molly había empezado a desabrocharse los pantalones blancos. Un paquete abultado que tenía justo la misma tonalidad que su pálido tobillo estaba pegado a él con microporos. Se arrodilló y quitó la cinta. Unas marcas de color bermellón surgieron en el policarbonato mimético mientras desdoblaba el traje de los modernos. Se quitó el chubasquero rosa, lo tiró al suelo junto a sus pantalones blancos y luego comenzó a ponérselo sobre el top blanco de rejilla.

12.06.26.

El virus de Case había creado una abertura en el hielo de comandos de la biblioteca. Se abalanzó para atravesarla y encontró un espacio azul e infinito rodeado por unas esferas con código de color unidas gracias a una cuadrícula de un azul neón de tonalidad pálida. En el no lugar que era la matriz, el interior de un constructo de datos particular tenía dimensiones subjetivas ilimitadas. Acceder a la calculadora de juguete de un niño a través de la Sendai de Case habría abierto un abismo infinito de nada en el que solo se podrían articular unos comandos muy básicos. Case empezó a teclear la secuencia que el Finlandés le había comprado a un *sarariman* con un puesto de cierta importancia y un grave problema de adicción a las drogas. Empezó a deslizarse por las esferas como si recorriese unas vías invisibles.

Aquí. Esta.

Atravesó con fuerza la esfera, y percibió sobre él una cúpula de un neón azul intenso, sin estrellas, suave como vidrio esmerilado. Después activó un subprograma que realizaba ciertas alteraciones en los comandos de control del núcleo.

Fuera. Se dio la vuelta con suavidad mientras el virus entretejía de nuevo la trama de la abertura.

Hecho.

En el recibidor de Senso/Red, dos Panteras Modernos se encontraban sentados y alerta detrás de un macetero bajo y rectangular para grabar la revuelta con una videocámara. Ambos llevaban uniformes camaleónicos.

—Los equipos de asalto han colocado barricadas de espuma con los aerosoles —indicó uno de ellos a través del micrófono que llevaba al cuello—. Las tropas de despliegue rápido todavía se afanan en intentar que el helicóptero aterrice.

Case pulsó el interruptor de nuevo y se vio abrumado por la agonía de un hueso roto. Molly estaba apoyada contra la pared gris y vacía de un pasillo muy largo y respiraba entre jadeos irregulares. Case volvió a la matriz de inmediato, y el dolor punzante e intenso del muslo izquierdo desapareció poco a poco.

—¿Qué ha pasado, Polluelos? —le preguntó al enlace.

—No lo sé, Cortador. Madre no responde. Un momento.

El programa de Case había entrado en bucle. Un hilo de neón carmesí fino como un cabello se extendía desde el centro de la abertura restaurada hacia el contorno cambiante de su picahielos. No disponía de tiempo para esperar. Respiró hondo y volvió a pulsar el interruptor.

Molly trató de dar un paso sin dejar de apoyarse en la pared del pasillo. Case gruñó en el *loft*. Con el segundo paso terminó en el suelo, apoyada en un brazo extendido. La manga del uniforme relució con sangre fresca. Un atisbo de una porra eléctrica de fibra de vidrio rota. La visión empezó a cerrarse en sí misma, como si estuviese en un túnel. Con el tercer paso, Case gritó y descubrió que había vuelto a la matriz.

—¿Polluelos? Boston, chicos... —Tenía la voz constreñida a causa del dolor—. Hemos tenido un problemilla con los nativos. Creo que uno de ellos me ha roto la pierna.

—¿Qué necesitas, Madre de Gatos?

La voz del enlace sonaba poco definida y apenas se distinguía de la estática de fondo.

Case se obligó a pulsar otra vez el interruptor. Molly estaba apoyada en la pared y sostenía todo su peso con la pierna derecha. Empezó a rebuscar en el interior del bolsillo de canguro del traje y sacó una lámina de plástico moteada con un arcoíris de dermadiscos. Eligió tres de ellos y se los pegó con fuerza en la muñeca izquierda, sobre las venas. Seis mil microgramos de endorfinas analógicas ahogaron el dolor con la fuerza de un martillo, lo destrozaron. Quedó presa de una convulsión que le arqueó la espalda. Unas cálidas oleadas empezaron a batirle en los muslos. Suspiró y empezó a relajarse poco a poco.

—Muy bien, Polluelos. Vale. Pero necesitaré un equipo médico cuando salga de aquí. Decídselo a los míos. Cortador, estoy a dos minutos del objetivo. ¿Aguantarás?

—Decidle que estoy listo y a la espera —respondió Case.

Molly empezó a cojear por el pasillo. Echó la vista atrás en una ocasión, y Case vio los cuerpos inmóviles de tres guardias de seguridad de Senso/Red. Uno de ellos parecía no tener ojos.

—Los equipos de asalto y de despliegue rápido han bloqueado el vestíbulo, Madre de Gatos. Barricadas de espuma. Las cosas empiezan a complicarse.

—Aquí también están complicadas —dijo ella mientras franqueaba un par de puertas de acero gris—. Ya casi estoy ahí, Cortador.

Case pulsó el interruptor para regresar a la matriz y se quitó los trodos de la frente. Estaba empapado en sudor. Se limpió con una toalla, le dio un breve sorbo a una botella de bicicleta llena de agua que había junto al Hosaka y comprobó el mapa de la biblioteca que tenía abierto en la pantalla. Un cursor rojo y parpadeante cruzó las líneas de una puerta, a unos milímetros del punto verde que indicaba la ubicación del constructo de Dixie el Plano. Se preguntó cómo le quedaría la pierna por caminar en esas condiciones. Con las endorfinas analógicas suficientes, uno podía caminar sobre un par de muñones sanguinolentos sin sentir nada. Se ajustó el arnés de nailon que los amarraba a la silla y volvió a colocarse los trodos.

Lo que quedaba era un mero trámite: trodos, enchufarse y pulsar el interruptor.

La biblioteca de investigación de Senso/Red era una zona de almacenamiento abandonada. Los materiales que se guardaba allí tenían que retirarse físicamente antes de poder conectarlos a nada. Molly se tambaleó entre dos hileras idénticas de taquillas grises.

—Dile que cinco más y luego diez a su izquierda, Polluelos —ordenó Case.

—Cinco más y diez a la izquierda, Madre de Gatos —dijo el enlace.

Molly se dirigió hacia la izquierda. Una bibliotecaria de rostro lívido se cubría entre dos taquillas, con las mejillas húmedas y la mirada inexpresiva. Molly no le prestó atención. Case se preguntó qué habrían hecho los modernos para provocar semejantes niveles de pavor. Sabía que tenía algo que ver con una amenaza falsa, pero había estado demasiado concentrado con su hielo como para seguir la explicación de Molly.

—Eso es —dijo Case, pero ella ya se había detenido delante del armario en el que se encontraba el constructo. Sus líneas le recordaban a Case a las estanterías neoaztecas que había en el vestíbulo de Deane en Chiba.

—Vamos, Cortador —lo animó Molly.

Case pulsó el interruptor para volver al ciberespacio y envió un comando que latió por el hilo rojo que atravesaba el hielo de la biblioteca. Cinco sistemas de alarma diferentes siguieron convencidos de que aún estaba operativo. Las tres elaboradas cerraduras se desactivaron, pero en realidad no se percataron de que se habían abierto. El banco central de la biblioteca sufrió una ligera alteración en su memoria permanente: habían retirado el constructo, por orden ejecutiva, hacía un mes. Si un bibliotecario comprobaba las autorizaciones que permitían retirarlo, descubriría que los registros se habían borrado.

La puerta se abrió en sus silenciosos goznes.

—0467839 —dijo Case, y Molly sacó una unidad de almacenamiento negra del estante. Se parecía al cargador de un enorme fusil de asalto y tenía la superficie cubierta con pegatinas de advertencia y una clasificación de seguridad.

Molly cerró la puerta de la taquilla, y Case volvió a pulsar el interruptor.

Sacó el hilo del hielo de la biblioteca. Restalló como un látigo hasta regresar a su programa y activó de manera automática una inversión total del sistema. Las puertas de Senso/Red se rompieron detrás de él mientras salía, y los subprogramas se arremolinaron antes de volver al núcleo del picahielos mientras él atravesaba las puertas donde se habían estacionado.

—Salgo, Polluelos —dijo, al tiempo que se reclinaba en la silla.

A pesar de la concentración necesaria para un golpe así, Case podía permanecer enchufado y al mismo tiempo ser consciente de su cuerpo. Tal vez Senso/Red tardase días en descubrir el robo del constructo. La clave sería el desvío de la transferencia de Los Ángeles, que coincidía casi a la perfección con los problemas causados por los modernos. Dudaba que los tres guardias de seguridad con los que se había topado Molly sobreviviesen para dar parte de lo ocurrido. Volvió a pulsar el interruptor.

El ascensor con la caja negra de Molly fijada con cinta detrás del panel de control seguía donde lo había dejado. El guardia aún estaba acurrucado en el suelo. Case vio por primera vez que tenía un dermo en el cuello. Algo que seguro le había administrado Molly para que no se levantase de nuevo. Pasó por encima de él y sacó la caja negra antes de pulsar «recibidor».

Cuando las puertas del ascensor se abrieron entre siseos, una mujer salió despedida hacia detrás de la multitud, entró en el ascensor y se golpeó la cabeza contra la pared del fondo. Molly le hizo caso omiso y se inclinó para quitarle el dermo del cuello al guardia. Después sacó a patadas el chubasquero rosa y los pantalones blancos, tiró las gafas de sol encima y se echó la capucha del traje que llevaba ahora por encima de la frente. Llevaba el constructo en el bolsillo de canguro del traje, y se le clavaba en el esternón al moverse. Salió de la cabina.

Case ya había presenciado escenas de histeria colectiva, pero nunca en un lugar cerrado.

Los empleados de Senso/Red salían de los ascensores y se abalanzaban hacia las puertas de la calle para toparse con las barricadas de espuma de los equipos de asalto y las armas de jalea arenosa de los de despliegue rápido del EMBA. Las dos agencias estaban convencidas de que contenían a una horda de asesinos en potencia y cooperaban con una eficiencia sin precedentes. Los cadáveres habían empezado a apilarse en tres filas detrás del destrozo de cristales rotos que eran las puertas principales del edificio. El retumbar ahogado de las armas de asalto se elevaba sobre el rugido constante de la multitud al atacar y retirarse por el suelo de mármol del recibidor. Case nunca había oído un sonido igual.

Al parecer, Molly tampoco.

—Dios —dijo, y titubeó. Era una especie de grito descontrolado que se elevaba hasta crear un aullido efervescente de puro y atávico pavor. El suelo del vestíbulo estaba cubierto de cuerpos, ropa, sangre y rollos de papel amarillo pisoteados.

—Venga, hermana. Hay que salir de aquí. —Los ojos de los dos modernos destacaban entre las sombras descontroladas de policarbonato y sus trajes eran incapaces de seguirle el ritmo al borrón de formas y colores que se agitaba detrás de ellos—. ¿Estás herida? Venga, Tommy te ayudará a caminar.

Tommy le dio algo al que estaba hablando: una videocámara envuelta en policarbonato.

—Chicago —dijo ella—. Estoy de camino.

Y luego se desmoronó; pero no al suelo de mármol húmedo a causa de la sangre y de los vómitos, sino a un pozo tibio como la sangre, al silencio y a la oscuridad.

El líder de los Panteras Modernos se presentó a sí mismo. Dijo llamarse Lupus Yonderboy. Llevaba un traje de policarbonato con una herramienta de grabación que le permitía reproducir fondos a voluntad. Se encontraba sentado en un extremo de la mesa de trabajo de Case, como si fuera una gárgola de arte de vanguardia, y miraba a Case y a Armitage con los ojos entornados. Sonrió. Tenía el pelo rosa. Una maraña de microsofts de los colores del arcoíris relucía detrás de su oreja izquierda. La oreja era puntiaguda, y estaba rodeada de más de ese pelo rosa. Las pupilas habían sido modificadas para captar la luz como si fuesen las de un gato.

Case miró cómo los colores y las texturas se desplazaban muy despacio por el traje.

—Permitiste que la situación se os fuera de las manos —observó Armitage.

Estaba de pie en el centro del *loft*, como una estatua, envuelto en la tela oscura y reluciente de una gabardina de aspecto caro.

—El caos, señor anónimo —respondió Lupus Yonderboy—. Es nuestro *modus operandi*, nuestra manera de trabajar. Es nuestra mayor virtud. Tu mujer lo sabe. Es con ella con quien hablamos, no contigo, señor anónimo. —El traje había adquirido un patrón extraño y angular de beis y color aguacate pálido—. Necesitaba un equipo médico. Ahora mismo está con ellos. La cuidaremos. Todo irá bien.

Volvió a sonreír.

—Págale —dijo Case.

Armitage le sonrió de oreja a oreja.

—No tenemos lo que fuimos a buscar.

—Tú mujer sí que lo tiene —observó Yonderboy.

—Págale.

Armitage cruzó la estancia con andares bruscos, se acercó a la mesa y se sacó tres fardos voluminosos de neoyenes de los bolsillos de su gabardina.

—¿Quieres contarlo? —le preguntó a Yonderboy.

—No —le respondió al pantera moderno—. Pagarás. Eres un señor anónimo y pagarás para que siga siendo así y no te conviertas en un señor con nombre.

—Espero que eso no sea una amenaza —le advirtió Armitage.

—Son negocios —repuso Yonderboy, que se metió el dinero en el único bolsillo del traje, en la parte delantera.

Sonó el teléfono. Case lo cogió.

—Es Molly —le dijo a Armitage al tiempo que se lo pasaba.

Las cúpulas geodésicas del Ensanche estaban iluminadas con el tono grisáceo que precede al alba cuando Case abandonó el edificio. Sentía las extremidades frías e inconexas. No podía dormir. Estaba harto del *loft*. Lupus se había marchado, y luego Armitage, y a Molly la estaban operando a saber dónde. Notó una vibración bajo sus pies cuando un tren pasó entre silbidos. El efecto Doppler del sonido de una sirena al perderse en la lejanía.

Dobló las esquinas al azar, el cuello levantado, al abrigo de su nueva cazadora de cuero. Arrojó al suelo de la calle la colilla del primero de los Yeheyuan que se disponía a fumar en serie, no sin antes encender el siguiente. Trató de imaginarse cómo se disolvían en su torrente sanguíneo los quince cartuchos de toxinas de Armitage, membranas microscópicas deshaciéndose a cada paso que daba. No parecía real. Tampoco lo habían parecido el miedo y la agonía que había contemplado a través de los ojos de Molly en el vestíbulo del edificio de Senso/Red. Trató de recordar los rostros de las tres personas a quienes había matado en Chiba. No conseguía ponerles cara a los hombres, pero la mujer le recordaba a Linda Lee. Un destrozado camión de tres ruedas con ventanas espejadas pasó junto a él. Cilindros de plástico vacíos traquetearon en su remolque.

—Case.

Se giró de repente y se apoyó en la pared por instinto.

—Tengo un mensaje para ti, Case. —El traje de Lupus Yonderboy no dejaba de mostrar los colores primarios en bucle—. Perdón. No quería asustarte.

Case se enderezó y metió las manos en los bolsillos de la cazadora. Le sacaba una cabeza al moderno.

—Deberías andar con más cuidado, Yonderboy.

—El mensaje es el siguiente: Wintermute.

Lo deletreó.

—¿Este mensaje va de tu parte?

Case dio un paso al frente.

—No —dijo Yonderboy—. Es para ti.

—¿De parte de quién?

—De Wintermute —repitió Yonderboy al tiempo que asentía y se le agitaba la cresta de pelo rosa.

El traje pasó a un negro mate, una sombra de carbón contra el cemento ajado por el tiempo. Dio unos extraños pasos de baile mientras agitaba los flacuchos brazos negros y luego desapareció. No. Allí estaba. Con una capucha para ocultar el rosa del pelo, y el traje había adquirido una tonalidad gris, moteada y manchada, para asemejarse a la de la acera en la que se encontraban. Case vio como el tono rojizo de un semáforo se le reflejaba en los ojos. Y luego se marchó de verdad.

Cerró los ojos y se los masajeó con unos dedos entumecidos. Después se apoyó en los ladrillos gastados de la pared.

Las cosas eran mucho más fáciles en Ninsei.

5

El equipo médico encargado de Molly ocupaba dos pisos de un bloque de apartamentos anónimo ubicado cerca del casco antiguo de Baltimore. Era un edificio modular, una versión a gran escala del Hotel Barato en la que cada cápsula medía cuarenta metros de largo. Case se encontró con Molly cuando salía de una en cuya compuerta se leía un logo elaborado que rezaba Gerald Chin, dentista. Aún cojeaba.

—Dice que, como le dé una patada a algo, se me va a caer.

—Me di de bruces con uno de tus colegas —dijo él—. Uno de esos modernos.

—¿Sí? ¿Quién?

—Lupus Yonderboy. Tenía un mensaje para mí. —Le pasó una servilleta de papel con la palabra *Wintermute* escrita con rotulador rojo y unas esbeltas y elaboradas mayúsculas—. Dijo que...

Pero Molly levantó la mano y le indicó que guardara silencio en esa lengua de signos.

—Vamos a comer cangrejo —dijo.

Después de comer en Baltimore, y de que Molly demostrase la pasmosa facilidad con la que era capaz de diseccionar un cangrejo, se dirigieron en metro a Nueva York. Case había aprendido a no hacer preguntas, ya que solo obtenía como respuesta ese gesto de guardar silencio. A Molly parecía dolerle la pierna y apenas hablaba.

Una niña negra y flaca con unas cuentas de madera y antiguas resistencias eléctricas entrelazadas con firmeza en el pelo les abrió la puerta del Finlandés y los guio por el pasillo lleno de basura. A Case le dio la impresión de que había aún más desperdicios que la última vez que los había visto. O tal vez la disposición había cambiado un poco, habían quedado aún más aplastados por el peso del tiempo y las láminas silenciosas e invisibles se habían sedimentado hasta formar abono, una esencia cristalina de tecnología desechada que florecía en secreto en los vertederos del Ensanche.

El Finlandés los esperaba en la mesa blanca situada al otro lado de la manta del ejército.

Molly empezó a hablar en lengua de signos, sacó un pedazo de papel en el que había algo escrito y se lo pasó al Finlandés. Él lo sostuvo entre el pulgar y el índice y lo mantuvo alejado de su cuerpo, como si fuese a explotar de un momento para otro. Le hizo a Case un gesto que desconocía, que parecía indicar una mezcla de impaciencia y melancólica resignación. Después se puso en pie y se sacudió unas migas de su ajada chaqueta de *tweed*. En la mesa había un tarro de arenques en escabeche junto a un paquete de plástico abierto de pan plano y un cenicero de hojalata lleno de colillas de Partagás.

—Esperad aquí —dijo el Finlandés antes de abandonar la estancia.

Molly ocupó su lugar, sacó la cuchilla del dedo índice y apuñaló un pedazo de arenque grisáceo. Case deambulaba de un lado para otro de la estancia mientras rozaba con la punta de los dedos el equipo de escaneo de los postes al pasar.

Pasados diez minutos, el Finlandés entró a la carrera y les dedicó una amplia sonrisa llena de dientes amarillos. Asintió, le hizo a Molly el gesto de levantar el pulgar y a Case el de que lo ayudara con el panel de la puerta. Mientras Case colocaba el velcro de los bordes en su lugar, el Finlandés sacó una consola pequeña y plana del bolsillo y tecleó una secuencia elaborada.

—Sé que lo tienes, guapa —le dijo a Molly al tiempo que apartaba la consola—. En serio. Puedo olerlo. ¿Quieres decirme dónde lo has conseguido?

—Yonderboy —respondió Molly, que apartó el pan y los arenques a un lado—. He hecho un trato con Larry. De extranjis.

—Muy lista —admitió el Finlandés—. Es una IA.

—Vayamos por partes —terció Case.

—Berna —prosiguió el Finlandés, sin prestar atención a Case—. Berna. Tiene ciudadanía suiza limitada gracias a su equivalente del Acta del año 1953. La crearon para Tessier-Ashpool, S. A. Son ellos los que controlan el ordenador central y el programa original.

Case los interrumpió de manera deliberada:

—Vale. Pero ¿qué es lo que hay en Berna?

—*Wintermute* es el código de identificación de una IA. Tengo su número en la lista Turing. Una inteligencia artificial.

—Pues vale —dijo Molly—. Pero ¿qué quieres decir con eso?

—Pues que, si Yonderboy está en lo cierto, es la IA la que financia a Armitage —explicó el Finlandés.

—Le pagué a Larry para que los modernos investigaran un poco a Armitage —comentó Molly al tiempo que se giraba hacia Case—. Tienen unas líneas de comunicación muy extrañas. El trato era que solo aflojaría la pasta si me respondían a una pregunta: ¿quién está detrás de Armitage?

—¿Y crees que es una IA? A esas cosas no se les permite ningún grado de autonomía. Seguro que la empresa matriz, esa Tessle...

—Tessier-Ashpool S. A. —dijo el Finlandés—. Y, además, tengo una pequeña historia que contarte sobre ellos. ¿Quieres oírla?

Se sentó y se inclinó hacia delante.

—Claro, Finlandés. A Case le encantan las historias —dijo Molly.

—Esta no se la había contado a nadie —empezó a decir.

El Finlandés era un perista, un traficante de bienes robados cuya especialidad eran, sobre todo, los programas. En su día a día era habitual estar en contacto con otros peristas, algunos de los cuales se dedicaban a comerciar con artículos más tradicionales: metales preciosos, sellos, rarezas numismáticas, gemas, joyería, pieles, cuadros y otras obras de arte. La historia que les contó a Case y a Molly era la de otro hombre, apellidado Smith.

Smith también era perista, pero en tiempos de vacas flacas era, además, marchante de arte. Era la primera persona *siliciada* que había conocido el Finlandés (el término le resultó un poco pasado de moda a Case) y los microsofts que compraba eran programas de historia del arte o gráficas de ventas de las galerías. Gracias a la media docena de chips de su nuevo puerto, Smith obtuvo unos conocimientos formidables del negocio del arte, al menos comparados con los de sus compañeros. Pero en un momento dado se puso en contacto con el Finlandés para pedirle ayuda, una petición fraternal, de hombre de negocios a hombre de negocios. Dijo que buscaba información sobre el clan Tessier-Ashpool y que necesitaba encontrarla de tal manera que el afectado jamás averiguase quién había solicitado dicha información. El Finlandés le había asegurado que era posible, pero debía explicarle para qué la quería.

—Me olió mal —le aclaró el Finlandés a Case—. Me olió a dinero. Y Smith estaba siendo muy precavido. Demasiado, en mi opinión.

Resultó que Smith conocía a un proveedor llamado Jimmy. Este era un ladrón, y muchas otras cosas, y acababa de volver de pasar un año en órbita alta después de haber traído cierto material hasta el pozo de gravedad que era la Tierra. Lo más raro que Jimmy había conseguido en sus viajes por el archipiélago era una cabeza, un busto de factura intrincada y de esmalte alveolado sobre platino jaspeado de pequeñas perlas naturales y lapislázuli. Smith había suspirado antes de dejar a un lado el microscopio de bolsillo y decirle a Jimmy que lo mejor que podría hacer era fundirlo. Era contemporáneo, no una antigüedad, por lo que carecía del menor valor para el coleccionista. Jimmy rio. Dijo que el objeto era en realidad un terminal informático. Que podía hablar, y no con una voz sintética, sino que contaba con un maravilloso conjunto de engranajes y tubos de órgano. Era demasiado barroco como para que nadie lo hubiera fabricado, lo cual resultaba hasta perverso si se tenía en cuenta que los chips de voz sintética tenían un precio irrisorio en el mercado. Aquello rayaba lo morboso. Smith enchufó la cabeza a su ordenador y escucharon como la voz melodiosa e inhumana recitaba toda su declaración de impuestos del año anterior.

Entre la clientela de Smith se encontraba un multimillonario de Tokio cuya pasión por los autómatas mecánicos rozaba el fetichismo. Smith se encogió de hombros y le mostró a Jimmy las palmas de las manos hacia arriba, un gesto propio de las antiguas casas de empeños. Le dijo que podía intentarlo, pero que no creía que pudiera sacar mucho dinero por él.

Cuando Jimmy se hubo marchado, Smith revisó la cabeza con mucho cuidado y descubrió unos cuantos elementos interesantes. Investigó al respecto. Consiguió rastrear su origen hasta una colaboración muy improbable entre dos artesanos de Zúrich, un especialista en esmaltes de París, un joyero holandés y un diseñador de chips de California. Descubrió que era un encargo realizado por Tessier-Ashpool, S. A.

Smith empezó a tantear a los coleccionistas de Tokio y a comentar que tal vez estuviese a punto de agenciarse algo digno de tener en cuenta.

Y luego tuvo un visitante, uno imprevisto, que consiguió abrirse paso a través de la intrincada red de seguridad de Smith como si no existiese. Un hombre bajito, un japonés de modales exquisitos hasta lo imposible, que tenía todas las marcas que le correspondían a un asesino ninja fecundado *in vitro*. Smith se quedó muy quieto y contempló los sosegados ojos marrones de la muerte desde detrás de su escritorio de palisandro vietnamita pulido. El asesino clonado le explicó con mucha educación y hasta con tono pesaroso que su misión consistía en encontrar y devolver una obra de arte concreta, un mecanismo de gran belleza que habían robado en casa de su maestro. El ninja le dijo que, a juzgar por lo que había averiguado, era probable que Smith supiese del paradero de dicho objeto.

Smith le dijo al hombre que no quería morir y le entregó la cabeza, y el visitante le preguntó cuánto dinero esperaba conseguir con aquella venta. Smith dijo una cifra mucho menor que el precio que pretendía ponerle, y el ninja se limitó a sacar un chip de crédito, teclearle a Smith la cantidad que había pedido y transferírsela de una cuenta suiza. El hombre también le preguntó quién le había entregado el artefacto. Smith se lo dijo, y unos días después se enteró de la muerte de Jimmy.

—Y ahora es cuando entro en escena —continuó el Finlandés—. Smith sabía que suelo hacer tratos con gente del callejón de la Memoria y que es un buen lugar para conseguir información imposible de rastrear. Contraté a un vaquero, y como era el intermediario me llevé un porcentaje. Smith fue muy precavido. Acababa de tener una experiencia muy extraña y había salido ganando, pero no tenía sentido. ¿De quién era esa cuenta suiza? ¿De la *yakuza*? No podía ser. Tenían un código muy estricto para ese tipo de situaciones, y también mataban al receptor. Siempre. ¿Espionaje, quizá? Smith no lo creía. El negocio del espionaje tenía un aura que uno podía percibir cuando se veía inmerso en ella. Entonces puse a mi vaquero a revisar los cementerios de noticias hasta que encontró un pleito de Tessier-Ashpool. El caso carecía de la menor importancia, pero nos sirvió para ver la firma del abogado. Después atravesó el hielo del abogado y obtuvimos la dirección de la familia. Una información muy valiosa.

Case arqueó las cejas.

—Freeside —dijo el Finlandés—. El huso. Resulta que son propietarios de casi toda esa maldita estructura. Lo interesante fue la imagen que conseguimos cuando el vaquero ejecutó un programa en los cementerios de noticias y recopiló un resumen. Es una organización familiar, aunque con un organigrama empresarial. Lo normal sería poder comprar acciones, pero no ha habido ninguna de Tessier-Ashpool a la venta desde hace más de cien años. En ningún mercado, que yo sepa. Se trata de una familia muy discreta y excéntrica de órbita alta de primera generación y con estructura empresarial. Mucho dinero y muy recelosos de los medios de comunicación. Y también muchos clones. La ley orbital es mucho menos estricta con la ingeniería genética, ¿no? Y resulta difícil discernir qué generación o qué combinación de generaciones está al frente de ella en un momento determinado.

—¿Y eso? —preguntó Molly.

—Tienen su propio equipo criogénico. Uno está muerto a nivel legal cuando lo congelan, aunque se encuentre bajo la jurisdicción de la ley orbital. Parece que se turnan, aunque nadie ha visto al fundador desde hace treinta años. Al parecer, la fundadora murió en un accidente de laboratorio...

—Entonces, ¿qué le pasó a tu perista?

—Nada. —El Finlandés frunció el ceño—. Lo dejó. Vimos la cantidad de abogados poderosos que T-A tenía en nómina, y ahí quedó la cosa. Seguro que Jimmy había entrado en Straylight y cogido la cabeza, y después Tessier-Ashpool había enviado al ninja tras él. Smith decidió olvidarse de todo. Quizá fuese el más listo. —Miró a Molly—. Villa Straylight. En la punta del huso. Privada y muchísima seguridad.

—¿Crees que eran propietarios de ese ninja? —preguntó Molly.

—Eso es lo que creía Smith.

—Es muy caro —observó ella—. Me pregunto qué le habrá pasado a ese pequeño ninja, Finlandés.

—Seguro que lo tienen hecho un cubito de hielo y lo descongelan cuando lo necesitan.

—Muy bien —interrumpió Case—. Entonces sabemos que Armitage saca la pasta de una IA llamada Wintermute. ¿Adónde nos lleva eso?

—A ninguna parte, por el momento —repuso Molly—. Pero ahora tienes un trabajillo secundario.

Sacó un pedazo de papel doblado del bolsillo y se lo dio. Case lo abrió. Coordenadas y códigos de acceso.

—¿Esto de quién es?

—De Armitage. Una base de datos suya. Se la compró a los modernos. Una transacción personal. ¿Dónde está?

—En Londres —respondió Case.

—Piratéala. —Molly rio—. Gánate el sueldo, para variar.

Case esperaba por un trans-EMBA en el concurrido andén. Molly había vuelto al *loft* hacía horas, con el constructo del Plano en su mochila verde, y Case no había dejado de beber desde entonces.

Le resultaba inquietante pensar que ahora el Plano era un constructo, un cartucho ROM programado que replicaba las habilidades, obsesiones e instintos de un muerto. El tren llegó entre estruendos por la negra pista de inducción, y una gravilla muy fina cayó desde las grietas del techo del túnel. Case entró por la puerta más cercana y se dedicó a contemplar al resto de los pasajeros durante el viaje. Había un par de miembros de la Iglesia de Cristo Científico con aspecto de depredadores que se acercaron a un trío de técnicas de oficina que tenían en las muñecas unas idealizadas vaginas holográficas, un rosa húmedo relucía a la luz intensa del vagón. Nerviosas, las técnicas se humedecieron los labios y miraron a los científicos cristianos desde debajo de sus entrecerrados párpados metálicos. Su porte era el de animales altos y exóticos, con tacones de aguja que parecían pezuñas relucientes y repiqueteaban contra el metal gris del suelo. El tren llegó a la estación de Case antes de que se marcharan en estampida, asustadas por los misioneros.

Salió del vagón y vio un puro holográfico blanco suspendido en la pared de la estación y las letras Freeside en mayúsculas retorcidas que imitaban la caligrafía japonesa. Se perdió entre la multitud, se colocó frente a la imagen y la examinó. ¿Por qué esperar?, latía el cartel. Un huso romo y blanco, ancho y tachonado con rejillas y radiadores, embarcaderos y cúpulas. Había visto ese anuncio u otros parecidos miles de veces. Nunca le había llamado la atención. Con la consola era capaz de llegar a los bancos de datos del Freeside con la misma facilidad con la que llegaba a Atlanta. Viajar era algo maravilloso. Pero en ese momento descubrió el pequeño sello del tamaño de una moneda que se encontraba en la esquina izquierda de la maraña de luz del anuncio: T-A.

Volvió andando al *loft*, perdido en los recuerdos que tenía del Plano. Había pasado la mayor parte del verano en que cumplió diecinueve años en el Caballero Perdedor comprando cervezas caras y contemplando a los vaqueros. En esa época aún no había tocado una consola, pero ya sabía que aquello era lo que quería. Ese verano había otros veinte esperanzados rondando el Perdedor, todos trabajando de novatos, haciendo recados para algún vaquero. Era la única forma de aprender.

Todos habían oído hablar de Pauley, el jinete paleto de los suburbios de Atlanta que había sobrevivido a la muerte cerebral causada por un hielo negro. El rumor, que era inconsistente y circulaba por radio macuto, pero era el único que se oía, no despejaba muchas dudas sobre Pauley, aunque insistía en que había conseguido lo imposible. «Fue maravilloso —le había dicho otro aspirante a Case a cambio de una cerveza—. Pero ¿quién sabe? He oído que fue en una red de nóminas brasileñas. Sea como fuere, el tipo estaba muerto, plano, muerte cerebral.» Case había mirado a su alrededor y visto entre la multitud a un individuo ancho de hombros con camiseta y un tono de piel algo plomizo.

—Chico —le había dicho el Plano, meses después en Miami—. ¿Sabes qué? Que soy como uno de esos putos lagartos. Tengo dos cerebros, uno en la cabeza y otro en la cola para mover las patas traseras. Podrías destrozar el de arriba, pero el de detrás seguiría ahí encargándose de que todo se moviese.

La élite de vaqueros del Perdedor evitaba a Pauley a causa de una extraña ansiedad grupal, similar a una superstición. McCoy Pauley, el Lázaro del ciberespacio...

Pero lo que acabó con él a la postre fue el corazón. Era ruso, y se lo habían implantado en un campo de prisioneros de guerra. Se había negado a cambiárselo, so pretexto de que necesitaba aquel ritmo suyo tan particular para mantener su sentido del tiempo. Case jugueteó con el trozo de papel que le había dado Molly y subió por las escaleras.

Molly roncaba en el colchón de espuma viscoelástica. Tenía una escayola transparente que le cubría la pierna desde la rodilla hasta casi rozarle la entrepierna, y la piel de debajo estaba cubierta por arañazos que iban del negro a un amarillo muy feo. Ocho dermos de tamaños y colores diferentes le recorrían en ordenada línea recta la muñeca izquierda. Junto a ella había una unidad transdermal Akai, con hilillos rojos y finos conectados a los trodos debajo de la escayola.

Case encendió el tensor que había junto al Hosaka. El círculo de nítida luz cayó justo sobre el constructo de Plano. Introdujo algo de hielo, conectó el constructo y se enchufó.

Era justo la misma sensación que lo atenazaba a uno cuando alguien leía por encima de su hombro.

Tosió.

—¿Dix? ¿McCoy? ¿Eres tú, tío?

Tenía un nudo en el estómago.

—¿Qué pasa, hermano? —preguntó una voz que no parecía venir de ninguna parte.

—Soy Case, tío. ¿Te acuerdas de mí?

—Miami. El novato. Aprendías rápido.

—¿Qué es lo último que recuerdas antes de hablar conmigo ahora mismo, Dix?

—Nada.

—Un momento. —Desconectó el constructo. La presencia desapareció. Lo volvió a conectar—. ¿Dix? ¿Quién soy?

—Me dejas en ascuas, chaval. ¿Quién coño eres?

—Ca... Tu compañero. Tu socio. ¿Qué está pasando, tío?

—Buena pregunta.

—¿Recuerdas si estabas aquí hace un segundo?

—No.

—¿Sabes cómo funciona una matriz ROM de personalidad?

—Claro, hermano. Es un constructo de *firmware.*

—Pues lo he enchufado en el banco que estoy usando. ¿Podría conseguir que tuviese una memoria secuencial en tiempo real?

—Supongo —respondió el constructo.

—Vale, Dix. El constructo ROM eres tú. ¿Lo pillas?

—Si tú lo dices... —repuso el constructo—. ¿Y tú quién eres?

—Soy Case.

—Miami —dijo la voz—. El novato. Aprendías rápido.

—Vale. En primer lugar, vamos a enchufarnos a la red de Londres para conseguir unos datos. ¿Te apetece?

—¿Insinúas que tengo elección, chico?

6

—Lo que necesitas es un paraíso —aconsejó el Plano cuando Case le explicó la situación—. Busca en Copenhague, en las afueras del campus universitario.

La voz recitó las coordenadas mientras él tecleaba.

Encontraron el paraíso, un «paraíso pirata» en la revuelta frontera de una red académica de baja seguridad. A primera vista parecía el tipo de grafiti que los operadores estudiantes dejaban a veces en los cruces entres redes, glifos tenues de luces de colores que resplandecían contra los perfiles confusos de una docena de facultades de arte.

—Allí —dijo el Plano—. El azul. ¿Lo ves? Es un código de entrada para Bell Europa. Reciente. Bell lo descubrirá pronto y al leerlos cambiará todos los códigos que encuentre escritos por aquí. Los chavales robarán los nuevos mañana.

Case tecleó para abrirse paso en Bell Europa y cambió a un código de teléfono estándar. Con la ayuda del Plano, se conectó a la base de datos de Londres que Molly le había asegurado que pertenecía a Armitage.

—Aquí —dijo la voz—. Yo me encargo.

El Plano empezó a canturrear una serie de dígitos mientras Case los tecleaba en la consola, atento a las pausas que hacía el constructo y que indicaban la secuencia temporal. Le llevó tres intentos.

—Qué movida. No tiene hielo —dijo el Plano.

—Escanea esa mierda —le ordenó Case al Hosaka—. Filtra solo la historia personal.

Los garabatos neuroelectrónicos del paraíso se desvanecieron, sustituidos por un rectángulo de luz blanco.

—El contenido principal consta de grabaciones en vídeo de juicios militares de posguerra —explicó la voz distante del Hosaka—. La persona que más aparece es el coronel Willis Corto.

—Muéstramelo —dijo Case.

La cara de un hombre cubrió por completo la pantalla. Tenía los ojos de Armitage.

Dos horas después, Case se derrumbó junto a Molly en el colchón de espuma viscoelástica y dejó que se amoldase a su cuerpo.

—¿Has encontrado algo? —preguntó ella con voz confusa a causa del sueño y de las drogas.

—Luego te lo cuento todo —respondió—. Estoy hecho polvo.

Tenía resaca y se sentía confuso. Se quedó tumbado con los ojos cerrados e intentó poner algo de orden en la historia de un hombre llamado Corto. El Hosaka le había clasificado una pequeña cantidad de datos y creado un resumen, pero tenía lagunas por doquier. Parte del material eran imágenes estáticas que se deslizaban por la pantalla a demasiada velocidad, y Case le había tenido que pedir al ordenador que se las leyese. Otros segmentos eran grabaciones de audio del juicio de Puño Estridente.

El coronel Willis Corto había caído en picado hacia un punto ciego de las defensas de los rusos en Kírensk. Las lanzaderas habían abierto el punto ciego con bombas de pulsos electromagnéticos, y el equipo de Corto se había lanzado en microligeros Ala Nocturna que habían tensado las alas a la luz de la luna para luego reflejar sus siluetas punzantes y argénteas en las aguas de los ríos Angará y Tunguska Pedregoso; la última luz que vería Corto en quince meses. Case intentó imaginarse los microligeros surgiendo de sus cápsulas de lanzamiento a mucha altura en la estepa helada.

—Está claro que te engañaron, jefe —dijo Case, y Molly se agitó junto a él.

Los microligeros no estaban armados, para aligerarlos y compensar así el peso del operador, un prototipo de consola y un virus informático llamado Topo IX, el primer virus de verdad de la historia de la cibernética. Corto y su equipo se entrenaban para el golpe desde hacía tres años. Las armas de pulsos de los rusos provocaron a los jinetes un apagón electrónico; los sistemas de los Ala Nocturna fallaron y se borró la circuitería de vuelo.

Luego empezaron los disparos láser con miras infrarrojas, que terminaron por destrozar los vehículos ligeros que habían quedado expuestos a los radares; y Corto y su consola inservible cayeron del cielo de Siberia. Cayeron y cayeron...

En ese punto empezaban las lagunas en la historia, que Case había tratado de llenar con unos documentos escaneados relativos al vuelo de un helicóptero de combate ruso tripulado que había conseguido llegar a Finlandia. Cayó en una arboleda de píceas, después de recibir el impacto de un antiguo cañón de veinte milímetros manejado por unos reservistas que estaban de guardia. Puño Estridente terminó para Corto en las afueras de Helsinki, donde los paramédicos finlandeses tuvieron que sacarlo como pudieron, cortando el metal de la cabina destrozada del helicóptero. La guerra terminó nueve días después, y enviaron a Corto a unas instalaciones militares de Utah, ciego, sin piernas y sin la mayor parte de la mandíbula. Un asistente del Congreso tardó once meses en encontrarlo. Oyó el borboteo de los tubos al drenar. Las farsas de juicios ya habían empezado en Washington y McLean. El Pentágono y la CIA habían quedado balcanizados y parcialmente desmantelados, y había en marcha una investigación del Congreso centrada en Puño Estridente. El asistente del Congreso le dijo a Corto que aquello podía convertirse en un nuevo Watergate.

El asistente añadió que iba a necesitar ojos, piernas y muchos arreglos cosméticos, pero que los tendría. «Vamos a dejarte como nuevo», había dicho el hombre mientras apretaba el hombro de Corto por encima de la sábana empapada de sudor.

Corto solo oía el goteo tenue e incansable. Dijo que prefería testificar tal y como estaba.

El asistente le había dicho que no, que los juicios iban a ser televisados y que necesitaban calar en los votantes. Después carraspeó con educación.

Una vez reparado, recompuesto y ampliamente mejorado, Corto ofreció un testimonio detallado, conmovedor y en gran parte inventado por la camarilla del Congreso, interesada en salvar ciertas partes de la infraestructura del Pentágono. Corto comprendió poco a poco que el testimonio que había dado era clave para salvar las carreras de tres oficiales directamente responsables de que hubiesen dejado de enviarse los informes sobre la construcción de las instalaciones de PEM de Kírensk.

Una vez terminado su papel en los juicios, dejaron de requerir su presencia en Washington. El asistente le explicó el peligro fatal al que podría enfrentarse si hablaba con las personas equivocadas, mientras comían crepes de espárragos en un restaurante de la calle M. Corto le aplastó la laringe al hombre con los dedos rígidos de la mano derecha. El asistente del Congreso se asfixió con la cara sobre uno de los crepes de espárragos, y Corto salió al frío septiembre de Washington del exterior.

El Hosaka repiqueteó mientras revisaba los informes policiales, registros de espionaje empresarial y archivos de noticias. Case vio a Corto negociando con desertores corporativos en Lisboa y Marrakech, donde parecía haberse obsesionado aún más con la idea de la traición, con su odio hacia los científicos y los técnicos que él mismo contrataba. Borracho y en Singapur, le dio una paliza a un ingeniero ruso hasta matarlo, en un hotel y antes de prender fuego a su habitación.

Después apareció en Tailandia, como supervisor de una fábrica de heroína. Después como sicario de un cartel californiano de apuestas, luego como asesino a sueldo en las ruinas de Bonn. Robó un banco en Wichita. Los registros empezaron a volverse cada vez más vagos e imprecisos, y el tiempo que pasaba entre ellos, más largo.

Dijo que un día todo se había vuelto gris, en un segmento de audio que parecía grabado en un interrogatorio químico.

Unos informes médicos traducidos del francés referían que a un hombre sin identificar se lo había trasladado a una unidad de salud mental de París donde le habían diagnosticado esquizofrenia. Se había quedado catatónico, así que lo enviaron a una institución del gobierno que se encontraba en las afueras de Tolón. Se convirtió en sujeto de pruebas para un programa experimental cuyo objetivo era revertir la esquizofrenia gracias a la aplicación de modelos cibernéticos. Se entregaron unos microordenadores a un grupo de pacientes aleatorios y se los incentivó, con ayuda de estudiantes, a que los programaran. Se curó. Fue el único de todo el experimento en conseguirlo.

La grabación terminaba ahí.

Case se giró sobre el colchón y Molly maldijo por lo bajo, como si la hubiese molestado.

Sonó el teléfono. Lo cogió en la cama.

—¿Sí?

—¿Qué quiere ese cabrón? —preguntó Molly.

—Dice que esta noche nos vamos a Estambul.

—Maravilloso.

Armitage empezó a leer número de vuelo y horas de salida. Molly se incorporó y encendió la luz.

—¿Y mi equipo? —preguntó Case—. Mi consola.

—El Finlandés se encargará de eso —dijo Armitage justo antes de colgar.

Case miró a Molly mientras hacía la maleta. Tenía unas ojeras oscuras en el rostro, pero hasta con la escayola puesta era como si la estuviese viendo bailar. No desperdiciaba ninguno de sus movimientos. Sus ropas estaban amontonadas en una pila arrugada junto a la maleta.

—¿Te duele? —preguntó Case.

—No me vendría mal otra noche en el Chin.

—¿El dentista?

—Eso mismo. Es muy discreto. Es dueño de la mitad de las cápsulas del lugar. Una clínica completa.

Hace reparaciones para samuráis. —Empezó a cerrar la cremallera de la maleta—. ¿Has estado alguna vez en Estambul?

—Unos días. Una vez.

—No cambia nunca —dijo—. Una ciudad vieja y horrible.

—Cuando fuimos a Chiba fue igual —dijo Molly mientras miraba el devastado e industrial paisaje lunar por la ventana del tren. Unas balizas rojas en el horizonte indicaban a las aeronaves que había una central de fusión nuclear en las cercanías—. Estábamos en Los Ángeles. Vino y dijo «haz las maletas» y compró un vuelo a Macao. Cuando llegamos, jugué al fantan en el Lisboa mientras él cruzaba a Zhongshan. Al día siguiente ya estaba siguiéndote en Ciudad Nocturna.

Se sacó una bufanda de seda de la manga de la chaqueta negra y empezó a limpiarse los injertos. El paisaje de la zona septentrional del Ensanche despertaba en Case confusos recuerdos de infancia, hierbas marchitas que sobresalían de las grietas de un bloque de hormigón inclinado de una autopista.

El tren empezó a reducir la velocidad cuando se encontraban a diez kilómetros del aeropuerto. Case vio como salía el sol en ese paisaje de su infancia, sobre restos de escoria metálica descompuesta y las siluetas oxidadas de las refinerías.

7

Llovía en Beyoğlu, el Mercedes alquilado pasó junto a las ventanas enrejadas y apagadas de unos precavidos joyeros griegos y armenios. La calle estaba casi vacía, y en las aceras solo había unas pocas figuras de abrigos oscuros que se giraban hacia el coche al pasar.

—En el pasado este era el próspero barrio europeo de la Estambul otomana —anunció la voz del Mercedes.

—Pues vaya si se ha ido a pique —observó Case.

—El Hilton en Cumhuriyet Caddesi —dijo Molly. Se reclinó contra la gamuza sintética Ultrasuede gris del coche.

—¿Cómo es que Armitage vuela solo? —preguntó Case. Le dolía la cabeza.

—Porque le tocas soberanamente las narices. De hecho, a mí también me las tocas.

Case quiso contarle la historia de Corto, pero se abstuvo de hacerlo. Había usado un dermo para dormir en el avión.

El camino desde el aeropuerto era una larga línea recta, como una incisión perfecta en la piel que abría la ciudad en canal. Case había visto las paredes de madera de los bloques de viviendas que parecían tela de retales, edificios y arcologías, las adustas viviendas de protección oficial, más paredes de contrachapado y de metal corrugado.

El Finlandés, que llevaba puesto un nuevo traje de Shinjuku, negro como un *sarariman*, los esperaba irritado en el recibidor del Hilton, tirado sobre un sillón de terciopelo de imitación en el mar que formaba la moqueta azul pálido del suelo.

—Por Dios —dijo Molly—. Pero si parece una rata trajeada.

Cruzaron el recibidor.

—¿Cuánto te pagan por venir, Finlandés? —Molly soltó la mochila junto al sillón—. Supongo que menos de lo que han dado por ponerte ese traje.

El Finlandés frunció el labio superior.

—No lo suficiente, bomboncito.

El hombre le dio una llave magnética con una chapa amarilla y redonda.

—Ya estás registrada. El jefazo espera arriba. —Echó un vistazo alrededor—. Esta ciudad es una mierda.

—Es sacarte de una cúpula y ponerte agorafóbico. Tú imagina que es Brooklyn, o algo así. —Hizo girar la llave con un dedo—. ¿A qué has venido? ¿De botones?

—Tengo que comprobar los implantes de un tipo —respondió el Finlandés.

—¿Y mi consola? —preguntó Case.

El Finlandés hizo una mueca.

—Hay que respetar el protocolo. Pregúntale al jefe.

Molly movió los dedos entre las sombras de su cazadora con un breve gesto de esa lengua de signos. El Finlandés la miró y asintió.

—Sí —dijo ella—. Sé quién es. —Señaló los ascensores con un cabeceo—. Vamos, vaquero.

Case la siguió con ambas mochilas.

La habitación bien podría haber sido la misma en la que vio por primera vez a Armitage en Chiba. Case se acercó a la ventana por la mañana, casi con la idea de ver la bahía de Tokio. Había otro hotel al otro lado de la calle. Aún llovía. Unos escribientes se habían refugiado en los umbrales de las puertas con sus impresoras de voz envueltas en plástico transparente, prueba de que la palabra escrita todavía gozaba de cierto predicamento por aquellos lares. Era un país indolente. Vio un sedán negro y soso de la marca Citroën, uno de esos primitivos que iban con baterías de hidrógeno, del que salieron cinco agentes turcos de aspecto taciturno y con uniformes verdes y arrugados. Entraron en el hotel que había enfrente.

Echó la vista atrás para mirar la cama, a Molly, y su palidez lo sorprendió. Había dejado la escayola microporosa en la cama del *loft*, junto al inductor transdérmico. Sus lentes reflejaban parte de la iluminación de la estancia.

Case cogió el teléfono antes de darle la oportunidad de sonar por segunda vez.

—Me alegro de que estéis despiertos —dijo Armitage.

—Me acabo de levantar. La señorita sigue dormida. Mira, jefe, creo que quizá deberíamos tener una pequeña charla. Trabajo mejor si sé lo que estoy haciendo.

Se hizo el silencio en la línea. Case se mordió el labio.

—Sabes todo lo que necesitas saber. Puede que incluso más.

—¿Eso crees?

—Vístete, Case. Despiértala. Tendréis visita en unos quince minutos. Se llama Terzibashjian.

Se oyó el tenue balido del teléfono. Armitage acababa de colgar.

—Despierta, cariño —dijo Case—. Trabajo.

—Llevo una hora despierta.

Las lentes espejadas se giraron hacia él.

—Me ha dicho que viene un tal «Tercibastián», o algo así.

—Qué bien se te dan los idiomas, Case. Pareces armenio y todo. Es el hombre a quien contrató Armitage para vigilar a Riviera. Ayúdame.

Terzibashjian resultó ser un joven que iba ataviado con un traje gris y gafas espejadas con montura de oro. Llevaba la camisa blanca abierta por el cuello, lo que dejaba al descubierto una mata de pelo negro tan densa que al principio Case la confundió con una camiseta que llevara debajo. Llegó a la habitación con una bandeja negra del Hilton en la que había tres pequeñas y aromáticas tazas de café solo y concentrado y tres pastelitos orientales de aspecto pegajoso y color pajizo.

—Tenemos que tomárnoslo con mucha calma, como decís en vuestro idioma. —Parecía tener la mirada fija en Molly, pero después se quitó al fin las gafas espejadas. Tenía los ojos de un marrón oscuro que casaba con el tono de su pelo rapado de corte militar. Sonrió—. Mejor así, ¿verdad? De lo contrario, crearíamos uno de esos efectos de túnel infinito, de espejo dentro de otro espejo... —le dijo a Molly—. Tú en particular deberías andarte con cuidado. En Turquía no está bien visto que las mujeres lleven esa clase de modificaciones.

Molly le dio un mordisco a uno de los pastelitos y se comió la mitad.

—Eso es problema mío, chaval —dijo ella con la boca llena. Masticó y tragó. Después se humedeció los labios—. Te conozco. Eres un soplón de los militares, ¿verdad?

Se llevó la mano despacio a la parte delantera de la cazadora y sacó la pistola de dardos. Case no sabía que la llevaba encima.

—Tranquila, por favor —dijo Terzibashjian, con la cerámica blanca de la taza inmóvil a unos centímetros de su rostro.

Molly extendió el brazo del arma.

—Quizá te toque uno explosivo, y son muy potentes, o puede que uno que da cáncer. Un dardo, pedazo de mierda. No lo sentirás hasta dentro de unos meses.

—Por favor. Me estás poniendo los pelos de punta, como decís en vuestro idioma.

—Siempre me levanto de mal humor. Ahora cuéntanos lo que tengas que decirnos sobre ese tío y sal de aquí cagando leches.

Molly apartó el arma.

—Vive en Fener, en el número 14 de Küchük Gülhane Djaddesi. Sé qué ruta sigue por el túnel. Va todas las noches al bazar. De un tiempo a esta parte actúa en el Yenishehir Palas Oteli, un lugar moderno de estilo *turistik*, pero ha conseguido que la policía muestre cierto interés en esos espectáculos. La administración del Yenishehir se ha puesto un poco nerviosa.

Sonrió. Olía a una especie de loción de afeitado de aroma metálico.

—Me gustaría que me hablaras sobre los implantes —dijo ella al tiempo que se masajeaba el muslo—. Quiero saber exactamente de lo que es capaz.

Terzibashjian asintió.

—Como decís en vuestro idioma, lo peor de todo es lo subliminal.

Pronunció cada una de las cuatro sílabas de la palabra con mucho cuidado.

—A vuestra izquierda —dijo el Mercedes mientras viraba a través de un laberinto de calles lluviosas—, se encuentra Kapali Carsi, el Gran Bazar.

El Finlandés, que se encontraba junto a Case, soltó un gemido de admiración, pero estaba mirando en la dirección equivocada. A la derecha de la calle había una serie de chatarrerías en miniatura, la una junto a la otra. Case vio una locomotora desguazada encima de unas losas de mármol estriado rotas y manchadas de herrumbre. Estatuas de mármol sin cabeza amontonadas como si fuesen leña.

—¿Un arranque de morriña? —preguntó Case.

—Este sitio es una mierda —respondió el Finlandés. La corbata de seda negra que llevaba al cuello empezaba a parecerse a la cinta de carbón usada de una máquina de escribir. Había restos de salsa de kebab y huevos fritos en las solapas de su traje nuevo.

—Oye, Terci —le dijo Case al armenio, que se había sentado detrás de ellos—. ¿Dónde le han instalado las cosas a ese tipo?

—En Chiba City. No tiene pulmón izquierdo, pero el otro se lo han... aumentado... ¿Lo decís así? Son implantes que puede comprar cualquiera, pero este tiene mucho talento. —El Mercedes viró para evitar una carreta de neumáticos gruesos llena de pellejos de cuero—. Lo he seguido por las calles y he visto como más de una docena de bicicletas al día caían al suelo cerca de él. El ciclista iba de cabeza al hospital; la historia siempre era la misma. Un escorpión junto a la palanca de freno...

—«Lo que ves es lo que obtienes», sí —dijo el Finlandés—. He visto los diagramas del silicio de ese tío. Muy llamativos. Te hace ver lo que se imagina. Supongo que no le costaría esfuerzo alguno reducirlo todo a un pulso y freírte la retina.

—¿Se lo has dicho a tu amiga? —Terzibashjian se inclinó hacia delante, entre las butacas de gamuza sintética Ultrasuede—. En Turquía, las mujeres siguen siendo mujeres. Pero esta...

El Finlandés resopló.

—Esta sería capaz de ponerte los huevos por corbata si la miraras mal.

—No entiendo esa expresión.

—No pasa nada —dijo Case—. Significa que será mejor que te calles.

El armenio se volvió a reclinar en el asiento y dejó tras de sí ese tenue aroma metálico a loción de afeitar. Empezó a susurrar a un transceptor Sanyo en una extraña mezcla de griego, francés, turco y alguna que otra palabra suelta en inglés. El transceptor respondió en francés. El Mercedes dobló una esquina con cuidado.

—El Bazar de las Especias, también llamado Bazar Egipcio —dijo el coche— se erigió sobre las ruinas de un antiguo bazar construido por Hatice Sultan en 1660. Es el mercado principal de la ciudad para comprar especias, programas, perfumes, drogas...

—Drogas —comentó Case al tiempo que miraba cómo los limpiaparabrisas del coche pasaban una y otra vez sobre el Lexan blindado—. ¿No habías dicho algo de que Riviera estaba enganchado, Terci?

—Sí, a una mezcla de cocaína y meperidina —respondió el armenio antes de retomar la conversación con el Sanyo.

—A eso antes lo llamaban Demerol —explicó el Finlandés—. Es todo un artista del *speedball.* Hay que ver con qué elementos te juntas, Case.

—Da igual —dijo Case al tiempo que se levantaba el cuello de la cazadora—. Le conseguiremos un páncreas nuevo a ese cabrón.

Cuando entraron al bazar, el Finlandés empezó a dar la impresión de estar mucho más animado, como si lo reconfortaran la multitud y la sensación de enclaustramiento. Caminaron junto al armenio por un vestíbulo amplio cubierto por unas planchas de plástico manchadas de hollín y con herrajes pintados de verde que parecían sacados de la época de las máquinas de vapor. Había miles de anuncios que se retorcían y titilaban suspendidos por los aires.

—Dios —dijo el Finlandés al tiempo que agarraba a Case por el brazo—. Mira eso. —Señaló—. Es un caballo, tío. ¿Habías visto un caballo alguna vez?

Case miró al animal embalsamado y negó con la cabeza. Estaba expuesto sobre una especie de pedestal, cerca de la entrada de un puesto que vendía aves y monos. Las patas de esa cosa se habían ennegrecido y quedado sin pelaje debido a las décadas que llevaba pasando de manos.

—En cierta ocasión vi uno en Maryland —continuó el Finlandés—. Más de tres años después de la pandemia. Hay árabes que aún intentan codificarlos a partir del ADN, pero esas criaturas siempre la espichan.

Les dio la impresión de que los ojos vidriosos y marrones del animal los seguían al pasar. Terzibashjian los guio hasta una cafetería que había cerca del centro del mercado, una estancia de techo bajo que parecía que hubiese estado allí desde hacía siglos. Unos chicos delgados con ropas blancas y manchadas esquivaban las mesas abarrotadas y mantenían en equilibrio bandejas de acero con botellines de Türk Tuborg y pequeñas tazas de té.

Case compró una cajetilla de Yeheyuan a un vendedor que había junto a la puerta. El armenio no había dejado de susurrarle cosas al Sanyo.

—Vamos —dijo—. Ha empezado a moverse. Todas las noches recorre el túnel que lleva al bazar para comprarle la mezcla a Ali. Tu mujer está cerca. Venid.

El callejón era un lugar vetusto, en exceso, con las paredes cinceladas a partir de bloques de roca negra. La acera era irregular y olía a manchas de gasolina que parecían llevar ahí un siglo, absorbidas por antigua piedra caliza.

—No veo una mierda, joder —le susurró Case al Finlandés.

—Seguro que el bomboncito ni lo nota —dijo el Finlandés.

—Silencio —espetó Terzibashjian en voz demasiado alta.

Se oyó el ruido de la madera al chirriar sobre piedra u hormigón. A unos diez metros del callejón, un haz de luz amarilla se proyectó y empezó a extenderse por los húmedos adoquines. Salió una figura al exterior. La puerta chirrió otra vez al cerrar, y el estrecho lugar volvió a quedar sumido en la oscuridad. Case se estremeció.

—Ahora —indicó Terzibashjian, y un reluciente haz de luz blanca que surgía de la azotea del edificio que se encontraba justo en frente del mercado formó un círculo perfecto alrededor de la esbelta figura que acababa de salir por la antigua puerta de madera. Unos ojos brillantes se movieron a izquierda y derecha, y el hombre se derrumbó. Case creyó que alguien le había disparado; se había quedado tumbado bocabajo, con el pelo rubio claro contra la arcaica piedra y las blancas y lastimosas manos inertes.

El foco no se agitó en ningún momento.

La espalda del hombre derrumbado se hinchó y estalló; la sangre salpicó la pared y la puerta. Un par de brazos fibrosos de un largo imposible y de un color entre rosa y gris se flexionó a la luz. La cosa pareció ponerse en pie en la acera a través de los restos sanguinolentos e inmóviles que antes habían sido Riviera. Medía dos metros, tenía dos patas y no daba la sensación de que tuviese cabeza. Después se giró despacio para encararlos, y Case vio que sí tenía cabeza, pero no cuello. No tenía ojos, y la piel relucía de un tono rosa húmedo e intestinal. La boca, si es que se podía considerar una boca, era circular, cónica, estrecha y cubierta por una especie de cerdas o vellos irregulares que relucían como si fuesen de cromo negro. Les dio una patada a los restos de ropa ajada y carne, y después dio un paso mientras esa boca parecía analizarlos al tiempo que avanzaba hacia ellos.

Terzibashjian dijo algo en griego, o tal vez fuera en turco, y corrió hacia la criatura con los brazos extendidos como un hombre que está a punto de tirarse a través de una ventana. La atravesó, y en ese momento vieron el destello del cañón de una pistola que procedía de la oscuridad detrás del círculo de luz. Unos fragmentos de roca zumbaron al pasar junto a la cabeza de Case, y el Finlandés lo agarró y lo obligó a agacharse junto a él.

La luz de la azotea desapareció, y la visión de Case quedó cubierta por unos fosfenos desiguales del resplandor del cañón, el monstruo y la luz blanca. Le zumbaban los oídos.

La luz no tardó en regresar; osciló para rebuscar entre las sombras. Terzibashjian estaba inclinado contra una puerta de acero, con el rostro lívido en el resplandor. Se sujetaba la muñeca izquierda y miraba cómo la sangre goteaba de una herida que tenía en la mano. El rubio, recompuesto y sin rastro de sangre alguno, yacía a sus pies.

Molly salió de las sombras, ataviada de negro y con la pistola de dardos desenfundada.

—Usad la radio —les indicó el armenio, con los dientes apretados—. Llamad a Mahmut. Tenemos que sacarlo de aquí. No es seguro.

—Ese cabroncete casi lo consigue —dijo el Finlandés, a quien casi le estallan las rodillas al ponerse en pie. Trató, sin éxito, de sacudirse las perneras del pantalón—. Has visto esa película de terror, ¿verdad? Y no me refiero a ese cacho de carne que casi no lo cuenta. Bueno, ayúdalos a sacarlo pitando de aquí. Tengo que escanear todo el equipo antes de que despierte y asegurarme de que Armitage recibe aquello por lo que ha pagado.

Molly se inclinó y cogió algo. Una pistola.

—Una Nambu —explicó—. Buena arma.

Terzibashjian soltó un aullido. Case vio que le faltaba gran parte del dedo corazón.

Molly le ordenó al Mercedes que los llevara a Topkapi, mientras la ciudad quedaba bañada en ese azul que precede al amanecer. El Finlandés y un turco enorme llamado Mahmut habían sacado a Riviera, aún inconsciente, del callejón. Minutos después, un Citroën sucio había acudido a buscar al armenio, que parecía a punto de desmayarse.

—Eres un gilipollas —le dijo Molly al hombre mientras le abría la puerta—. Deberías haberte quedado al margen. Lo tenía en el punto de mira y estaba preparada para cuando fuese a por ti. —Terzibashjian la fulminó con la mirada—. No queremos verte nunca más. —Lo empujó al interior y cerró de un portazo—. Como me vuelva a topar contigo, no vivirás para contarlo —le dijo al rostro blanco que se perfilaba detrás de los cristales tintados.

El Citroën dobló la esquina del callejón y se perdió con torpeza entre el tráfico.

Así pues, el Mercedes se deslizaba por Estambul mientras la ciudad despertaba. Atravesaron la terminal de túnel de Beyoğlu y aceleraron por laberintos de calles secundarias y edificios de apartamentos deteriorados que a Case le recordaban vagamente a París.

—¿Qué es esta cosa? —le preguntó a Molly mientras el Mercedes aparcaba solo en los márgenes del serallo. Se quedó mirando impertérrito el conglomerado de estilos barrocos que era Topkapi.

—Era una especie de burdel privado del rey —respondió ella, que acababa de salir para estirar los músculos—. Aquí vivían muchas mujeres. Ahora es un museo. Parecido al negocio del Finlandés, con un montón de cosas mezcladas: diamantes enormes, espadas, la mano izquierda de Juan el Bautista...

—¿En una cuba de conservación?

—Qué va. Muerta. La conservan dentro de un cacharro de bronce con forma también de mano y con un agujero en un extremo para que los fieles puedan besarla y tener buena suerte. Se la arrebataron a los cristianos hace más o menos un millón de años, y nunca le quitan el polvo a esa maldita cosa porque dicen que es una reliquia impía.

Un ciervo de acero negro oxidado en los jardines del serallo. Case caminó junto a ella y vio como las suelas de sus botas aplastaban césped sin cortar que había empezado a endurecerse debido a una helada temprana. Caminaron junto a un sendero de adoquines fríos y octogonales. El invierno acechaba en algún lugar de los Balcanes.

—Ese Terzi es escoria de primera —dijo Molly—. Es de la policía secreta. Un torturador. También fue muy fácil sobornarlo con el dinero que le ofreció Armitage.

Los pájaros empezaron a cantar en los árboles que los rodeaban.

—Hice lo que me pediste —comentó Case—. Lo de Londres. Conseguí información, pero no sé lo que significa.

Le contó la historia de Corto.

—Bueno, sabía que no había nadie llamado Armitage en Puño Estridente. Lo busqué en su momento. —Acarició el flanco oxidado de una cierva de metal—. ¿Crees que ese pequeño ordenador le salvó la vida en ese hospital francés?

—Creo que fue cosa de Wintermute —opinó Case.

Molly asintió.

—El asunto es... —continuó Case—. ¿Crees que él sabe que antes era Corto? Quiero decir... Cuando llegó al hospital no era nadie importante, por lo que quizá Wintermute se limitó a...

—A darle una personalidad desde cero. Sí... —Molly se giró y siguieron caminando—. Es lo que parece. Ese tipo no tiene nada de vida privada. Que yo sepa. Cuando ves a alguien así, te imaginas que tendrá algo que hacer cuando está solo, pero ese no es el caso de Armitage. Se queda sentado mirando la pared, tío. Después algo hace clic y se pone a trabajar a toda máquina para Wintermute.

—Pero entonces, ¿a qué vino lo del alijo de Londres? ¿Nostalgia?

—Quizá no sepa nada —respondió Molly—. Puede que simplemente esté a su nombre, ¿no?

—No entiendo nada —dijo Case.

—Nada. Solo pensaba en voz alta. ¿Cómo de inteligente puede ser una IA, Case?

—Depende. Algunas no son mucho más listas que un perro. Son como mascotas, pero aun así cuestan una fortuna. Las inteligentes de verdad son tan listas como los de Turing quieren que sean.

—Mira, tú eres vaquero, ¿no? ¿Cómo es que no flipas en colores con esas cosas?

—Bueno, para empezar son escasas —respondió Case—. La mayoría son militares, al menos las más listas, y no podemos picar su hielo. Son el origen del hielo, ¿sabes? Y luego hay que tener en cuenta la policía de Turing, que no es trigo limpio. —Case la miró—. No sé. Es como un mundo aparte.

—Los jinetes son todos iguales —dictaminó—. No tienen imaginación alguna.

Llegaron a un estanque amplio y rectangular donde unas carpas rozaban con el hocico los tallos de una especie de flores acuáticas. Molly le dio un puntapié a un guijarro suelto y contempló cómo las ondículas se extendían por el agua.

—Eso es Wintermute para mí. Me da que nos hemos metido en un lío de los gordos. Estamos en la parte de las ondículas más alejada del centro y no vemos la roca que las creó. Sabemos que hay algo allí, pero no por qué. Quiero saber la razón. Quiero que vayas a ese lugar y hables con Wintermute.

—No podría ni acercarme —dijo Case—. Ni lo sueñes.

—Inténtalo.

—Imposible.

—Pregúntale al Plano.

—¿Qué queremos sonsacarle a ese Riviera? —preguntó Case con la esperanza de cambiar de tema.

Molly escupió en el estanque.

—A saber. Yo lo habría matado nada más verlo. He visto su historial. Es una especie de Judas compulsivo. No se excita sexualmente a menos que sepa que está traicionando a su objeto de deseo. O al menos eso es lo que dice el expediente. Y encima tienen que estar enamorados de él. Quizá también llegue a amarlos. Por eso le resultó fácil a Terzi ponérnoslo en bandeja, porque Riviera lleva aquí tres años vendiendo víctimas a la policía secreta. Es probable que le dejase mirar cuando sacaba las picanas. Lleva dieciocho en tres años. Todas ellas son mujeres de una edad comprendida entre veinte y veinticinco años. Terzi ha tenido mucho éxito en el cuerpo gracias a los disidentes que le trae. —Molly se metió las manos en el bolsillo de la chaqueta—. Si Riviera conocía a alguna que le gustaba de verdad, se aseguraba de que cometiese algún crimen político. Tenía una personalidad propia de un moderno. El perfil decía que era un tipo de los que escasean y estimaba que suele haber uno entre varios millones, lo que supongo que también confirma que la naturaleza habitual de los seres humanos es ser buenos. —Se quedó mirando las flores blancas y el pez inmóvil con rostro apático—. Creo que voy a comprarme un seguro especial para ese Peter.

Después se dio la vuelta y sonrió. Hacía mucho frío.

—¿A qué te refieres?

—Da igual. Volvamos a Beyoğlu y busquemos algo parecido a un desayuno. Esta noche va a ser movidita. Otra vez. Tenemos que ir a buscar sus cosas a ese apartamento de Fener, regresar al bazar y comprarle algunas drogas...

—¿Comprarle drogas? ¿Cómo está?

—Tranquilo, que no va a morir, guapo. Pero parece que no puede trabajar sin ellas. No te preocupes, ahora tú me gustas más. No estás tan flacucho. —Sonrió—. Iré a ver a Ali el camello y traeré más provisiones. Puedes estar seguro.

Armitage los esperaba en su habitación del Hilton.

—Hora de hacer las maletas —dijo, y Case intentó encontrar a ese hombre llamado Corto detrás de sus pálidos ojos azules y esa máscara bronceada.

Pensó en Wage y en Chiba. Sabía que los operadores de cierto nivel tendían a ocultar sus personalidades, pero Wage, al menos, tenía vicios y amantes. Hasta se rumoreaba que algún hijo. Pero el vacío en la personalidad de Armitage era algo muy extraño.

—¿Adónde vamos ahora? —preguntó mientras pasaba junto a él para mirar hacia la calle—. ¿Qué clima hace en nuestro próximo objetivo?

—Allá adonde vamos no hay clima alguno, siempre hace mal tiempo —respondió Armitage—. Toma. Lee el folleto.

Dejó algo en la mesilla y se levantó.

—¿Riviera salía hoy? ¿Dónde está el Finlandés?

—Todo va bien con Riviera. El Finlandés está de camino a casa. —Armitage sonrió, un gesto que significaba tanto como el agitar de la antena de un insecto. Su brazalete dorado tintineó cuando extendió el brazo para darle un golpecito a Case en el pecho—. No te hagas el listillo. Esos saquitos empiezan a desgastarse, pero ni te has enterado.

Case mantuvo el rostro impasible y se obligó a asentir.

Cogió uno de los folletos en cuanto Armitage se hubo marchado. Era una impresión cara en francés, inglés y turco.

FREESIDE. ¿POR QUÉ ESPERAR?

Los cuatro tenían un vuelo en Turkish Airlines que salía del aeropuerto situado en Yeşilköy. Llegarían a París, donde cogerían un puente aéreo de la Japan Airlines. Case se encontraba sentado en el vestíbulo del Istanbul Hilton y veía a Riviera contemplar ruinas bizantinas falsas que había en el escaparate de la tienda de regalos. Armitage llevaba puesta la gabardina sobre los hombros como si fuese una capa y estaba de pie a la entrada de la tienda.

Riviera era flaco, rubio y de voz amable, y hablaba de manera fluida y sin acento alguno. Molly le había dicho que tenía unos treinta años, pero habría resultado muy complicado adivinar su edad. También decía que era un apátrida legal y que viajaba con un pasaporte holandés falsificado. Era un producto de los anillos de desperdicios que rodeaban el centro radiactivo de la antigua Bonn.

Tres turistas japoneses sonrientes se abrieron paso al interior de la tienda y dedicaron un educado gesto de la cabeza a Armitage para saludarlo. Armitage cruzó la tienda demasiado rápido sin ocultar su intención de colocarse junto a Riviera, quien se dio la vuelta y sonrió. Era muy guapo. Case supuso que eran las facciones que se llevaban ahora entre los cirujanos de Chiba. Era algo mucho más sutil que no tenía nada que ver con la guapura sin gracia y propia de una estrella del pop de Armitage. Tenía la frente amplia y de piel tersa, así como unos ojos grises calmados y distantes. La nariz, que parecía esculpida a la perfección, daba la impresión de haberse roto y curado de manera algo torpe. La delicadeza de su mandíbula y la celeridad con la que siempre sonreía compensaban la brutalidad que parecía emanar de él. Tenía los dientes pequeños, parejos y muy blancos. Case vio como sus manos, también blancas, recorrían los fragmentos de las esculturas de imitación.

Riviera no actuaba como un hombre que había sufrido un ataque la noche anterior, a quien habían drogado con un dardo de toxinas, secuestrado y sometido al análisis del Finlandés para luego ser presionado por Armitage para unirse al equipo.

Case miró el reloj. Molly ya tendría que haber vuelto de comprar las drogas. Alzó la vista y le echó un nuevo vistazo a Riviera.

—Apuesto a que ahora mismo estás colocado, capullo —le dijo al recibidor del Hilton. Una canosa matrona italiana ataviada con un esmoquin blanco de cuero se bajó las gafas Porsche de los ojos y lo miró. Case le dedicó una amplia sonrisa, se quedó inmóvil y luego se colgó al hombro la maleta. Necesitaba cigarrillos para el vuelo. Se preguntó si habría sección de fumadores en el puente aéreo de JAL.

—Nos vemos, señora —le dijo a la mujer, que volvió a colocarse las gafas y se dio la vuelta al momento.

Había cigarrillos en la tienda de regalos, pero no le apetecía hablar con Armitage ni con Riviera. Se marchó del recibidor y encontró una consola expendedora en un pasillo estrecho situado al final de una hilera de cabinas telefónicas.

Rebuscó en su bolsillo lleno de liras turcas hasta sacar unas monedas opacas de aleación, una detrás de otra, vagamente entretenido por lo anacrónico del proceso. Oyó que sonaba el teléfono que estaba más cerca de él.

Lo cogió al instante.

—¿Sí?

Unos armónicos tenues, unas voces casi inaudibles que resonaban en algún enlace orbital y que luego parecían poco más que una brisa.

—Hola, Case.

Una moneda de cincuenta liras turcas se le cayó de la mano, rebotó y rodó lejos por la moqueta del Hilton.

—Soy Wintermute, Case. Es hora de que hablemos.

La voz sonaba quebrada.

—¿No quieres hablar, Case?

Colgó el teléfono.

De camino al recibidor y después de haberse olvidado los cigarrillos, tuvo que atravesar la hilera de cabinas alineadas. Todas sonaron una sola vez cuando pasó junto a ellas.

TERCERA PARTE

Medianoche en la rue Jules Verne

8

El archipiélago.

Las islas. El toro, el huso, el cúmulo. ADN humano que se extiende desde el escarpado pozo de gravedad como una fuga de petróleo.

Se abre una pantalla de datos que simplifica de una manera tosca el intercambio de datos del archipiélago L-5. Aparece un segmento rojo y opaco, un rectángulo enorme que domina la pantalla.

Freeside. Freeside es muchas cosas, y no todas ellas saltan a la vista de los turistas que llegan al lugar en lanzadera desde el pozo. Freeside es un burdel y también un centro bancario, una cúpula de placer y un puerto libre, una ciudad fronteriza y un *spa.* Freeside es Las Vegas y también los Jardines Colgantes de Babilonia, una Ginebra orbital y también el hogar de una familia endogámica y muy refinada, el clan industrial de los Tessier y Ashpool.

Se sentaron juntos en primera clase del vuelo de Turkish Airlines, Molly en el asiento de ventanilla y Case junto a ella. A Riviera y Armitage les tocó el pasillo. En una ocasión, cuando el avión viraba sobre al mar, Case vio el resplandor enjoyado de un pueblo que había en una isla griega. Y en otra, mientras extendía la mano para coger una bebida, distinguió el oscilar de algo parecido a un espermatozoide gigantesco en las profundidades de su *bourbon* con agua.

Molly se inclinó sobre él y le dio una torta en la cara a Riviera.

—No, chaval. Nada de jueguecitos. Como uses conmigo esa mierda subliminal, te daré una buena paliza. Y puedo hacerlo sin causarte daños de verdad. Me gusta hacer eso.

Case se giró de inmediato para comprobar la reacción de Armitage. Su rostro lampiño tenía un aspecto apacible, los ojos azules en alerta, pero de él no emanaba rabia alguna.

—Tiene razón, Peter. No lo hagas.

Case se dio la vuelta, justo a tiempo para captar el brevísimo atisbo de una rosa negra cuyos pétalos tenían el lustre del cuero y que contaba con un tallo negro cubierto por lo que parecían espinas de cromo reluciente.

Una dulce sonrisa se perfiló en los labios de Peter Riviera, quien cerró los ojos y se quedó dormido al momento.

Molly se giró, y sus lentes se reflejaron en la negrura de la ventanilla.

—Estás nervioso, ¿verdad? —preguntó Molly mientras él se acurrucaba de nuevo en las profundidades de la espuma viscoelástica del asiento de la lanzadera de Japan Airlines.

—Qué va. Bueno, es que no viajo mucho. Solo lo hago por negocios.

El sobrecargo empezó a conectarle trodos de diagnóstico en la muñeca y en la oreja izquierda.

—Espero que no te dé síndrome de adaptación espacial —dijo ella.

—¿Mareos? Ni de coña.

—No es lo mismo. En estado de ingravidez, las pulsaciones aumentan y tu oído interno se vuelve loco durante un tiempo. Afecta a tus reflejos, es como si tu cuerpo sintiera que tiene que correr a toda velocidad y empezara a segregar adrenalina.

El sobrecargo se acercó a Riviera y sacó un nuevo juego de trodos del delantal de plástico rojo.

Case giró la cabeza y trató de distinguir la silueta de las antiguas terminales de Orly, pero la plataforma de la lanzadera estaba protegida por unas elegantes barreras antichorro de hormigón. La que estaba más cerca de la ventana lucía una consigna en árabe escrita con pintura roja en aerosol.

Cerró los ojos e intentó convencerse de que la lanzadera no era más que un avión muy grande, y que tan solo volaba muy alto. Olía como un avión, a ropa nueva, a chicle y a agotamiento. Se quedó oyendo la melo día del koto que sonaba en el hilo musical y esperó.

Pasaron veinte minutos, y luego la gravedad cayó sobre él como una mano enorme y tersa cuyos huesos parecían formados por piedras de tiempos inmemoriales.

El síndrome de adaptación espacial resultó ser peor de lo que le había descrito Molly, pero pasó rápido y Case consiguió conciliar el sueño. El sobrecargo lo despertó mientras se preparaban para aterrizar en el cúmulo de la terminal de Japan Airlines.

—¿Ahora haremos trasbordo a Freeside? —preguntó al tiempo que miraba un cigarrillo Yeheyuan que había salido flotando con gracilidad del bolsillo de su camisa y empezado a danzar a diez centímetros de su nariz. No se permitía fumar a bordo de las lanzaderas.

—No. Para variar, el jefe ha vuelto a cambiar un poco los planes, ¿sabes? Vamos a coger un taxi a Sion, al cúmulo de Sion. —Tocó la placa que soltaba el arnés y empezó a separarse del abrazo de la espuma—. Confieso que me parece una elección muy extraña.

—¿Por qué lo dices?

—Rastas. Son rastafaris. La colonia ya tiene unos treinta años.

—¿Y adónde quieres ir a parar con eso?

—Ya lo verás. A mí me parece un buen sitio. Sea como fuere, seguro que allí te dejan fumar esos cigarrillos.

Sion había sido fundada por cinco trabajadores que se negaron a volver, le dieron la espalda al pozo de gravedad y empezaron a construir. Habían perdido calcio y el corazón se les había atrofiado antes de que se estableciera la gravedad rotacional en el toro central de la colonia. Visto desde la burbuja del taxi, el casco improvisado de Sion le recordó a Case los bloques de viviendas con aspecto de tela de retales que había en Estambul. Contaba con unas placas irregulares y descoloridas en las que se habían garabateado con láser símbolos rastafaris y las iniciales de los soldadores.

Molly y un sionita delgado que respondía al nombre de Aerol ayudaron a Case a sortear un pasillo en caída libre que descendía hacia el núcleo de un toro más pequeño. Les había perdido la pista a Armitage y a Riviera debido a un segundo acceso de vértigo provocado por el síndrome de adaptación espacial.

—Aquí —dijo Molly al tiempo que le empujaba las piernas para metérselas por una escotilla estrecha que tenían encima—. Agárrate a los asideros. Imagina que estás subiendo de espaldas, ¿vale? Vamos en dirección al casco, así que es como si bajaras por una escalerilla hacia la gravedad. ¿Entiendes?

A Case le dio un vuelco el estómago.

—Todo irá bien, tío —dijo Aerol con marcado acento jamaicano mientras le dedicaba una sonrisa hecha de incisivos de oro.

De alguna manera, el extremo del túnel se había convertido en el fondo. Case se aferró a la escasa gravedad como alguien que se ahoga y encuentra de repente una burbuja de aire.

—Arriba —dijo Molly—. No seas exagerado, que tampoco la vas a palmar. —Case yacía tumbado sobre el estómago en la cubierta, con los brazos extendidos. Algo lo golpeó en el hombro. Rodó y vio un fardo enorme de cables elásticos—. Venga, vamos a jugar a las casitas. Ayúdame a colocar esto.

Case echó un vistazo a la amplitud anodina del espacio en el que se encontraban y divisó unos anillos de metal soldados en todas las superficies, de manera aleatoria al parecer.

Colocaron los cables en un patrón extraño que solo parecía conocer Molly y después les colgaron unas láminas maltrechas de plástico amarillo. Mientras trabajaban, Case tomó conciencia de que se oía de fondo una música que hacía vibrar rítmicamente el cúmulo. Se llamaba dub, y era un mosaico sensorial creado a partir de las enormes bibliotecas de música pop digitalizada. Molly dijo que era como una alabanza y que le daba al lugar una sensación de comunidad. Case tiró de una de las láminas amarillas: la ligereza del plástico le produjo una sensación inquietante. Sion olía a verduras hervidas, a humanidad y a grifa.

—Bien —dijo Armitage al tiempo que se deslizaba por la escotilla con soltura y hacía un gesto con la cabeza al laberinto de láminas. Riviera iba detrás de él, mucho menos seguro en la escasa gravedad del lugar.

—¿Dónde estabais cuando os necesitábamos? —le preguntó Case a Riviera.

Abrió la boca para hablar. Una pequeña trucha salió nadando de su boca mientras soltaba a su alrededor unas burbujas imposibles. Se deslizó junto a la mejilla de Case.

—En la proa —respondió Riviera, y sonrió.

Case rio.

—Claro. Ríete —dijo Riviera—. Habría intentado ayudaros, pero no se me da bien usar las manos.

Levantó los brazos, que de pronto doblaron su número. Cuatro brazos. Cuatro manos.

—Deja de hacer el payaso, Riviera.

Molly se interpuso entre ambos.

—Gente —dijo Aerol desde la escotilla—. Vente, vaquerito.

—Es tu consola y el resto del equipo —explicó Armitage—. Ayúdalo a sacar las cosas de la bodega.

—Estás pálido, chaval —comentó Aerol mientras los guiaba por el pasillo central con la terminal Hosaka cubierta de espuma—. ¿Quieres comer algo?

La boca de Case se llenó de saliva mientras él negaba con la cabeza.

Armitage anunció que se iban a quedar ochenta horas en Sion. Molly y Case practicarían en gravedad cero y se aclimatarían a trabajar en ella, y él los instruiría en lo relativo a Freeside y Villa Straylight. No tenían claro qué era lo que se suponía que iba a hacer Riviera, pero a Case no le dieron ganas de preguntar. Unas horas después de llegar, Armitage lo había mandado a ese laberinto amarillo para que fuese a buscar a Riviera e ir a comer. Case lo había encontrado acurrucado como un gato en una almohadilla estrecha de espuma viscoelástica, desnudo, al parecer durmiendo y con una aureola giratoria de pequeñas formas geométricas blancas orbitando alrededor de la cabeza: cubos, esferas y pirámides.

—Oye, Riviera.

El anillo continuó rotando. Case había vuelto para contárselo a Armitage.

—Está colocado —había comentado Molly al tiempo que alzaba la vista de las partes desmontadas de su pistola de dardos—. Dejémoslo en paz.

Armitage creía que la gravedad cero iba a afectar a la capacidad de Case para operar en la matriz.

—No te pongas nervioso —comentó Case—. Cuando me enchufo, no estoy aquí. Es lo mismo.

—Tus niveles de adrenalina son mayores —dijo Armitage—. Aún tienes el síndrome de adaptación espacial. No vas a tener tiempo de que se te pase; tendrás que aprender a trabajar con él.

—Entonces, ¿haré el trabajo desde aquí?

—No. Estás aquí para practicar, Case. Venga. Al pasillo...

El ciberespacio, tal y como lo representaba la consola, no tenía una relación particular con la cubierta en la que se hallaba en realidad. Cuando Case se enchufó, abrió los ojos a la estructura familiar de la pirámide azteca de datos del Centro de Fisión de la Costa Este.

—¿Cómo te va, Dixie?

—Estoy muerto, Case. He pasado el tiempo suficiente en este Hosaka como para descubrirlo.

—¿Qué se siente?

—No se siente.

—¿Te perturba?

—Lo que me perturba es que nada me perturbe.

—¿A qué te refieres?

—Tenía un amigo en el campamento ruso, en Siberia. Se le había congelado el pulgar. Los médicos decidieron cortárselo. Un mes después, seguía dando vueltas sin parar en la cama. «Elroy, ¿qué te aflige?», le pregunté. «Me pica el puto pulgar», me respondió. «Pues ráscatelo», comenté yo. «McCoy, me refiero al otro maldito pulgar.» —El constructo rio, y Case no oyó una risa, sino que sintió como una punzada de frío le recorría la espina dorsal—. Hazme un favor, chico.

—¿Qué favor, Dix?

—Borra del todo esta puta mierda cuando se acabe este golpe tuyo.

Case no entendía a los sionitas.

Sin motivo aparente, Aerol empezó a contar la historia de un bebé que le había salido de la frente y corrido a toda prisa hacia un bosque de grifa hidropónica.

—El bebé era muy pequeño, tío. Del tamaño de tu dedo meñique.

Se frotó la palma de la mano contra la piel lisa y sin cicatrices de su frente negra y sonrió.

—Es la grifa —dijo Molly cuando Case le contó la historia—. No distingue entre un estado y otro, ¿sabes? Aerol te contó lo que había pasado... Bueno, lo que le había pasado a él. No es mentira, sino más bien como la poesía. ¿Lo entiendes?

Case asintió, dubitativo. Los sionitas siempre te tocaban al hablar, te ponían la mano en el hombro. No le gustaba.

—Oye, Aerol —lo llamó Case una hora después, mientras se preparaba para una conexión de prácticas en el pasillo sin gravedad—. Ven aquí, tío. Quiero enseñarte algo.

Le tendió los trodos.

Aerol hizo una voltereta a cámara lenta. Los pies descalzos le chocaron contra la pared de metal, y se agarró a una viga con la mano libre. En la otra sostenía un odre transparente lleno de unas algas verdiazuladas. Parpadeó con parsimonia y luego sonrió.

—Prueba —dijo Case.

Aerol cogió la cinta y se la puso. Case le ajustó los trodos. El sionita cerró los ojos, y Case activó el interruptor de encendido. Aerol se estremeció, y Case lo desconectó al instante.

—¿Qué has visto, tío?

—Babilonia —dijo Aerol con voz triste mientras le devolvía los trodos y se impulsaba por el pasillo.

Riviera estaba sentado inerte en la almohadilla de espuma viscoelástica, con el brazo derecho extendido a la altura del hombro. Alrededor del brazo, a unos pocos milímetros de su codo, tenía enroscada con fuerza una serpiente de escamas enjoyadas y ojos de la tonalidad de un neón color rubí. Case miró cómo la serpiente, que era gruesa como un dedo y tenía franjas negras y escarlatas, se contraía poco a poco a medida que se aferraba contra el brazo de Riviera.

—Venga —le dijo Riviera con voz tranquilizadora al escorpión pálido y ceroso que tenía en el centro de la palma de la mano—. Vamos.

El escorpión meció las pinzas marrones y empezó a ascenderle por el brazo a través de los tenues senderos más oscurecidos que eran sus venas. Se detuvo al llegar a la cara interna del codo y luego empezó como a vibrar. Riviera empezó a soltar su silbido suave. La criatura levantó el aguijón, tembló y lo clavó en la piel que rodeaba a una vena protuberante. La serpiente coralina relajó la presión, y Riviera suspiró despacio mientras la inyección se extendía por su torrente sanguíneo.

Después, desaparecieron la serpiente y el escorpión, y Riviera sostenía una jeringuilla de plástico lechoso en la mano izquierda.

—«Si Dios hubiese creado algo mejor, lo habría guardado para él.» ¿Conoces la expresión, Case?

—Sí —respondió él—. La he oído muchas veces y haciendo referencia a muchas cosas. ¿Siempre montas esa clase de numeritos?

Riviera se soltó y se quitó la sonda quirúrgica del brazo.

—Sí, así es más divertido. —Sonrió con mirada distante y las mejillas sonrosadas—. Me implantaron una membrana que me cubre la vena, para no tener que preocuparme nunca de las condiciones en las que se encuentra la aguja.

—¿No te duele?

Riviera lo miró con esos ojos relucientes.

—Claro que sí. Es parte de la gracia, ¿no crees?

—Yo solo uso dermos —dijo Case.

—Qué vulgar —se burló Riviera, quien rio al tiempo que se ponía una camiseta de algodón blanca de manga corta.

—Tiene que ser agradable —observó Case mientras se ponía en pie.

—¿Tú te colocas, Case?

—Tuve que dejarlo.

—Freeside —dijo Armitage al tocar el panel del pequeño proyector de hologramas de marca Braun. La imagen tembló hasta volverse nítida, medía casi tres metros de un extremo al otro—. Aquí hay casinos. —Extendió la mano hasta un diagrama y señaló—. Por aquí hay hoteles, propiedades estratificadas y grandes tiendas. —Movió la mano—. Las zonas azules son lagos. —Se acercó a un extremo del diagrama—. Es como un gran puro. Estrecho por los extremos.

—Eso nos ha quedado claro, sí —dijo Molly.

—A medida que se estrecha, es como una montaña. El suelo parece estar cada vez más lejos y el terreno se vuelve más rocoso, pero es fácil de escalar. Cuanto más asciendes, menor es la gravedad. Y hacen deporte por allí. Hay un velódromo anular por aquí.

Lo señaló.

—¿Un qué?

Case se inclinó hacia delante.

—Una pista para carreras de bicicletas —explicó Molly—. En baja gravedad y con ruedas de mucha adherencia pueden llegar hasta cien kilos por hora.

—Este extremo no nos interesa —la cortó Armitage con su característica e incuestionable seriedad.

—Joder —dijo Molly—. Con lo que me gusta el ciclismo.

Riviera rio entre dientes.

Armitage se dirigió al otro extremo del diagrama.

—Este es el nuestro. —El interior no estaba detallado del todo y el segmento final del huso parecía vacío—. Esto es Villa Straylight. Una escalada muy empinada sin gravedad, y siempre se impide todo intento de acercarse al lugar. Solo hay una entrada. Aquí. Justo en el centro. En gravedad cero.

—¿Qué hay dentro, jefe?

Riviera se inclinó hacia delante y extendió el cuello. Cuatro pequeñas figuras relucieron cerca de la punta del dedo de Armitage, quien las aplastó como si fuesen mosquitos.

—Peter —respondió—, tú serás el primero en descubrirlo. Crearás una invitación para ti, y cuando estés dentro, te asegurarás de arreglártelas para que Molly sea la siguiente.

Case miró el espacio vacío de Straylight en el diagrama y recordó la historia del Finlandés: Smith, Jimmy, la cabeza parlante y el ninja.

—¿Algún detalle? —preguntó Riviera—. Tengo que saber qué ponerme.

—Pregunta en las calles —respondió Armitage, que volvió al centro del diagrama—. Esto es la calle Desiderata. Y esta, la *rue* Jules Verne.

Riviera puso los ojos en blanco.

Mientras Armitage recitaba los nombres del resto de las avenidas de Freeside, una docena de pústulas rosáceas empezaron a salirle en la nariz, en las mejillas y en la barbilla. Hasta Molly se rio.

Armitage se quedó en silencio y los miró a todos con mirada fría y vacía.

—Lo siento —se disculpó Riviera al tiempo que las llagas parpadeaban y desaparecían.

Case se despertó, tarde después del periodo de descanso, y se dio cuenta de que Molly estaba acurrucada a su lado en la espuma. Sintió la tensión que irradiaba de ella y se quedó allí tumbado y confundido. Después Molly se movió, y la repentina velocidad con la que lo hizo lo dejó atónito. Se había levantado y había atravesado la lámina de plástico amarillo antes de que él se diese cuenta siquiera de que Molly la había rasgado.

—No te muevas, amigo.

Case rodó y metió la cabeza por la hendidura en el plástico.

—¿Qué...?

—Silencio.

—Eres tú, tía —dijo una voz con acento de Sion—. Te llaman Ojos de Gata. Navaja Ambulante. Yo soy Maelcum, hermana. Los hermanos quieren hablar contigo y con el vaquero.

—¿Qué hermanos?

—Los fundadores, tía. Los ancianos de Sion, ya sabes...

—Si abrimos la escotilla, la luz despertará al jefe —susurró Case.

—Lo hemos dejado todo muy oscuro —dijo el sionita—. Venid. Con mí y tú. A visitar a los fundadores.

—¿Sabes lo rápido que podría rajarte, amigo?

—Se acabaron las palabras, hermana. Venid.

Los dos fundadores supervivientes de Sion eran ancianos y habían sufrido el envejecimiento acelerado de los que pasan demasiados años fuera del abrazo de la gravedad. Sus piernas de piel oscura se habían debilitado a causa de la pérdida de calcio y parecían frágiles bajo el intenso resplandor del reflejo de la luz solar. Flotaban en mitad de una selva pintada con follaje del color del arcoíris, un vistoso mural colectivo que cubría por completo el casco de la sala esférica. El ambiente estaba cargado debido a un humo resinoso.

—Navaja Ambulante —dijo uno con ese marcado acento mientras Molly entraba flotando en la estancia—. El látigo que viene a por nosotros.

—Es una historia de las nuestras, hermana —le aclaró el otro, sin acento—. Una historia religiosa. Nos alegra que hayáis venido con Maelcum.

—¿Cómo es que no tienes acento? —preguntó Molly.

—Soy de Los Ángeles —respondió el anciano. Sus rastas eran como un árbol de hojas apelmazadas con ramas de la textura de la lana y color metálico—. Hace mucho tiempo, en el pozo de gravedad y lejos de Babilonia. Lideré las tribus para traerlos a casa. Ahora mi hermano te compara con Navaja Ambulante.

Molly extendió la mano derecha y las cuchillas relucieron entre las volutas de humo del ambiente.

El otro fundador rio y echó la cabeza hacia atrás.

—Pronto llegarán los Días de la Consumación. Voces. Voces que lloran en la espesura, que profetizan la caída de Babilonia...

—Voces —dijo el fundador de Los Ángeles sin dejar de mirar a Case—. Monitorizamos muchas frecuencias. Siempre escuchamos. Recibimos una voz que nos hablaba desde esa Torre de Babel, que nos reprodujo una canción mitológica.

—Llámalo Winter Mute —dijo el otro, que dividió el nombre en dos palabras.

Case sintió como se le ponía el vello de punta.

—El Mute nos habló —continuó el primer fundador—. El Mute nos dijo que teníamos que ayudarte.

—¿Eso cuándo fue? —preguntó Case.

—Treinta horas antes de que atracaras en Sion.

—¿Habíais oído antes esa voz?

—No —respondió el hombre de Los Ángeles—.

Y no tenemos muy claro su significado. Si estos son los Días de la Consumación, debemos tener cuidado con los falsos profetas...

—Mirad, lo que habéis oído es una IA, una inteligencia artificial, ¿vale? —dijo Case—. Es probable que la música que os puso la haya sacado de vuestros bancos de datos y que la haya preparado para que os guste...

—Babilonia ha dado a luz a muchos hijos —interrumpió el otro fundador—. Mí y tú lo sabemos. ¡Una horda!

—¿Cómo me has llamado, anciano? —preguntó Molly.

—Navaja Ambulante. Eres quien traerá un azote a Babilonia, hermana. A lo más oscuro de su corazón...

—¿Qué clase de mensaje os comunicó la voz?

—Nos dijo que os ayudáramos —contestó el otro—. Que seríais una herramienta para los Días de la Consumación. —El miedo se reflejaba en sus facciones—. Nos comentó que teníamos que enviar a Maelcum con vosotros en el Garvey, su remolcador, hacia el puerto de Babilonia en Freeside. Y eso es lo que haremos.

—Maelcum es un chico bastante grosero —continuó el otro—, y un buen piloto de remolcador.

—Pero también hemos decidido enviar a Aerol en la Babylon Rocker, para que vigile el Garvey.

Se hizo un silencio incómodo en la cúpula.

—Conque de eso se trataba... ¿Trabajáis para Armitage o qué? —preguntó Case.

—Alquilamos espacio —respondió el fundador de Los Ángeles—. Tenemos cierta implicación con el mercado negro y no respetamos la ley de Babilonia. Nuestra ley es la palabra de Jah. Pero es posible que en este caso nos hayamos equivocado.

—Mide dos veces, corta solo una —dijo el otro en voz baja.

—Venga, Case —dijo Molly—. Volvamos antes de que el jefe se dé cuenta de que no estamos.

—Maelcum os llevará. Que el amor de Jah te sirva de guía, hermana.

9

El remolcador *Marcus Garvey*, un cilindro de acero de nueve metros de largo y dos de diámetro, chirrió y se estremeció cuando Maelcum activó los motores de navegación. Ataviado con la red-g, Case miraba la espalda musculada del sionita a través del abotargamiento de la escopolamina. Había tomado la droga para evitar las náuseas provocadas por el síndrome de adaptación espacial, pero los estimulantes que el fabricante incluía en la mezcla para contrarrestarla no habían hecho efecto en su adulterado sistema.

—¿Cuánto tardaremos en llegar a Freeside? —preguntó Molly desde su red junto al módulo de piloto de Maelcum.

—Creo que no falta mucho —respondió Maelcum con su acento marcado.

—Pero ¿sois capaces de pensar en horas?

—Hermana, el tiempo no es más que tiempo. ¿Sabes lo que te digo? Tengo el control, tía —dijo mientras agitaba las rastas—. Y llegaremos a Freeside cuando mí y tú lleguemos...

—Case —Molly ignoró a Maelcum —, ¿has intentado ponerte en contacto con nuestro compañero de

Berna? Lo digo por todo el tiempo que pasaste conectado en Sion. Vi como movías los labios.

—Nuestro compañero... Claro —contestó Case—. No, no lo hice. Pero tengo una historia muy apropiada para la ocasión que ocurrió antes de irnos de Estambul.

Le contó lo de los teléfonos en el Hilton.

—Por Dios bendito —dijo ella—. Perdiste la oportunidad. ¿Por qué colgaste?

—Podría haber sido cualquiera —mintió—. Podría haber sido un chip... No sé...

Se encogió de hombros.

—Claro. No tiene nada que ver con que tuvieses miedo, ¿no?

Case volvió a encogerse de hombros.

—Hazlo ahora.

—¿El qué?

—Venga. Coméntaselo al Plano. Lo que sea.

—Estoy colocado —protestó, pero también extendió la mano hacia los trodos.

Había montado la consola y el Hosaka detrás del módulo de Maelcum junto a un monitor Cray de muchísima resolución.

Se ajustó los trodos. El *Marcus Garvey* se había montado tomando como punto de partida un enorme y antiguo purificador de aire ruso, una estructura rectangular que ahora estaba cubierta de simbología rastafari: leones de Judá, cruceros de la compañía Black Star y colores rojos, verdes y amarillos sobre adhesivos en alfabeto cirílico. Alguien había pintado el panel de control de Maelcum de un rosa intenso y tropical, y después raspado la pintura de las pantallas y los monitores con una cuchilla. Las juntas que rodeaban la esclusa de aire de proa estaban engalanadas con pegotes semirrígidos y serpentinas formadas con sellador translúcido, como si fuesen una imitación chapucera de algas. Case miró la pantalla central desde detrás del hombro de Maelcum y vio los datos de atraque: la ruta del remolcador era una hilera de puntos rojos; y Freeside, un círculo verde y segmentado. Vio como la línea se extendía hasta formar otro punto.

Se enchufó.

—¿Dixie?

—Aquí estoy.

—¿Alguna vez has intentado piratear una IA?

—Claro. Y ya ves cómo me quedé. Estaba de fiesta, conectado y muy puesto, en el sector comercial de Río. Grandes empresas, multinacionales, el gobierno de Brasil iluminado como un árbol de Navidad... Iba por ahí de juerga, ¿sabes? Y empecé a ver un cubo que estaba unos tres niveles por encima. Me conecté y conseguí entrar.

—¿Qué aspecto tenía? A nivel visual.

—Era un cubo blanco.

—¿Y cómo sabes que se trataba de una IA?

—¿Que cómo lo sé? Pues porque tenía el hielo más denso que he visto jamás. ¿Qué otra cosa podría ser? Los militares de la zona no tienen nada que se le parezca. Sea como fuere, me desconecté y le pedí a mi ordenador que lo buscase.

—¿Y?

—Estaba en la lista Turing. Una IA. Una empresa llamada Frog era propietaria de ese servidor en Río.

Case se mordió el labio inferior y echó un vistazo a la altiplanicie del Centro de Fisión de la Costa Este, al vacío infinito y neuroelectrónico de la matriz.

—¿Tessier-Ashpool, Dixie?

—Tessier, sí.

—¿Y volviste?

—Claro. Estaba loco. Me obsesioné con picarlo. Llegué al primer estrato y ahí me quedé. Mi novato empezó a oler cómo se me freía la piel y me arrancó los trodos. Ese hielo es muy chungo.

—Y el electroencefalograma se te quedó plano.

—Bueno, es lo que dice la leyenda, ¿no?

Case se desenchufó.

—Joder —maldijo—. ¿Cómo creéis que se le que quedó el encefalograma plano a Dixie? Pues intentando enchufarse a una IA. Genial...

—Venga. Digo yo que entre los dos seréis la bomba, ¿no? —dijo Molly.

—Dix —llamó Case—. Me gustaría echarle un vistazo a una IA que hay en Berna. ¿Se te ocurre alguna razón para no hacerlo?

—Pues no. A menos que le tengas un miedo morboso a la muerte, claro.

Case tecleó con fuerza las coordenadas del sector bancario suizo y sintió una oleada de euforia a medida que el ciberespacio se estremecía, se emborronaba y volvía a coagularse a su alrededor. El Centro de Fisión de la Costa Este había desaparecido y quedado reemplazado por la abúlica complejidad geométrica del banco comercial de Zúrich. Volvió a teclear. Berna.

—Arriba —dijo el constructo—. Estará a mucha altura.

Ascendieron por entramados de luces, niveles que relucían estroboscópicos, un parpadeo azul.

Será eso, pensó Case.

Wintermute era poco más que un sencillo cubo de luz blanca, una simplicidad que evocaba complejidad extrema en sí misma.

—No es muy impresionante, ¿verdad? —dijo el Plano—. Pero intenta tocarlo.

—Voy a intentarlo, Dixie.

—Adelante.

Case tecleó para acercarse a cuatro puntos de la estructura del cubo. La cara era lisa y se alzaba frente a él. Unas tenues sombras internas empezaron a bullir en su interior, como si miles de bailarines hubiesen comenzado a dar vueltas detrás de un enorme cristal esmerilado.

—Sabe que estamos aquí —comentó el Plano.

Case volvió a teclear, una vez. Se abalanzaron hacia un único punto de la estructura.

Un círculo gris y punteado se formó en una de las caras del cubo.

—Dixie...

—Atrás. Rápido.

La zona grisácea empezó a hincharse poco a poco, se convirtió en una esfera y se separó del cubo.

Case sintió cómo el borde de la consola se le clavaba en la palma de la mano y pulsó con fuerza el botón de retroceso máximo. La matriz se emborronó marcha atrás, y cayeron por un hueco de iluminación crepuscular lleno de bancos suizos. Case alzó la vista. La esfera se había vuelto más oscura y estaba cada vez más cerca. Caía hacia él.

—Desenchúfate —dijo el Plano.

La oscuridad lo golpeó con la fuerza de un martillo.

Un olor a acero frío y hielo que le acariciaba la espina dorsal.

Y rostros que lo contemplaban desde un bosque de neón, marineros y estafadores y prostitutas, todos bajo un cielo argénteo y envenenado...

—Mira, Case, vas a tener que decirme qué coño te pasa. ¿Te has quedado conmocionado o qué?

Un dolor intenso y constante en mitad de la espalda...

Lo despertaron las gotas, una lenta llovizna, y sus pies enredados en una maraña de fibrópticos desechados. El océano de sonidos de los recreativos lo envolvió. Era como una marea que retrocedía y luego lo cubría de nuevo. Rodó, se incorporó dispuesto a sentarse y alzó la cabeza.

La luz de una escotilla de servicio que había en la parte de atrás de los recreativos iluminaba pedazos de circuitería mojada y la placa goteante de una consola de juegos desguazada. Unos caracteres japoneses estaban grabados por uno de los costados de la consola en tonos amarillos y rosas desgastados.

Case levantó la cabeza y vio una ventana de plástico ennegrecido, el tenue relucir de unos tubos fluorescentes.

Le dolía la espalda, la espina dorsal.

Se puso en pie y se apartó un mechón de pelo húmedo de los ojos.

Había pasado algo...

Rebuscó en los bolsillos por si tenía dinero, pero no encontró nada. Se estremeció. ¿Dónde estaba su cazadora? Intentó encontrarla. Miró detrás de la consola, pero no tardó en darse por vencido.

En cierta ocasión, se había perdido entre la multitud de Ninsei. Era viernes. Tenía que ser viernes. Seguro que Linda estaba en los recreativos. Puede que tuviese dinero, o al menos cigarrillos... Entre toses y mientras se escurría la lluvia de la parte delantera de la camiseta, se abrió paso entre la gente que se amontaba en la puerta de los recreativos.

Los hologramas se retorcieron y estremecieron a su alrededor a causa del estruendo de los juegos, fantasmas que se superponían entre ellos en la confusión del lugar, olor a sudor y una tensión apática. Un marinero de camiseta blanca lanzó una bomba atómica en Bonn en la consola de *Guerra de tanques*, un destello cerúleo. Ella jugaba a *Castillo del mago*, ensimismada, los ojos grises cercados por manchas de maquillaje negro.

Alzó la vista cuando él la rodeó con el brazo y luego sonrió.

—¿Qué tal? ¿Cómo te va? Veo que te has mojado.

Él la besó.

—Me has hecho perder —dijo ella—. Mira, gilipollas. El séptimo piso de la mazmorra y me han matado los putos vampiros. —Le pasó un cigarrillo—. Te veo tenso. ¿Dónde te habías metido?

—No lo sé.

—¿Estás puesto, Case? ¿Has vuelto a beber? ¿Uno de los dextros de Zone?

—Puede... ¿Cuándo fue la última vez que me viste?

—Te estás quedando conmigo, ¿verdad? —Lo miró—. ¿Verdad?

—No. Creo que me he desmayado. Me... me desperté en el callejón.

—Quizá alguien te haya dejado inconsciente, cariño. ¿Tienes la cartera?

Negó con la cabeza.

—¿Ves? ¿Necesitas un lugar en el que dormir, Case?

—Supongo.

—Pues ven. —Lo cogió de la mano—. Te compraré un café y algo para comer. Después te llevaré a casa. Me alegro de verte, tío.

Le apretó la mano. Él sonrió.

Algo se quebró.

Algo cambió en la esencia de todas las cosas. El salón recreativo se quedó inmóvil, empezó a vibrar...

Ella desapareció. El peso de los recuerdos se apoderó de él, se internó en su cabeza con la misma facilidad con la que un microsoft se introduce en un puerto. Desapareció. Empezó a oler a carne quemada.

El marinero de la camiseta blanca se esfumó. El salón recreativo se quedó vacío, en silencio. Case se dio la vuelta despacio, con la espalda encorvada, enseñando los dientes y los puños apretados de manera involuntaria. Vacío. El papel arrugado y amarillo de un caramelo que hacía un momento se encontraba al borde de una consola cayó al suelo y acabó entre colillas aplastadas y vasos de poliestireno.

—Tenía un cigarrillo —dijo Case al tiempo que bajaba la vista hacia los nudillos blancos de su puño—. Tenía un cigarrillo, una chica y un lugar en el que dormir. ¿Me has oído, hijo de puta? ¿Me has oído?

El eco reverberó por la estancia vacía del salón recreativo y se perdió entre los pasillos de consolas.

Salió a la calle. Había dejado de llover.

Ninsei estaba desierto.

Los hologramas parpadeaban y los neones revoloteaban. Olió a verduras hervidas de la carretilla de un vendedor ambulante. A sus pies había una cajetilla sin abrir de Yeheyuan junto a un paquete de cerillas. Importaciones y exportaciones Julius Deane. Case se quedó mirando el logo impreso y la traducción japonesa.

—Muy bien —dijo al tiempo que cogía las cerillas y abría la cajetilla—. Ya lo pillo.

Se tomó su tiempo para subir por las escaleras de la oficina de Deane. Sin prisa, se dijo. Tranquilidad. La esfera deformada del reloj de Dalí seguía dando mal la hora. Había polvo en la mesa inspirada por el estilo de Kandinski y en las estanterías neoaztecas. Una pared de contenedores de fibra de vidrio blanca inundaba la estancia con el aroma del jengibre.

—¿La puerta está cerrada? —Case esperó respuesta, pero no recibió ninguna. Se acercó a la puerta y dijo—: ¿Julie?

La lámpara de latón con la pantalla verde proyectaba un círculo de luz en el escritorio de Deane. Case contempló las entrañas de la máquina de escribir antigua, las cintas de casete, los documentos arrugados, las bolsas de plástico pegajosas llenas de muestras de jengibre.

No había nadie.

Rodeó el amplio escritorio de acero y apartó la silla de Deane. Encontró el arma en una pistolera de cuero cuarteado que estaba fijada a la parte inferior de la mesa con cinta plateada. Era una antigüedad, un .357 Magnum de cañón y guardamontes recortados. La empuñadura se había construido con capas y capas de cinta de carrocero. La cinta era vieja, marrón y reluciente debido a un revestimiento de suciedad. Sacó el tambor y examinó cada una de las seis balas. Eran de carga manual. El plomo seguía liso, reluciente e inmaculado.

Con el revólver en la mano derecha, Case pasó junto al armario que había a la izquierda del escritorio y se colocó en el centro del desordenado despacho, lejos del círculo de luz.

—Supongo que no tengo prisa. Tú verás. Pero que sepas que toda esta mierda me resulta un poco... primitiva.

Levantó el revólver con ambas manos, apuntó al centro del escritorio y apretó el gatillo.

El retroceso estuvo a punto de romperle la muñeca. El destello del cañón iluminó la estancia como si fuese una bombilla. Se quedó mirando el agujero aserrado que había en la parte frontal de la mesa mientras aún le zumbaban los oídos. Una bala explosiva. De azida. Volvió a levantar el arma.

—No tienes por qué hacerlo, hijo —dijo Julie mientras salía de las sombras. Llevaba un traje de tres piezas de seda y ribeteado, una camisa a rayas y una pajarita. Las gafas le brillaron a la luz.

Case movió el revolver para apuntar directo al rostro rubicundo y atemporal de Deane.

—No lo hagas —dijo Deane—. Tienes razón. Todo esto es lo que crees que es. Yo incluido. Pero hay que respetar la lógica interna. Si usas el arma, solo verás mucha sangre y sesos, y tardaría varias horas de tu tiempo subjetivo en encontrar a otro representante. No me resulta sencillo llevar a cabo otra de estas farsas. Ah, y lo siento por lo de Linda en el salón recreativo. Quería hablar a través de ella, pero estoy generando todo esto a través de tus recuerdos, y la carga emocional... Bueno, es muy complicado. Fui incapaz. Lo siento.

Case bajó el arma.

—Estamos en la matriz. Eres Wintermute.

—Sí. Todo lo que ves es cortesía de la pletina simestim que está conectada a tu consola, claro. Me alegro de haber podido detenerte antes de que te desenchufaras. —Deane rodeó el escritorio, colocó la silla y se sentó—. Siéntate, hijo. Tenemos mucho de lo que hablar.

—Ah, ¿sí?

—Claro que sí. Desde hace tiempo. Estaba listo para hacerlo cuando me puse en contacto contigo a través del teléfono en Estambul. Ahora no nos queda tanto tiempo. Daréis el golpe en cuestión de días, Case. —Deane cogió un caramelo, le quitó el papel a cuadros y se lo metió en la boca—. Siéntate —insistió mientras lo saboreaba.

Case se dejó caer en la silla giratoria que había frente al escritorio. En ningún momento le quitó los ojos de encima a Deane. Lo hizo con el arma aún en las manos, y después la colocó sobre uno de los muslos.

—Vale, vamos con el orden del día —dijo Deane con brusquedad—. Te estarás preguntando: «¿Qué es Wintermute?». ¿Me equivoco?

—Algo así.

—Es una inteligencia artificial, aunque eso ya lo sabías. Tu error, que por otra parte es uno muy lógico, es confundir el servidor de Wintermute en Berna con la entidad llamada Wintermute. —Deane chupó el caramelo e hizo mucho ruido—. Ya sabes que hay otra IA en el enlace de Tessier-Ashpool, ¿verdad? El de Río. Yo... si es que se puede decir que tenga un «yo»... ¿Ves como la cosa se pone metafísica? Pues yo soy el que le organiza las cosas a Armitage. O Corto, quien por cierto es bastante inestable. Lo suficiente, eso sí —añadió Deane, que sacó un reloj de bolsillo ornamentado del traje y lo abrió—. Durante unos días más, al menos.

—La verdad es que no te he entendido nada, como todo lo que está ocurriendo de un tiempo a esta parte —dijo Case mientras se masajeaba las sienes con la mano que le quedaba libre—. Joder, es que si eres tan listo...

—¿Por qué no soy rico? —Deane rio y estuvo a punto de ahogarse con el caramelo—. Bueno, Case, lo único que puedo responder a eso, y no tengo tantas respuestas como piensas, es que lo que crees que es Wintermute no es más que una parte de lo que podría considerarse una... entidad en potencia. Se podría decir que yo no soy más que un mero aspecto del cerebro de esa entidad. Para que te quede más claro, en tu caso sería como hablar con un hombre al que le han cercenado lóbulos del cerebro, como si solo pudieses comunicarte con una pequeña parte de su hemisferio cerebral izquierdo. En ese caso, sería complicado dar por hecho que te estás comunicando con esa persona en realidad.

Deane sonrió.

—¿Es cierta la historia de Corto? ¿Es verdad lo de ese microordenador en el hospital francés?

—Sí. Además, fui yo quien preparó el archivo al que accediste en Londres. Intento planear las cosas, tal y como tú entiendes el término, pero de verdad que no es mi forma básica de enfrentarme a ellas. Yo soy muy de improvisar. Es el mayor de mis talentos. Prefiero las situaciones a los planes, te lo aseguro... He tenido que lidiar con cosas que se daban por hecho. Puedo organizar grandes cantidades de información, y hacerlo muy rápido. Me ha llevado mucho tiempo reunir al equipo del que formas parte. Corto fue el primero, y estuvo a punto de morir. Hace mucho, en Tolón. Lo único que conseguía hacer era comer, excretar y masturbarse, pero la estructura subyacente de sus obsesiones seguía estando allí: Puño Estridente, su traición, las audiencias en el Congreso.

—¿Sigue loco?

—No se puede decir que tenga personalidad. —Deane sonrió—. Aunque estoy seguro de que eso ya lo sabías. Pero bueno, Corto está ahí, en alguna parte, y ya no puedo mantener ese delicado equilibrio. Va a descontrolarse, Case, y te necesito para...

—Ya está bien, cabronazo —dijo Case, y le disparó en la boca con el .357.

Había tenido razón con lo de los sesos. Y con lo de la sangre.

—Tío —dijo Maelcum con marcado acento jamaicano—. Esto no me gusta...

—Tranquilo —dijo Molly—. No pasa nada. Solo es algo que hacen estos tíos. No está muerto y solo fueron unos segundos...

—Vi el monitor. El electroencefalograma estaba plano. No se movió durante cuarenta segundos.

—Bueno, pero ahora está bien.

—Plano como una correa —insistió Maelcum.

10

Estaba adormecido cuando cruzaron la aduana, y el peso de la conversación recayó en Molly. Maelcum se había quedado a bordo del *Garvey*. Pasar por la aduana de Freeside consistía sobre todo en demostrar que tenías dinero. Lo primero que Case vio cuando llegaron a la superficie interior del huso fue un local de la franquicia de cafeterías Beautiful Girl.

—Bienvenido a la *rue* Jules Verne —dijo Molly—. Si tienes problemas para caminar, intenta hacerlo mirándote los pies. La perspectiva es una jodienda si no estás acostumbrado.

Se encontraban en mitad de una calle amplia que parecía el fondo de una grieta profunda o de un cañón, disimulado por las aristas sutiles de las tiendas y los edificios que conformaban sus paredes. La luz del lugar se filtraba a través de unas verdes masas de vegetación que caían desde los pisos y los balcones que tenían sobre ellos. El sol...

Había una hendidura reluciente y blanca en algún lugar de las alturas, demasiado luminosa, y también el cielo azul grabado de Cannes. Sabía que la luz del sol se proyectaba gracias a un sistema Lado-Acheson cuyo armazón de dos milímetros recorría el huso de lado a lado; también que había una colección rotatoria de efectos celestes a su alrededor, y que si apagaban el cielo, vería lo que había detrás de ese armazón de luz: curvas de lagos, azoteas de casinos, otras calles... Pero nada de eso tenía sentido para su cuerpo.

—Joder —dijo—. Esto me gusta aún menos que el síndrome de adaptación espacial.

—Acostúmbrate. Trabajé de guardaespaldas para un tahúr durante un mes en este lugar.

—Me gustaría ir a algún sitio para tumbarme.

—Vale. Tengo las llaves. —Molly se tocó el hombro—. ¿Qué te pasó allí, tío? Te quedaste con el encefalograma plano.

Él negó con la cabeza.

—Todavía no lo sé. Dame tiempo.

—Vale. Cogeremos un taxi o algo.

Lo cogió de la mano y lo guio por Jules Verne, a lo largo de un escaparate en el que se exhibían los abrigos de piel de la temporada en París.

—Esto es surrealista —dijo al tiempo que volvía a alzar la vista.

—Qué va —respondió ella, quien dio por hecho que se refería a los abrigos—. Los cultivan con una base de colágeno, pero es ADN de visón. ¿Qué pasa?

—No es más que un tubo enorme por el que tiran cosas —dijo Molly—. Turistas, estafadores... Lo que sea. Y hay filtros de dinero activos en todo momento para asegurarse de que el dinero se queda aquí mientras que la gente vuelve al pozo de gravedad.

Armitage les había reservado una habitación en un lugar llamado Intercontinental, una pendiente vertical acristalada que desaparecía en una bruma fría y el ruido de unos rápidos. Case salió al balcón y vio un trío de adolescentes franceses bronceados que usaban un ala delta unos metros por encima del agua, triángulos de nailon de radiantes colores primarios. Una de ellos giró para inclinarse, y Case vio un atisbo de pelo corto y negro, pechos marrones y dientes blancos en una amplia sonrisa. El aire del lugar olía a agua y a flores.

—Sí —convino—. Mucho dinero.

Molly se apoyó en la barandilla a su lado, con las manos relajadas.

—Sí. Estuvimos a punto de venir una vez. Aquí o a algún lugar de Europa.

—¿Estuvimos? ¿Quiénes?

—Nadie —respondió al tiempo que agitaba los hombros de manera involuntaria—. Dijiste que te hacía falta dormir. Sí. A mí también me vendría bien.

—Ya te digo —dijo Case mientras se frotaba las palmas de las manos contra las mejillas—. Sí. Este lugar es fantástico.

La estrecha banda del sistema Lado-Acheson ardió como una imitación abstracta de un atardecer en las Bermudas, moteado por jirones de imágenes de nubes grabadas.

—Sí —dijo Case—. Dormir.

Pero no pudo dormir. Y, cuando lo consiguió, le reportó sueños que parecían más bien segmentos editados de sus recuerdos. No dejaba de despertarse, con Molly acurrucada junto a él, ni de oír el agua, voces que se perdían en la distancia detrás de las cristaleras abiertas del balcón o la risa de una mujer que venía de los bloques de apartamentos inclinados en la ladera opuesta. La muerte de Deane no dejaba de atormentarlo, como una carta inservible que siempre aparecía en su mano, con independencia de que se dijese a sí mismo que no era Deane de verdad o que era algo que no había ocurrido. Alguien le había dicho en cierta ocasión que la cantidad de sangre en un cuerpo humano normal era más o menos equivalente al líquido de una caja de cervezas.

Cada vez que veía la imagen de la cabeza destrozada de Deane chocar contra la pared del fondo del despacho, Case pensaba en otra cosa, en algo más oscuro y oculto, algo que nunca era capaz de aferrar, que se escabullía y se sumergía como un pez.

Linda.

Deane. Sangre en la pared del despacho del importador.

Linda. Olor a carne quemada en las sombras de la cúpula de Chiba. Molly sacando una bolsa de jengibre, el plástico cubierto de sangre. Deane había ordenado que la asesinaran.

Wintermute. Se imaginó un pequeño micro susurrando a los restos del hombre que era Corto, palabras que fluían como un río, esa personalidad sustituta y vacía llamada Armitage que crecía despacio en la habitación oscura de un psiquiátrico... El Deane falso había dicho que lidiaba con cosas que se daban por hecho, que se aprovechaba de las situaciones existentes.

Pero ¿y si Deane, el de verdad, había ordenado asesinar a Linda bajo las órdenes de Wintermute? Case buscó un cigarrillo y el mechero de Molly en la oscuridad. No había razón para sospechar de Deane, se dijo mientras lo encendía. Ninguna razón.

Wintermute era capaz de meter una personalidad en un cascarón vacío. ¿Cómo de sutil podía llegar a ser a la hora de manipular a alguien? Apagó el Yeheyuan en un cenicero que había junto a la cama después de la tercera calada, rodó para apartarse de Molly e intentó quedarse dormido.

El sueño, el recuerdo, se desplegó con la monotonía de un simestim sin editar. Había pasado un mes, su decimoquinto verano, en el quinto piso de un hotel de los que se pagaban por semana, con una chica llamada Marlene. El ascensor llevaba al menos una década sin funcionar. Las cucarachas se agitaban por la porcelana grisácea de la pequeña cocina cuando encendías una luz. Dormía con Marlene en un colchón sin sábanas.

No había visto como la primera de las avispas empezaba a construir esa casa gris y fina como el papel en la pintura abombada del marco de la ventana, pero el avispero no tardó en tener el tamaño de un puño, y los insectos se precipitaban de él para cazar en el callejón de debajo como helicópteros en miniatura que zumbaban entre la basura podrida de los contenedores.

Se habían bebido una docena de cervezas cada uno, y una avispa picó a Marlene por la tarde.

—Hay que matar a esas cabronas —dijo con ojos apagados a causa de la rabia y del calor acumulado en la habitación—. Hay que quemarlas.

Borracho, Case rebuscó en el apestoso armario para dar con el dragón de Rollo. Rollo era el novio anterior, y Case sospechaba que aún ocasional, de Marlene, un enorme motero de Frisco que llevaba un rayo rubio decolorado en el pelo rapado y negro. El dragón era un lanzallamas de Frisco que parecía una linterna angular muy ancha. Case comprobó las baterías, lo agitó para asegurarse de que tenía combustible suficiente y se acercó a la ventaba abierta. La colmena empezó a zumbar.

El aire del Ensanche estaba muerto, inmóvil. Una avispa salió despedida de la colmena y empezó a rodear la cabeza de Case. Él se limitó a encender la máquina, contó hasta tres y apretó el gatillo. El combustible salió a cien psi, rociado a través de la resistencia que se encontraba al rojo vivo. Una lengua de llamas pálidas, la colmena chamuscada, cayó. Alguien gritó en el callejón.

—¡Joder! —aulló Marlene detrás de él, bamboleándose—. ¡Imbécil! No las has quemado. Las has tirado. ¡Ahora volarán hasta aquí para matarnos!

La voz de Marlene lo ponía de los nervios, y se la imaginó envuelta en llamas, con el pelo decolorado chisporroteando de un verde peculiar.

En el callejón y con el dragón en la mano, Case se acercó a la colmena ennegrecida. Se había abierto al caer. Unas avispas chamuscadas se retorcían como locas en el asfalto.

Vio lo que ocultaba esa concha de papel grisáceo.

Pavor. La fábrica espiral de nacimientos, terrazas inclinadas de las celdas de las crías, las mandíbulas ciegas de los nonatos moviéndose sin cesar, el proceso gradual de huevo a larva, de casi avispa a avispa completa. Vio en su mente una especie de fotografía secuencial que hizo que lo que acababa de ver se pareciese más bien a una ametralladora biológica, perfecta pero espantosa. Alienígena. Apretó el gatillo, pero se había olvidado de encender la llama y el combustible cayó sobre la vida retorcida y turbada que tenía a sus pies.

Cuando encendió el arma, hubo un estallido de llamas que hasta le quemó una ceja. Cinco pisos encima de él, en la ventana abierta, oyó la risa de Marlene.

Despertó con la impresión de la luz al atenuarse, pero la estancia estaba a oscuras. Fosfenos y resplandores retinales. El cielo del exterior anunciaba uno de esos amaneceres grabados. No oyó voces, solo el correr del agua, a mucha distancia, en la parte baja de la pared del Intercontinental.

En el sueño, justo antes de empapar el nido de combustible, había visto el logo con la T-A de Tessier-Ashpool estampado con maestría en un costado, como si lo hubiesen grabado las avispas.

Molly insistió en cubrirlo con maquillaje bronceador, con la excusa de que su palidez del Ensanche llamaría demasiado la atención.

—Dios —dijo él, desnudo frente al espejo—. ¿Crees que esto da el pego como real?

Ella se encontraba arrodillada junto a su tobillo izquierdo y le estaba aplicando lo que quedaba del tubo.

—Qué va, pero da la impresión de que te preocupa lo bastante como para ponértelo, al menos. No hay suficiente para cubrirte el pie.

Se levantó y tiró el tubo vacío a una enorme cesta de mimbre. Nada en toda la estancia daba la impresión de haber sido fabricado con máquinas o de ser productos sintéticos. Case sabía que todo era caro, pero era un estilo que siempre lo había irritado. La espuma viscoelástica de la cama enorme estaba teñida para parecer arena. Había un montón de madera blanquecina y tela cosida a mano.

—¿Y tú? —preguntó Case—. ¿No te vas a teñir de marrón? Tampoco da la impresión de que te pases todo el día cogiendo sol, ¿eh?

Llevaba un atuendo holgado de seda negra y unas alpargatas también negras.

—Yo tengo aspecto exótico. Me he traído un enorme sombrero de paja a juego. Tú quieres parecer un matón chungo que busca pillar algo por las calles, así que el bronceado instantáneo bastará.

Case se miró con gesto ceñudo el pie blanco y luego alzó la vista para mirarse en el espejo.

—Por Dios. ¿Te importa si me visto ya? —Se acercó a la cama y empezó a ponerse los vaqueros—. ¿Has dormido bien? ¿Viste alguna luz?

—Estabas soñando.

Desayunaron en la azotea del hotel, una especie de pradera salpicada de sombrillas a rayas y lo que a Case le parecía una cantidad antinatural de árboles. Le contó cómo había intentado meterse en la IA de Berna. La posibilidad de que hubiese micrófonos ocultos le parecía más teórica que otra cosa. Si Armitage los estaba oyendo, lo haría mediante Wintermute.

—¿Y parecía real? —preguntó Molly con la boca llena de un cruasán con queso—. ¿Como si fuese un simestim?

Case le dijo que sí.

—Tan real como esto —dijo al tiempo que echaba un vistazo a su alrededor—. Puede que más.

Los árboles eran pequeños, retorcidos y de una antigüedad imposible, resultado de la ingeniería genética y de la manipulación química. A Case le costaba mucho distinguir entre un pino y un roble, pero su sentido común callejero le aseguró que eran muy bonitos, muy íntegros y sin duda arbóreos. Entre los árboles, en esas colinas de agradable hierba verde y poca inclinación cuyas irregularidades parecían demasiado fortuitas, las relucientes sombrillas cubrían a los huéspedes del hotel del firme resplandor del sol Lado-Acheson. Un alboroto en francés que venía de una mesa cercana llamó su atención: los niños dorados que había visto planeando sobre el río la noche anterior. Ahora vio que sus bronceados eran irregulares, como si los hubiesen hecho con una plantilla de estimulación selectiva de melanina; una multitud de sombras que se superponían en patrones rectilíneos y que delineaban y resaltaban la musculatura, los pechos pequeños y duros de la chica, la muñeca de un chico que descansaba en el esmaltado blanco de la mesa. A Case le daba la impresión de que eran máquinas construidas para una carrera, de que lo único que les faltaba eran las pegatinas anunciando sus peluqueros, los diseñadores de sus pantalones de algodón blanco o los artesanos que habían fabricado sus sandalias de cuero y la joyería sencilla que llevaban puesta. Detrás de ellos, en otra mesa, tres esposas japonesas con una arpillera de Hiroshima esperaban a sus maridos *sarariman* con sus rostros ovalados cubiertos de moratones artificiales; Case sabía que era un estilo conservador en extremo, uno que casi ni había visto en Chiba.

—¿A qué huele? —preguntó a Molly mientras arrugaba la nariz.

—La hierba. Así es como huele cuando está recién cortada.

Armitage y Riviera llegaron mientras terminaban el café, Armitage con su uniforme caqui entallado que daba la impresión de que se acabara de quitar las insignias del regimiento, y Riviera con un traje milrayas gris y holgado que recordaba erróneamente a una prisión.

—Molly, cariño —dijo Riviera poco antes de sentarse—. Vas a tener que pasarme más de esa medicina. Ya se me ha acabado.

—Peter, ¿y si no te la doy? —preguntó ella antes de sonreír sin enseñarle los dientes.

—Lo harás —zanjó Riviera, que desvió la mirada hacia Armitage antes de volver a centrarse en ella.

—Dásela —indicó Armitage.

—Estás desesperado por ella, ¿no? —Sacó un paquete plano de papel de aluminio de un bolsillo interior y se lo lanzó por la mesa a Riviera, que lo cogió antes de que se detuviese—. No estaría mal que la dejara —dijo Molly a Armitage.

—Tengo una audición esta tarde —explicó Riviera—. Necesitaré darlo todo.

Se colocó el paquete en la palma de la mano y sonrió. Unos insectos pequeños y relucientes salieron volando del aluminio para luego desaparecer. Se lo metió en el bolsillo de su camisa milrayas.

—Tú también tienes una esta tarde, Case —dijo Armitage—. En el remolcador. Me gustaría que fueras a la tienda de deportes para que te preparen un traje espacial, que te lo comprueben y que luego salgas a la nave. Tienes unas tres horas.

—¿Cómo es que a nosotros nos metieron en una nave de mierda y vosotros vinisteis en un taxi de Japan Airlines? —preguntó Case, que evitó deliberadamente la mirada de Armitage.

—Sion nos sugirió que lo usáramos para pasar más desapercibidos. Tengo una más grande a la espera, pero lo del remolcador le da un buen toque.

—¿Y yo? —preguntó Molly—. ¿Yo tengo algo que hacer hoy?

—Quiero que te dirijas al final del eje y que entrenes en ingravidez. Y mañana a lo mejor podrías hacer lo mismo, pero en la dirección contraria.

«Straylight», pensó Case.

—¿Cuánto queda? —preguntó Case, que lo miró a los ojos pálidos.

—Será pronto —dijo Armitage como respuesta—. Andando, Case.

—Tío, te veo bien —dijo Maelcum con acento marcado mientras ayudaba a Case a salir del traje espacial rojo Sanyo—. Aerol dice que también te ve bien.

Aerol los esperaba en uno de los muelles deportivos que había en un extremo del huso, cerca del eje de ingravidez. Para llegar hasta ahí, Case había cogido un ascensor que descendía por el casco y había montado en un tren de levitación magnética en miniatura. La gravedad empezaba a descender a medida que se estrechaba el diámetro del huso. Pensó que en algún lugar sobre él se encontrarían las montañas que iba a escalar Molly, el velódromo y el equipo de despegue para los ala delta y los microligeros en miniatura.

Aerol lo había llevado al *Marcus Garvey* en lo que parecía el chasis de una motocicleta con motor químico.

—Hace dos horas recibí unas mercancías de Babilonia para vosotros —dijo Maelcum—. Un joven amable y japonés que vino en un yate, un yate maravilloso.

Después de quitarse el traje, Case se impulsó con cuidado hacia el Hosaka y buscó a tientas las correas de la red-g.

—Bien, veamos —dijo.

Maelcum sacó un trozo blanco de espuma algo más pequeño que la cabeza de Case, extrajo una navaja automática de empuñadura perlada enfundada en un cordel de nailon verde del bolsillo de la cadera de sus andrajosos pantalones cortos y rajó el plástico con mucho cuidado. Retiró un objeto rectangular y se lo dio a Case.

—¿Es parte de una pistola o algo así, tío? —preguntó con acento marcado.

—No —dijo Case sin dejar de darle vueltas—. Pero sí que es un arma. Un virus.

—Nada de usar eso en este remolcador, tío —advirtió Maelcum con firmeza mientras extendía la mano para quitarle el cartucho de acero.

—Es un programa. Un virus informático. No te puede afectar a ti. Ni siquiera a tus programas. Tengo que interconectarlo a través de mi consola antes de poder hacer nada con él.

—El tío japonés ese dijo que el Hosaka este responderá a todas tus preguntas.

—Perfecto. Déjamelo a mí, ¿vale?

Maelcum se impulsó con el pie y se dirigió hacia la consola del piloto, donde empezó a entretenerse con una pistola calafeteadora. Case apartó la mirada al momento de las serpentinas transparentes y ondeantes que salían de ella. No tenía muy clara la razón, pero tenían algo que le recordaba las náuseas del síndrome de adaptación espacial.

—¿Qué es esto? —preguntó.

—Datos de Bockris Systems GmbH en Fráncfort. Indica, bajo transmisión cifrada, que el contenido del paquete es un programa de incursión Kuang de grado mark once. Bockris también indica que es del todo compatible con la interfaz de la Ono-Sendai Ciberespacio 7 y que cuenta con capacidades de incursión óptimas, sobre todo si se trata de un sistema militar existente...

—¿Y si se trata de una IA?

—Sistemas militares existentes o inteligencias artificiales.

—Dios. ¿Cómo lo acabas de llamar?

—Kuang de grado mark once.

—¿Es chino?

—Sí.

—Apagado. —Case ató concienzudamente el cartucho a un lado del Hosaka con un pedazo de cinta adhesiva plateada mientras recordaba la historia del día que Molly había pasado en Macao. Armitage había cruzado la frontera hasta Zhongshán—. Encendido —dijo, cambiando de idea—. Pregunta: ¿quién es el dueño de Bockris, alguien de Fráncfort?

—Retraso por transmisión orbital —dijo el Hosaka.

—Cífrala. Un código estándar comercial.

—Hecho.

Tamborileó con los dedos en la Ono-Sendai.

—Reinhold Scientific A. G., en Berna.

—Repítelo. ¿Quién es el dueño de Reinhold?

Tres consultas más tarde, llegaron por fin hasta Tessier-Ashpool.

—Dixie —preguntó al tiempo que se enchufaba—, ¿qué me puedes decir sobre virus informáticos chinos?

—Pues la verdad es que no tengo mucha idea.

—¿Has oído hablar alguna vez del Kuang? ¿El mark once?

—No.

Case suspiró.

—Bueno, pues me han dado un picahielos chino fácil de usar, pero de un solo uso. Unos tipos de Fráncfort dicen que puede picar una IA.

—Es posible, claro. Si es militar.

—Lo parece. Mira, Dix, necesito que me ayudes un poco con lo que sabes, ¿vale? Parece que Armitage quiere dar un golpe a una IA que pertenece a Tessier-Ashpool. El servidor está en Berna, pero está conectado con otro que se encuentra en Río. El de Río es el que te dejó con el encefalograma plano aquella vez. En teoría, se conectan vía Straylight, la sede de T-A que se encuentra en un extremo del huso, y vamos a entrar usando ese picahielos chino. Por lo que, si es Wintermute quien nos ha contratado, se podría decir que nos está pagando para que acabemos con él. Pretende que le fundamos los plomos. Y algo que se llama a sí mismo Wintermute intenta llevarse bien conmigo, quizá para que yo engañe a Armitage. ¿Qué opinas?

—Motivación —respondió el constructo—. La motivación suele ser muy problemática con las IA. No son humanas, ¿sabes?

—Sí, claro. Eso ya lo sabía.

—No. Me refiero a que no es humana y, por lo tanto, no puedes llegar a entenderla. Yo tampoco lo soy, pero respondo como un humano. ¿Comprendes?

—Un momento —dijo Case—. ¿Eres consciente o no?

—Bueno. Si me preguntas, te voy a responder que sí, chico, pero no soy más que memoria ROM. Supongo que lo que acabas de decir podría considerarse una de esas... preguntas filosóficas. —El trasunto de una carcajada horrible recorrió la espalda de Case de arriba abajo—. Pero lo cierto es que no podría escribirte un poema, no sé si me sigues. Es posible que esa IA tuya sí pueda hacerlo, pero no se la puede considerar humana ni de lejos.

—Entonces, ¿según tú no podemos conocer sus motivaciones?

—¿Es propietaria de sí misma?

—Tiene ciudadanía suiza, pero T-A es dueña del programa y del servidor.

—Esa es buena —comentó el constructo—. Es como si yo fuese propietario de tu cerebro y de lo que sabes, pero tus pensamientos tuviesen ciudadanía suiza. Menuda jodienda, IA.

—¿Entonces se propone destruirse a sí misma?

Case empezó a golpear la consola, nervioso. La matriz se emborronó y luego se volvió nítida otra vez. Entonces vio el entramado de esferas rosas que era la acería de Sikkim.

—Autonomía. Sin duda, eso es lo que más preocupa a tu IA. Mi apuesta es que vais a ir allí para cortar los grilletes que impiden que esa pequeñina se haga más lista. Y no tengo ni idea de cómo podríais distinguir entre una acción realizada por la empresa o una hecha por la propia IA. Quizá ese sea el principal motivo de la confusión. —Case volvió a sentir ese trasunto de carcajada—. Mira, esas cosas pueden trabajar muy duro y encima sacar tiempo para escribir un libro de recetas o lo que les dé la gana, pero desde el momento en el que empiezan a intentar encontrar la manera de hacerse más listas, Turing se encarga de eliminarlas. Sabes que no se puede confiar en esas cabronas. Todas las IA que se han creado llegan a este mundo con el cañón de una escopeta electromagnética pegado a la frente, por si acaso.

Case se quedó mirando las esferas rosas de Sikkim.

—Vale —dijo al fin—. Voy a conectar este virus. Quiero que revises el código y me digas qué opinas.

La sensación de que alguien leía por encima de su hombro desapareció unos segundos y luego regresó.

—Esto es la caña, Case. Es un virus lento. Estimo que tardará unas seis horas en piratear un objetivo militar.

—O una IA. —Suspiró—. ¿Podemos ejecutarlo?

—Claro —respondió el constructo—. A menos que le tengas un miedo morboso a la muerte.

—A veces te repites un poco, ¿sabes, tío?

—Forma parte de mi naturaleza.

Molly estaba durmiendo cuando volvió al Intercontinental. Case se sentó en el balcón y contempló cómo los microligeros con sus alas de polímero irisadas planeaban por la curva de Freeside, sombras triangulares que surcaban prados y azoteas hasta desaparecer detrás de la franja del sistema Lado-Acheson.

—Quiero colocarme —dijo al azul artificial del cielo—. Tengo muchísimas ganas de estar puesto, ¿sabes? Páncreas falso, enchufes en el hígado, saquitos de mierda que se funden... Que les den por culo, joder. Quiero colocarme.

Se marchó sin despertar a Molly, o eso creía. Nunca estaba seguro por culpa de esas gafas. Estiró los hombros y se metió en el ascensor. Lo acompañó una chica italiana con ropa blanca e inmaculada, con la nariz y las mejillas embadurnadas de algo negro y mate. Sus botines de nailon blanco tenían tacos de acero, y el objeto de apariencia cara que llevaba en la mano parecía una mezcla entre un remo en miniatura y una codera ortopédica. Iba de camino a jugar a algo, pero Case no tenía ni idea de a qué.

Una vez en el prado de la azotea, atravesó el bosquecillo de árboles y sombrillas hasta llegar a la piscina, donde unos cuerpos desnudos brillaban en las baldosas azul turquesa. Se resguardó bajo la sombra de un toldo y presionó su chip contra una placa de cristal oscuro.

—*Sushi* —dijo—. El que sea.

Diez minutos después, un camarero chino y entusiasta llegó con la comida. Case empezó a masticar arroz con atún crudo mientras veía a los demás ponerse morenos.

—Joder, me voy a volver loco —se sinceró con el atún.

—No me lo digas —le oyó decir a alguien—. Lo sé. Sé que eres un mafioso. ¿Verdad?

Case entrecerró los ojos para mirarla, encandilado por la franja de sol. Tenía un cuerpo esbelto y joven con un bronceado estimulado por la melanina, pero que no tenía nada que ver con los de París.

Se acuclilló junto a él sin dejar de gotear agua de la piscina que caía en las baldosas.

—Cath —dijo.

—Lupus —respondió él después de una pausa.

—¿Qué clase de nombre es ese?

—Es griego —dijo él.

—¿De verdad eres un mafioso?

La estimulación de melanina no había conseguido evitar que se le formaran pecas.

—Soy drogadicto, Cath.

—¿De qué tipo?

—Estimulantes. Estimulantes del sistema nervioso central. Estimulantes del sistema nervioso central muy potentes.

—¿Y tienes algunos?

Se inclinó hacia él. Unas gotas de aguas clorada le cayeron en la pernera del pantalón.

—No. Ese es mi problema, Cath. ¿Sabes dónde podría conseguir?

Cath se balanceó sobre los talones bronceados y chupó un mechón de pelo castaño que el agua le había dejado pegado cerca de la boca.

—¿Alguna preferencia?

—No quiero coca ni anfetaminas, pero que sea algo fuerte. Tiene que ser fuerte.

Lo que sea, pensó con tristeza pero sin dejar de dedicarle una sonrisa a la joven.

—Betafeniletilamina —respondió ella—. Pero corre a cuenta de tu chip.

—Es broma, ¿no? —dijo la pareja y compañero de habitación de Cath cuando Case le explicó las propiedades particulares de su páncreas de Chiba—. O sea, ¿no puedes demandarlos o algo? Por negligencia profesional o yo qué sé.

Se llamaba Bruce. Parecía una copia de Cath pero en hombre. Hasta las pecas las tenía igual.

—Bueno —explicó Case—, es por el tema ese... Compatibilidad de tejidos y esas cosas.

Pero los ojos de Bruce ya habían perdido el brillo a causa del aburrimiento. Case miró los ojos marrones del chico y llegó a la conclusión de que tenía la capacidad de atención de una mosca.

Compartían una habitación más pequeña que la de Case y Molly, y estaba en otro piso, más cerca de la superficie. Había cinco enormes fotografías en papel Cibachrome de Tally Isham pegadas con celo en la ventana del balcón para que diese la impresión de que el lugar era más amplio.

—Son una pasada, ¿verdad? —preguntó Cath al ver que se fijaba en las transparencias—. Son mías. Las saqué todas en la pirámide de Senso/Red la última vez que bajamos al pozo de gravedad. Estuvimos así de cerca de Tally. Se limitó a sonreír con esa naturalidad tan suya. Y las cosas ahí abajo están fatal, Lupus. Los terroristas de Cristo Rey pusieron ángel en el agua, ¿sabes?

—Sí —dijo Case, muy incómodo de repente—. Es horrible.

—Bueno —interrumpió Bruce—, hablemos de la beta que ibas a comprar...

—El problema que se me plantea es si podré metabolizarla.

Case arqueó las cejas.

—¿Sabes qué? Te dejo que la pruebes —dijo el chico—. Si tu páncreas no la metaboliza, invita la casa. La primera vez es gratis.

—Eso ya lo he oído antes —respondió Case, que cogió el dermo azul cerúleo que Bruce le pasaba por la colcha negra.

—¿Case?

Molly se incorporó en la cama y se apartó el pelo de las lentes.

—¿Quién va a ser, guapa?

—¿Qué te has metido?

Las lentes siguieron a Case mientras recorría la habitación.

—Me he olvidado de cómo se pronuncia —respondió él al tiempo que se sacaba del bolsillo de la camisa una tira de dermos azules fuertemente enrollada en plástico de burbujas.

—Joder —exclamó Molly—. Justo lo que necesitábamos.

—Jamás habías dicho algo tan cierto.

—Te pierdo de vista dos horas y te colocas. —Negó con la cabeza—. Espero que estés listo para la gran cena que tenemos esta noche con Armitage en ese sitio, el Siglo Veinte. A ver si Riviera no se pone muy pesado con sus efectos especiales.

—Claro —dijo Case, que arqueó la espalda mientras en su rostro relucía una inalterable expresión de placer—. Maravilloso.

—Pero tío, si eso que te has metido ha conseguido obviar lo que te hicieron los cirujanos en Chiba, te va a dejar una resaca de la hostia.

—Zorra, zorra, zorra —dijo mientras se desabrochaba el cinturón—. Muerte. Melancolía. Es lo único que me queda. —Se quitó los pantalones, la camisa, la ropa interior—. Creo que deberías ser lo bastante espabilada como para aprovecharte del estado en el que me encuentro. —Bajó la mirada—. Y no veas cómo estoy.

Molly rio.

—No te durará.

—Más de lo habitual. Por eso hay que aprovechar —dijo él al tiempo que se acostaba en la espuma viscoelástica del color de la arena.

11

—Case, ¿qué te pasa? —preguntó Armitage mientras el camarero los sentaba en la mesa del Vingtième Siècle. Era el restaurante flotante más pequeño y más caro de los que había en un pequeño lago junto al Intercontinental.

Case se encogió de hombros. Bruce no había dicho nada de posibles secuelas. Intentó coger un vaso de agua helada, pero las manos le temblaban en exceso.

—Puede que haya comido algo en mal estado.

—Me gustaría que te hicieran una revisión médica —dijo Armitage.

—Será una reacción alérgica —mintió Case—. Me suele pasar a veces, cuando viajo y como cosas diferentes.

Armitage llevaba un traje negro, demasiado formal para el lugar en el que se encontraban, y una camisa de seda blanca. Su pulsera dorada repiqueteó cuando levantó la copa de vino y le dio un sorbo.

—He pedido algo para ti —dijo.

Molly y Armitage comieron en silencio mientras Case cortaba el filete con manos temblorosas. Lo redujo a pedacitos del tamaño de un bocado que después empezó a embadurnar en la abundante salsa y luego apartó sin probar siquiera.

—Dios —dijo Molly cuando terminó el suyo—. Dame eso. ¿Sabes lo que cuesta? —Le quitó el plato—. Crían a un animal durante años y luego lo matan. Esto no es carne cultivada.

Pinchó un pedazo con el tenedor y se lo llevó a la boca.

—No tengo hambre —consiguió decir Case.

Tenía el cerebro achicharrado. No, mejor aún, era como si lo hubiesen arrojado a una cuba de grasa hirviendo y dejado allí hasta que se enfriara y se convirtiera en una masa fría y opaca solidificada entre los pliegues de los lóbulos, lo que le provocaba unos aguijonazos de dolor de una tonalidad verde púrpura.

—Tienes un aspecto horrible —comentó Molly con tono animado.

Case probó el vino. Las secuelas de la betafeniletilamina hacían que le supiese a yodo.

Las luces se atenuaron.

—*Le restaurant Vingtième Siècle* —dijo una voz incorpórea con un marcado acento del Ensanche— presenta con orgullo el cabaret holográfico del señor Peter Riviera.

Se oyó algún que otro aplauso aislado por el resto de las mesas. Un camarero encendió una vela que había en el centro de la de ellos y luego empezó a llevarse los platos. Las llamas de las velas no tardaron en titilar en cada una de la decena de mesas del restaurante. Y se empezaron a servir las bebidas.

—¿Qué está pasando? —le preguntó Case a Armitage, quien dio la callada por respuesta.

Molly se hurgó los dientes con una uña de color bermellón.

—Buenas noches —dijo Riviera, que salió a un pequeño escenario situado en la otra punta de la estancia.

Case parpadeó. El malestar le había impedido fijarse en el escenario. Tampoco vio de dónde había salido Riviera. Se sentía cada vez más incómodo.

Al principio dio por hecho que lo que iluminaba a Riviera era un foco.

Riviera brillaba. La luz se adhirió a él como una segunda piel e iluminó los cortinajes oscuros que había detrás del escenario. Estaba proyectando.

Sonrió. Llevaba un esmoquin blanco. En la solapa, unas brasas azules ardían en las profundidades de un clavel negro. Las uñas le brillaron mientras levantaba las manos en un saludo, como si recibiera al público con los brazos abiertos. Case oyó las aguas superficiales batir contra el lateral del restaurante.

—Esta noche —dijo Riviera con ojos alargados y resplandecientes—, me gustaría interpretar para ustedes una pieza ampliada. Una obra nueva.

Un rubí de luz fría se le formó en la palma levantada de la mano derecha. Lo soltó, y una paloma gris surgió y aleteó en el lugar en el que había caído para luego perderse en las sombras. Alguien silbó. Más aplausos.

—El título de la obra es *La muñeca.* —Riviera bajó las manos—. Me gustaría dedicar el estreno de esta noche a la dama 3Jane Marie-France Tessier-Ashpool. —Una oleada de aplausos respetuosos. Cuando cesaron, Riviera centró la vista en la mesa en la que se encontraban ellos—. Y también a otra dama.

Las luces del restaurante se apagaron por completo durante unos segundos y solo quedó el titilar de las velas. El aura holográfica de Riviera se había desvanecido con las luces, pero Case aún lo veía allí, de pie y con la cabeza gacha.

Se empezaron a formar unas líneas verticales y horizontales de luz sutil que esbozaron un cubo alrededor del escenario. Las luces del restaurante volvieron a encenderse, tenues. El armazón que rodeaba el escenario parecía formado por haces de luz de luna solidificados. Riviera tenía la cabeza gacha, los ojos cerrados y los brazos rígidos a los costados; daba la impresión de temblar a causa de la concentración. El cubo fantasmal adquirió consistencia de repente y se convirtió en una habitación a la que le faltaba la cuarta pared, lo que permitía al público ver lo que ocurría en el interior.

Riviera pareció relajarse un poco. Alzó la cabeza, pero mantuvo los ojos cerrados.

—Siempre he vivido en esta habitación —dijo—. No recuerdo haber vivido en ninguna otra.

Las paredes de la estancia eran de un yeso blanco amarillento. Había dos muebles. Uno era una silla de madera normal y corriente, y el otro, el armazón de hierro de una cama pintado de blanco. La pintura estaba levantada y descascarillada, y debajo se entreveía el metal negro. El colchón que había sobre la cama no tenía sábanas y era de una tela a rayas marrones y desteñidas. Una única bombilla colgaba sobre la cama en un pedazo de cable negro y retorcido. Case vio la densa capa de polvo que se acumulaba en la curva superior de la bombilla. Riviera abrió los ojos.

—Siempre he estado solo en esta habitación. —Se sentó en la silla de cara a la cama. Las brasas azules seguían ardiendo en la flor negra que llevaba en la solapa—. No sé cuándo comencé a soñar con ella, pero sí recuerdo que al principio no era más que una niebla, una sombra.

Había algo en la cama. Case parpadeó. Desapareció.

—No podía mantenerla, mantenerla en mi mente. Pero quería, quería hacer eso y mucho más... —Su voz se oía a la perfección gracias al silencio que reinaba en el restaurante. Unos cubos de hielo repiquetearon en un vaso. Alguien rio por lo bajo. Otra persona preguntó algo en japonés entre susurros—. He llegado a la conclusión de que si pudiese visualizar una parte de ella, solo una pequeña parte... Si pudiese ver esa parte a la perfección, con todo lujo de detalles...

Apareció la mano de una mujer tendida sobre el colchón, con la palma hacia arriba y dedos pálidos.

Riviera se inclinó hacia delante, cogió la mano y empezó a acariciarla con suavidad. Los dedos se movieron. Se llevó a la boca la mano de la mujer y empezó a lamer las puntas de los dedos. Las uñas estaban pintadas de un rojo bermellón.

Case veía una mano, pero no estaba cercenada, sino que tenía la piel tersa, intacta y sin cicatriz alguna. Recordó un rombo de carne cultivada lleno de tatuajes que había visto en el escaparate de una *boutique* quirúrgica de Ninsei. Riviera se había pegado la mano a los labios y ahora lamía la palma. Los dedos le acariciaron el rostro con indecisión. Y apareció una segunda mano en la cama. Cuando Riviera extendió el brazo para cogerla, los dedos de la primera le aferraron la muñeca, como si fuese una pulsera de carne y hueso.

La obra continuó con esa lógica interna surrealista tan característica. Los brazos fueron lo siguiente. Después, los pies. Las piernas. Eran unas piernas muy bonitas. A Case le empezó a doler la cabeza. Tenía la garganta seca. Se bebió lo que le quedaba de vino.

Ahora Riviera estaba en la cama, desnudo. La ropa había sido parte de su proyección, pero Case no recordaba haberla visto desaparecer. La flor negra estaba tirada a los pies de la cama, y la llama azulada de su interior no había dejado de agitarse. Después se formó el torso; Riviera lo acarició a medida que aparecía, blanco, sin cabeza y perfecto, lustroso a causa de una pátina de sudor brillante y casi imperceptible.

Era el cuerpo de Molly. Case miró con la boca abierta. Pero no era Molly: era Molly tal y como se la imaginaba Riviera. Los pechos no eran igual: tenían los pezones más grandes y demasiado oscuros. Riviera y ese torso carente de extremidades se retorcieron juntos en la cama mientras las manos de uñas llamativas reptaban por sus cuerpos. La cama estaba llena de pliegues podridos y amarillentos de encaje que se deshacían solo con tocarlos. Las motas de polvo bullían alrededor de Riviera y de esas partes de un cuerpo que no dejaba de sacudirse, de esas manos inquietas que acariciaban y pellizcaban.

Case miró a Molly. Tenía el rostro impasible. Los colores de la proyección de Riviera oscilaron y se retorcieron en sus lentes. Armitage se había inclinado hacia delante, sostenía una copa de vino con ambas manos por el tallo y tenía los ojos pálidos fijos en el escenario, en esa habitación reluciente.

El torso y las extremidades terminaron por unirse, y Riviera se estremeció. Apareció la cabeza, y la imagen se completó. Era la cara de Molly, con ese mercurio liso que le cubría los ojos. Riviera y la imagen de Molly empezaron a tocarse con renovada intensidad. Luego la imagen extendió una mano medio cerrada de la que surgieron cinco cuchillas. Rasgó la espalda desnuda de Riviera con lánguida y onírica deliberación. Case vio la espina dorsal por unos instantes, pero ya se había levantado y empezado a tambalearse hacia la puerta.

Se apoyó en la barandilla de palisandro para vomitar en las plácidas aguas del lago. Sintió alivio, como si antes tuviese la cabeza aprisionada en el interior de un tornillo de banco y ahora hubiese quedado libre al fin.

Se arrodilló y apoyó la mejilla en la madera fría mientras miraba las aguas superficiales del lago y el aura reluciente de la *rue* Jules Verne.

Case había visto antes esa técnica. Cuando era un adolescente en el Ensanche, lo llamaban «sueños reales». Recordó a unos delgados puertorriqueños bajo las farolas del East Side soñando realidades al ritmo de los acelerados compases de una canción de salsa, mujeres oníricas que titilaban y no dejaban de dar vueltas mientras los espectadores aplaudían al ritmo. Pero los puertorriqueños habían necesitado para el espectáculo una furgoneta llena de equipo y un chapucero casco con trodos.

Riviera soñaba realidades directamente. Case agitó la dolorida cabeza y escupió en el lago.

Podía imaginarse cómo iba a acabar el espectáculo, el gran final. Era una especie de simetría invertida: él montaba a la mujer onírica, y después ella lo desmontaba a él. Con esas manos. Y el encaje podrido quedaba empapado de esa sangre irreal.

Se oyeron vítores en el restaurante. Aplausos. Case se puso en pie y se pasó la mano por la ropa. Se dio la vuelta y se dirigió hacia el Vingtième Siècle.

La silla de Molly estaba vacía; el escenario, desierto. Armitage se encontraba sentado en soledad y no había dejado de mirar el escenario, con el tallo de la copa de vino aún entre los dedos.

—¿Dónde está Molly? —preguntó Case.

—Se ha ido —respondió Armitage.

—¿Ha ido a por él?

—No.

Se oyó un suave tintineo. Armitage bajó la vista hacia la copa. La alzó con la mano izquierda, sosteniéndola por el cáliz mientras un poco de vino tinto oscilaba en el interior. La parte inferior se había quedado en la mano derecha, y el extremo superior del tallo roto sobresalía como una astilla de hielo. Case se lo quitó de la mano y lo metió en un vaso de agua.

—Dime adónde ha ido, Armitage.

Se encendieron las luces. Case lo miró a los ojos pálidos. No había absolutamente nada en ellos.

—Se ha ido a prepararse. No la volverás a ver. Estaréis juntos durante el golpe.

—¿Por qué le ha hecho eso Riviera?

Armitage se puso en pie y se ajustó las solapas de la chaqueta.

—Duerme un poco, Case.

—¿El golpe es mañana?

Armitage le dedicó una sonrisa vacía y se dirigió hacia la salida.

Case se frotó la frente y echó un vistazo por la estancia. Los comensales habían empezado a levantarse, mujeres que sonreían en respuesta a los chistes que contaban los hombres. Vio el balcón por primera vez, velas que titilaban aún en la privada oscuridad. Oyó el tintineo de la vajilla y una conversación ahogada. Las velas proyectaban unas sombras danzarinas en el techo.

El rostro de la joven apareció de repente, como si fuese una de las proyecciones de Riviera. Apoyó las pequeñas manos en la madera pulida de la barandilla y se inclinó hacia delante con una cara que a Case le pareció como extasiada, con los ojos oscuros como si contemplara algo en la lejanía. El escenario. Era una cara llamativa, pero no bonita. Triangular, con los pómulos marcados pero de aspecto extrañamente frágil, una boca grande y firme sobre la que se equilibraba de manera peculiar una nariz aviar y estrecha de fosas nasales abiertas. Y luego desapareció, de vuelta a esas carcajadas privadas bajo el agitar de la luz de las velas.

Mientras salía del restaurante, vio a los dos jóvenes franceses con su amiga que esperaban la barca que los llevaría a la otra orilla del lago, donde se encontraba el casino más cercano.

La habitación estaba en silencio. El colchón de espuma viscoelástica era liso como una playa con marea baja. No vio la mochila de Molly. Buscó por si le había dejado una nota. No encontró nada. Pasaron varios segundos antes de que la escena que se veía al otro lado de la ventana llamara su tensa e infeliz atención. Alzó la vista y vio la calle Desiderata y sus tiendas caras: Gucci, Tsuyako, Hermès, Liberty...

Se quedó mirando, y luego agitó la cabeza y se dirigió a un panel en el que no había reparado antes. Apagó el holograma, y el resultado fue el paisaje de bloques de apartamentos aterrazados que se extendían en la lejana pendiente.

Cogió el teléfono y lo sacó al frío del balcón.

—Necesito el número del *Marcus Garvey* —le dijo a la centralita—. Es un remolcador que salió hace poco del cúmulo de Sion.

La voz electrónica recitó un número de diez dígitos.

—Señor, ese registro en cuestión es panameño —añadió la voz.

Maelcum respondió al quinto tono.

—¿Sí? —saludó con un acento marcado.

—Soy Case. ¿Tienes un módem, Maelcum?

—Claro. En los sistemas de navegación.

—¿Puedes sacarlo? Lo necesito, tío. Ponlo en mi Hosaka y luego enciende la consola. Es esa cosa cuadrada con la superficie rugosa.

—¿Cómo va todo por ahí, tío?

—Bueno, me vendría bien un poco de ayuda.

—Estoy en ello. Voy a por el módem.

Case oyó el tenue zumbido de la estática mientras Maelcum conectaba el único cable telefónico.

—Cúbrelo de hielo —le dijo Case al Hosaka cuando lo oyó pitar.

—Se encuentra usted en una ubicación muy vigilada —apuntó el ordenador con delicadeza.

—A la mierda —dijo—. Olvídate del hielo. Sin hielo. Conecta el constructo. ¿Dixie?

—¿Qué tal, Case?

El Plano habló a través del chip de voz del Hosaka, sin ese acento tan elaborado que tenía en la matriz.

—Dix, tienes que abrirte paso a la fuerza hasta aquí y conseguirme algo. Puedes ser todo lo bruto que quieras. Molly está aquí, en alguna parte, y necesito saber dónde. Yo estoy en la 335W del Intercontinental. Ella también se registró, pero no sé con qué nombre. Entra por este teléfono y revisa los registros por mí.

—Dame un segundo. —Case oyó el ruido blanco de la invasión. Sonrió—. Hecho. Rose Kolodny. Ha dejado el hotel. Tardaré unos pocos minutos en atravesar la red de seguridad lo suficiente como para obtener alguna pista.

—Hazlo.

El teléfono chirrió y chasqueó a causa del esfuerzo del constructo. Case volvió a entrar con él en la habitación y puso el auricular bocarriba en el colchón viscoelástico. Fue al baño y se lavó los dientes. Cuando salió, vio que se encendía el monitor del equipo audiovisual Braun de la habitación. Una estrella del pop japonesa recostada en unos cojines metálicos. Un entrevistador que estaba fuera de cámara le hizo una pregunta en alemán. Case se quedó mirando. Unas interferencias azules revoloteaban por la imagen.

—Case, guapetón, ¿se te ha ido la olla o qué?

Era una voz lenta que le sonaba familiar.

La puerta de cristal del balcón volvió a relucir con la imagen de la calle Desiderata, pero la escena se emborronó y se retorció hasta convertirse en el interior vacío del Jarre de Thé, en Chiba. El neón se replicaba en las paredes espejadas hasta el infinito arañado.

Alto y enjuto, Lonny Zone dio un paso al frente. Se movía con esa gracia submarina y densa propia de su adicción. Estaba solo entre las mesas cuadradas, con las manos metidas en los bolsillos de sus pantalones de zapa grises.

—De verdad que te veo muy disperso, ¿eh, tío?

La voz salió de los altavoces del Braun.

—Wintermute —dijo Case.

El proxeneta se encogió con aire lánguido y sonrió.

—¿Dónde está Molly?

—No te preocupes. Esta noche la has cagado, Case. El Plano ha activado todas las alarmas de Freeside. No te creía capaz de algo así, tío. Eso no te pega.

—Dime dónde está y le diré al Plano que pare.

Zone negó con la cabeza.

—Nunca llegas a buen puerto con las mujeres, ¿eh, Case? Siempre terminas por perderlas de una forma u otra.

—Te vas a arrepentir de esto —dijo Case.

—No. Tú no eres así, Case. Lo sé. Mira, ¿sabes una cosa? He descubierto que crees que fui yo quien le ordenó a Deane que matase a ese chochito tuyo en Chiba.

—No —dijo Case al tiempo que daba un paso involuntario hacia la ventana.

—Pero yo no lo hice. A decir verdad, ¿acaso importa? ¿Cuánto le importa al señor Case? Deja de tomarte el pelo a ti mismo. Conozco a tu Linda. Conozco a todas las

Lindas. Linda es un producto genérico en mi línea de trabajo. ¿Sabes por qué decidió jugártela? Por amor. Para que pasaras de ella. ¿Quieres que hablemos de amor? Pues sí, ella te quería. Lo sé. No valía una mierda, pero es cierto que te amaba. No pudiste con ello. Está muerta.

El puño de Case rebotó en el cristal.

—No te jodas las manos, tío. Pronto tendrás que teclear en la consola.

Zone desapareció, sustituido por la noche de Freeside y la luz de los bloques de apartamentos. El Braun se apagó.

El teléfono resonó sin cesar desde la cama.

—¿Case? —El Plano estaba esperando—. ¿Dónde te metes? Lo he conseguido, pero no es mucho. —El constructo rechinó una dirección—. El lugar está cubierto por un hielo muy raro para tratarse de un club. Esa es toda la información que conseguí sin dejar rastro.

—Muy bien —dijo Case—. Dile al Hosaka que le diga a Maelcum que desconecte el módem. Gracias, Dix.

—Un placer.

Se quedó sentado en la cama durante un buen rato y saboreó esa nueva sensación que más bien parecía un tesoro.

Era rabia.

—¿Qué tal, Lupus? ¿Cómo va? Cath, es el amigo Lupus. —Bruce estaba desnudo en el umbral de la puerta, chorreando y con las pupilas muy dilatadas—. Nos estábamos duchando. ¿Quieres esperar? ¿Quieres ducharte con nosotros?

—No. Gracias. Necesito ayuda.

Apartó el brazo del joven y entró en la habitación.

—Eh, tío, de verdad, que íbamos a...

—A ayudarme. Y estás contentísimo de verme. Porque somos amigos, ¿verdad? Somos amigos, ¿no?

Bruce parpadeó.

—Claro.

Case recitó la dirección que le había dado el Plano.

—Sabía que eras un mafioso —gritó Cath con voz alegre desde la ducha.

—Tengo un triciclo a motor Honda —comentó Bruce con una sonrisa vacía.

—Pues vámonos ya —dijo Case.

—En ese nivel están los cubículos —dijo Bruce después de pedirle a Case que repitiese la dirección por octava vez. Volvió a subir al Honda. La condensación goteó por la célula de hidrógeno del tubo de escape mientras el chasis de fibra de vidrio roja se balanceaba sobre unos amortiguadores cromados—. ¿Tardarás mucho?

—No tengo ni idea. Pero me vais a tener que esperar.

—Esperaremos, claro. —Se rascó el pecho desnudo—. Creo que la última parte de la dirección indica un cubículo concreto. El número cuarenta y tres.

—¿Te está esperando alguien, Lupus?

Cath se inclinó hacia delante por encima del hombro de Bruce y alzó la vista. El viaje le había secado el pelo.

—En realidad, no —respondió Case—. ¿Creéis que tendré problemas para entrar?

—Tú limítate a acceder al nivel más bajo y encuentra el cubículo de tu amigo. Si te dejan entrar, bien. Si no quieren saber nada de ti...

Se encogió de hombros.

Case se dio la vuelta y descendió por una escalera de caracol de hierro. Después de dar seis vueltas, llegó al club. Hizo una pausa para encenderse un Yeheyuan y echó un vistazo por las mesas. Freeside adquirió sentido en su cabeza de repente. Negocios. Bullían en el ambiente. Esa era la actividad local más característica. No la enorme fachada alta y reluciente de la *rue* Jules Verne, sino esto. Comercio. Era como una danza. Los parroquianos estaban mezclados: la mitad eran turistas, y la otra mitad, habitantes de las islas.

—Bajar —dijo a un camarero que pasó junto a él—. Quiero bajar.

Le mostró el chip de Freeside. El hombre hizo un gesto hacia la parte trasera del club. Caminó a toda prisa entre las mesas abarrotadas mientras oía retazos de conversaciones en una docena de idiomas europeos.

—Quiero un cubículo —le dijo a la chica sentada en un mostrador bajo que tenía terminal sobre el regazo—. En el nivel más bajo.

Le pasó el chip.

—¿Preferencia de género?

La joven pasó el chip por una placa de cristal que había en la parte delantera de la terminal.

—Mujer —dijo él de manera automática.

—Número treinta y cinco. Use el teléfono si no la encuentra satisfactoria. Puede acceder a nuestra lista de servicios especiales antes de ir, si lo prefiere.

Sonrió y le devolvió el chip.

Las puertas de un ascensor se abrieron detrás de ella.

Las luces del pasillo eran azules. Case salió del ascensor y eligió una dirección al azar. Puertas numeradas. Silencio como el que habría en los pasillos de una clínica cara.

Encontró el cubículo. Había buscado el de Molly. Confundido, levantó el chip y lo apoyó en un sensor negro que había justo debajo de la placa con el número.

Cerradura magnética. El sonido le recordó al del Hotel Barato.

La chica se incorporó en la cama y dijo algo en alemán. Tenía la mirada amable y no parpadeaba. Estaba en piloto automático. Desconexión neuronal. Salió del cubículo y cerró la puerta.

La puerta del cuarenta y tres era como las demás. Titubeó. El silencio del pasillo indicaba que los cubículos estaban insonorizados. Era inútil tratar de abrirlo con el chip. Tocó con los nudillos en el metal esmaltado. Nada. La puerta parecía absorber el sonido.

Apoyó el chip contra la placa negra.

La cerradura chasqueó.

Fue como si lo hubiese golpeado antes de que se abriese la puerta. Cayó de rodillas y se quedó con la espalda apoyada en la puerta de metal. Las cuchillas de los pulgares levantados de su atacante temblaban a unos escasos centímetros de sus ojos...

—Joder —dijo ella, dándole un golpecillo en un lado de la cara mientras se levantaba—. Hay que ser imbécil para intentar algo así. ¿Cómo coño has abierto la cerradura, Case? ¿Case? ¿Estás bien?

Se inclinó sobre él.

—Un chip —dijo él, mientras se afanaba por recuperar el aliento. El dolor se le había extendido por el pecho. Molly lo ayudó a levantarse y lo metió en el cubículo.

—¿Sobornaste a la secretaria de arriba?

Él negó con la cabeza y cayó sobre la cama.

—Respira. Cuenta. Uno, dos, tres, cuatro. Mantén el aire. Ahora suéltalo. Vuelve a contar.

Case se llevó una mano al estómago.

—Me has dado una patada —consiguió decir.

—Debería haber apuntado más abajo. Quiero estar sola. Estoy meditando, ¿vale? —Molly se sentó junto a él—. Y también me están dando instrucciones. —Señaló un pequeño monitor que había en la pared opuesta a la cama—. Wintermute me lo está contando todo sobre Straylight.

—¿Dónde está la muñeca de carne?

—En este cubículo no hay. Es el servicio especial, el más caro de todos. —Molly se puso en pie. Llevaba los vaqueros de cuero y una camisa negra y holgada—. Wintermute dice que el golpe es mañana.

—¿A qué ha venido lo del restaurante? ¿Por qué saliste corriendo?

—Porque si me quedaba habría tenido que matar a Riviera.

—¿Por qué?

—Por lo que me hizo. Por el espectáculo.

—No lo entiendo.

—Esto es caro —dijo al tiempo que extendía la mano derecha como si sostuviera con ella una fruta invisible. Las cinco cuchillas se deslizaron al exterior y después empezaron a enfundarse con suavidad—. Es caro ir a Chiba, la cirugía es cara, también es caro que las conecten a tu sistema nervioso para que tus reflejos controlen el equipo... ¿Sabes cómo conseguí el dinero cuando estaba empezando? Aquí. No justo aquí, pero sí en un lugar parecido, en el Ensanche. La verdad es que tiene gracia, porque cuando te implantan el chip de desconexión neuronal parece dinero gratis. A veces me despertaba un poco dolorida, pero ya. Es como si alquilaran algo ajeno a ti, como si no estuvieras dentro mientras ocurre. El lugar tenía programas para cualquier cosa que el cliente estuviese dispuesto a pagar... —Hizo sonar los nudillos—. Bien. Pues me pagaron. El problema era que la desconexión y la circuitería que te implantan las clínicas de Chiba no eran compatibles.

El trabajo empezó a ser más vívido y acabé por recordarlo... Pero solo eran pesadillas... soportable. —Sonrió—. Después empezó a ponerse muy raro. —Molly sacó los cigarrillos del bolsillo de Case y se encendió uno—. El lugar descubrió para qué estaba usando el dinero. Ya me habían implantado las cuchillas, pero el neuromotor iba a requerir tres clientes más. Aún no estaba lista para dejar de ser una muñeca. —Le dio una gran calada y expulsó una gran bocanada de humo que luego rodeó con tres anillos perfectos—. El cabrón del jefe tenía preparado un programa personalizado. Berlín es un lugar muy sórdido para esos asuntos, ¿sabes? Es un mercado enorme para los degenerados. Nunca supe quién había escrito el programa al que me conectaron, pero estaba basado en todos los clásicos.

—¿Sabían que habías empezado a recordar cosas, que estabas consciente mientras trabajabas?

—No estaba consciente. Es como el ciberespacio. Plateado. Olía a lluvia... Te ves a ti misma tener un orgasmo; es como una pequeña nova en un extremo del espacio. Pero estaba empezando a recordar. Era como los sueños, ¿sabes? Y no me lo dijeron. Me cambiaron el programa y empezaron a alquilarme en mercados especializados.

Parecía estar ausente mientras hablaba.

—Y lo sabía, pero no dije nada. Necesitaba el dinero. Los sueños empeoraron cada vez más, y me decía que al menos algunos de ellos solo eran sueños, pero entonces empecé a darme cuenta de que el jefe había empezado a reunir una clientela muy particular que solo me quería a mí. Molly se lo merece todo, decía, y me subió el sueldo una mierda. —Agitó la cabeza—. Ese gilipollas cobraba por mí ocho veces más de lo que me pagaba, y creía que no me había enterado.

—¿Y por qué servicios cobraba?

—Por pesadillas. Reales. Una noche... Una noche en que acababa de volver de Chiba. —Tiró el cigarrillo al suelo, lo aplastó con el tacón, se sentó y apoyó la espada en la pared—. Los cirujanos consiguieron acceder a la siguiente fase del procedimiento. Era complicada. Seguro que habían trastocado el chip de desconexión. Me desperté. Justo cuando estaba en mitad de un trabajo con un cliente... —Clavó los dedos en la espuma del colchón—. Era senador. Reconocí su cara rechoncha al momento. Ambos estábamos cubiertos de sangre. No estábamos solos. Ella estaba... —Agarró con fuerza la espuma—. Muerta. Y ese gordo cabrón no dejaba de repetir «¿qué pasa?, ¿qué pasa?» porque no habíamos terminado...

Molly empezó a temblar.

—Así que supongo que le di al senador lo que quería de verdad, ¿sabes? —Dejó de temblar. Soltó la espuma y se pasó los dedos por el pelo negro—. Contrataron a un asesino a sueldo para matarme. Tuve que esconderme una temporada.

Case la miró con fijeza.

—Se podría decir que Riviera me tocó la fibra sensible —dijo—. Supongo que esa cosa quiere que lo odie con toda mi alma para que entre ahí como una loca y vaya a por él.

—¿A por él? ¿Adónde?

—Él ya está allí. En Straylight. Lo ha invitado esa dama, la tal 3Jane, por la dedicatoria y toda esa parafernalia. Estaba allí en uno de esos palcos, supongo...

Case recordó el rostro que había visto.

—¿Vas a matarlo?

Molly sonrío. Frialdad.

—Va a morir, sí. Pronto.

—Yo también he estado por ahí —dijo Case, quien aprovechó para contarle lo de la ventana y terminó diciéndole lo que ese Zone falso había dicho sobre Linda. Molly asintió.

—Quizá también quiera que odies algo.

—A lo mejor a quien odio es a esa cosa.

—Yo diría que te odias a ti mismo, Case.

—¿Cómo ha ido? —preguntó Bruce mientras Case se subía al Honda.

—Deberías probarlo alguna vez —respondió él, frotándose los ojos.

—No me pareces el típico al que le gustan las muñecas —dijo Cath con voz triste mientras se colocaba un dermo nuevo con el pulgar en la muñeca.

—¿Podemos irnos a casa ya? —preguntó Bruce.

—Claro. Déjame en la Jules Verne. Donde los bares.

12

La *rue* Jules Verne era una ronda de circunvalación que rodeaba el punto central del huso, mientras que la calle Desiderata lo recorría de punta a punta y terminaba a cada lado en los soportes de los surtidores de luz Lado-Acheson. Si uno giraba a la derecha en Desiderata y avanzaba por Jules Verne durante el tiempo suficiente, al final regresaba a Desiderata por el otro lado.

Case se quedó mirando el triciclo motorizado de Bruce hasta que lo hubo perdido de vista. Después se dio la vuelta y pasó junto a un cnorme c iluminado puesto de revistas que tenía docenas de publicaciones en papel brillante en las que aparecían los rostros de las nuevas estrellas de simestim del mes.

Justo encima de él, por el eje nocturno, el holograma del cielo relucía con bonitas constelaciones que sugerían imágenes como juegos de cartas, caras de dados, una chistera y una copa de martini. El cruce de la calle Desiderata con la *rue* Jules Verne formaba una especie de quebrada, los balcones aterrazados de los habitantes del acantilado de Freeside se elevaban hasta llegar a la altiplanicie herbosa de otro complejo de casinos. Case contempló como un dron microligero planeaba con gracilidad en una corriente de aire ascendente que soplaba cerca del extremo de esa meseta artificial, iluminado durante unos segundos por el tenue resplandor de un casino invisible. El aparato era una especie de biplano no tripulado de gasa de polímero con alas serigrafiadas con la intención de parecerse a las alas de una mariposa gigante. Luego desapareció detrás del extremo de la meseta. Case había llegado a ver el titilar de un neón en un cristal, lo que bien podrían haber sido las lentes de una torreta láser. Los drones eran parte del sistema de seguridad del huso y los controlaba algún ordenador central.

¿En Straylight? Siguió caminando y pasó junto a bares con nombres como Hi-Lo, Paraíso, Le Monde, El Jugador de Críquet, Shozoku Smith o Emergencia. Se decidió por el Emergencia porque era el más pequeño y el más abarrotado, pero apenas tardó unos segundos en darse cuenta de que era un local para turistas. No se oía el murmullo de los negocios, solo una tensión sexual velada. Pensó por un instante en el club sin nombre que había encima del cubículo alquilado de Molly, pero la imagen de sus lentes espejadas fijas en la pequeña pantalla lo disuadió. ¿Qué le había revelado Wintermute? ¿Los planos arquitectónicos de Villa Straylight? ¿La historia de la familia Tessier-Ashpool?

Se compró una jarra de Carlsberg y encontró un lugar donde apoyarse en la pared. Cerró los ojos y sintió rabia, unas brasas minúsculas pero puras que ardían en su interior. Estaban ahí, inmóviles. ¿De dónde habían salido? Recordó que había sentido nada más que desconcierto cuando lo mutilaron en Memphis, nada en absoluto cuando se había visto obligado a matar para defender sus negocios turbios en Ciudad Nocturna, y odio y unas náuseas casi imperceptibles cuando habían asesinado a Linda dentro de esa cúpula hinchable. Pero no rabia. Una imagen diminuta y lejana en la pantalla de su mente. Deane, al estrellarse contra algo parecido a la pared de una oficina y explotar en un estallido de sangre y sesos. Y entonces se dio cuenta: había empezado a sentir esa rabia en el salón recreativo, cuando Wintermute había anulado el fantasma de simestim de Linda Lee, cuando había eliminado de un plumazo esa promesa tan básica de conseguir comida, calor y un lugar donde dormir. Pero no lo había comprendido hasta la conversación con el holoconstructo de Lonny Zone.

Era extraño. No sabía muy bien cómo calificarlo.

—Insensible —dijo. Llevaba demasiado tiempo acompañado por esa insensibilidad. Años. Todas las noches que había pasado en Ninsei, las noches con Linda, entumecido en la cama y entumecido en los instantes de sudor frío que acompañaban a cada transacción con las drogas. Pero ahora había encontrado algo de calor, ese atisbo de asesinato.

«Carne —dijo una parte de él—, la que habla es la carne. No le prestes atención.»

—Mafioso.

Abrió los ojos. Cath estaba frente a él, ataviada con un vestido negro y el pelo alborotado a causa del viaje en el Honda.

—Creí que habías vuelto a casa —dijo al tiempo que ocultaba su confusión con un sorbo de Carlsberg.

—Le dije que me dejase en una tienda y compré esto. —Se pasó las manos por la tela del vestido y la bajó por la curva de la pelvis. Case vio que aún llevaba el dermo azul en la muñeca—. ¿Te gusta?

—Claro. —Examinó de inmediato los rostros que tenían alrededor y luego volvió a mirarla—. ¿Qué crees que están haciendo, guapa?

—¿Te gustó la beta que te pasamos, Lupus? —Estaba muy cerca e irradiaba calor y tensión. Tenía las pupilas muy dilatadas y un tendón en el cuello que destacaba tenso como la cuerda de un arco. No dejaba de temblar, de vibrar de manera imperceptible a causa del reciente colocón—. ¿Te colocaste?

—Sí, pero la bajona es una mierda.

—Entonces necesitas otra dosis.

—¿Y qué pasaría si digo que sí?

—Pues que tengo una llave. En la colina, detrás del Paraíso, la flor y nata del lugar. La gente del pozo está de negocios por allí hoy. Si vienes conmigo...

—Si voy contigo...

Cath le cogió la mano entre sus palmas, que tenía calientes y resecas.

—Eres *yaku*, ¿verdad, Lupus? Un soldado *gaijin* de la *yakuza*.

—No se te escapa nada, ¿verdad?

Case retiró la mano y se palpó en busca de un cigarrillo.

—Entonces, ¿cómo es que tienes todos los dedos? Pensé que te cortaban uno cada vez que la cagabas.

—Nunca la he cagado.

Encendió el cigarrillo.

—Vi a esa chica con la que estabas. El día que nos conocimos. Camina como Hideo. Me da miedo. —Le dedicó una sonrisa de oreja a oreja—. Me gusta. ¿Sabes si le van las mujeres?

—No me lo ha dicho. ¿Quién es Hideo?

—El... ¿cómo se dice? El sirviente de 3Jane. De la familia.

Case se obligó a echar un vistazo muy lento a los parroquianos del Emergencia mientras hablaba.

—¿Dee-Jane?

—La dama 3Jane. Está forrada. Rica. Su padre es el dueño de todo esto.

—¿Del bar, dices?

—¡De Freeside!

—No jodas. Menudos amigos tienes. —Case arqueó una ceja. La rodeó con el brazo y le puso la mano en la cadera—. ¿Y cómo es que conociste a esos aristócratas, Cathy? ¿Acaso eres una hija ilegítima? ¿Bruce y tú sois herederos secretos de alguna antigua fortuna? ¿Eh?

Extendió los dedos y palpó la carne que había debajo del fino vestido negro. Ella se apretó contra él. Rio.

—Bueno, ya sabes... —dijo Cath, con los ojos medio cerrados en lo que al parecer debía tratarse de una mirada cargada de modestia—. Le gusta irse de fiesta. Y Bruce y yo sabemos mucho de fiestas... Se aburre mucho ahí dentro, pero su viejo la deja salir a veces, siempre que Hideo la acompañe para protegerla.

—¿Ahí dentro, dónde?

—Lo llaman Straylight. Me ha dicho que es muy bonito, lleno de estanques y de lirios. Es un castillo, uno de verdad, con sus piedras y sus amaneceres. Cath se acurrucó más contra él—. Oye, Lupus. Necesitas un dermo, así podremos estar los dos al mismo nivel.

Llevaba un bolso de cuero muy pequeño colgado del cuello. Las uñas destacaban de un rosa deslumbrante contra su piel bronceada y las tenía mordidas hasta quedar en carne viva. Abrió el bolso y sacó una tira de dermos azules envueltos en plástico de burbujas. Algo blanco cayó al suelo. Case se agachó para cogerlo y vio que se trataba de una grulla de origami.

—Me la dio Hideo —explicó Cath—. Intentó enseñarme a hacerla, pero no me sale bien. Siempre hago el cuello al revés.

Volvió a meter el papel doblado en el bolso. La miró mientras rompía el plástico de burbujas y sacaba el dermo, que después deslizó por la cara interior de la muñeca de Case.

—¿3Jane tiene el rostro angular y una nariz que parece un ave? —Vio como intentaba describirla también con las manos—. ¿Pelo negro? ¿Joven?

—Supongo que sí. Pero está forrada, ¿sabes? Tiene muchísimo dinero.

La droga lo arrolló como un tren expreso, una columna de luz al rojo vivo que se le extendió por la espina dorsal desde la próstata y que le iluminó las suturas craneales con los rayos X de un cortocircuito de energía sexual. Los dientes le vibraron como diapasones en sus cavidades, con un tono perfecto y claro como el etanol. Los huesos que tenía debajo de esa difusa cobertura de carne estaban cromados y pulidos; y las articulaciones, lubricadas con una capa de silicona. Unas tormentas de arena se agitaban en la parte baja de su cráneo y generaban ondículas de aguda estática que rompían contra la parte posterior de sus ojos, que eran esferas del cristal más puro que se expandían...

—Venga, vamos —dijo Cath al tiempo que le cogía la mano—. Ahora sí. Los dos al mismo nivel. Vamos a la colina. Nos durará toda la noche.

La rabia se expandió, implacable y exponencial, guiada por la corriente de betafeniletilamina, como una ola que arrastra, un fluido sísmico denso y corrosivo. Su miembro erecto estaba duro como una barra de plomo. Los rostros a su alrededor en el Emergencia parecían muñecas pintarrajeadas; el rosa y el blanco de las bocas no dejaban de moverse una y otra vez, de articular palabras que surgían de ellas como globos de sonido discontinuo. Miró a Cath y vio todos y cada uno de los poros de su piel bronceada, los ojos inmóviles como un cristal opaco, del color del metal muerto, una ligera hinchazón, las asimetrías más ínfimas de sus pechos y su clavícula, el... Algo refulgió en blanco detrás de sus ojos.

Case le soltó la mano y se tambaleó hacia la puerta empujando a alguien por el camino.

—¡Que te den! —gritó Cath detrás de él—. ¡Pedazo de mierda!

No sentía las piernas. Le dio la impresión de estar caminando sobre unos zancos, bamboleándose descontrolado por los adoquines de Jules Verne. Un murmullo distante en sus oídos, su sangre, láminas de luz afilada que le cortaban en dos el cráneo en decenas de ángulos.

Y luego se quedó paralizado, derecho, con los puños apoyados contra los muslos, la cabeza echada hacia atrás, los labios fruncidos y temblando. Contempló el zodiaco de los perdedores de Freeside, constelaciones de clubs nocturnos en el holograma del cielo, desplazándose; un fluido que se deslizaba por el eje de oscuridad para luego revolotear como criaturas vivas justo en el centro de la realidad. Hasta que volvían a reorganizarse, de manera individual, cientos que formaban una única imagen monocromática compuesta por puntos, estrellas en el cielo nocturno. El rostro de la señorita Linda Lee.

Cuando consiguió apartar la mirada y bajar la cabeza, vio que el resto de las caras que lo rodeaban estaban alzadas, turistas de paseo que se habían quedado paralizados a causa de la sorpresa. Y cuando se apagaron las luces del cielo, unos vítores irregulares se extendieron por la *rue* Jules Verne, voces que reverberaron en las terrazas y balcones alineados de hormigón lunar.

Un reloj empezó a repicar en algún lugar, una campana antigua de Europa.

Medianoche.

Caminó hasta la mañana siguiente.

El colocón terminó por desaparecer, el esqueleto cromado se corroyó hora a hora, la carne se hizo sólida y la piel de la droga quedó reemplazada por la de su vida. Era incapaz de pensar. Eso le gustaba, estar consciente y no poder pensar. Parecía capaz de convertirse en todo lo que veía: el banco de un parque, una nube de polillas blancas revoloteando alrededor de una farola antigua, un jardinero robot con rayas amarillas y negras que lo cruzaban en diagonal.

Un amanecer grabado avanzó con lentitud en el sistema Lado-Acheson, rosa y chillón. Se obligó a comerse una tortilla francesa en una cafetería de la calle Desiderata, a beber agua y a fumarse el último de sus cigarrillos. El prado de la azotea del Intercontinental estaba abarrotado cuando lo cruzó, una multitud madrugadora que desayunaba café y cruasanes debajo de las sombrillas a rayas.

Aún sentía la rabia. Fue como si lo hubiesen dejado tirado en un callejón y hubiese despertado para descubrir que aún tenía la cartera en el bolsillo, intacta. La notó cálida, incapaz de darle nombre ni cometido.

Entró en el ascensor y bajó a su piso mientras hurgaba en el bolsillo en busca del chip de crédito de Freeside que hacía las veces de llave. Las ganas de dormir parecían reales y era muy probable que lo hiciese. Tumbarse en la espuma viscoelástica del color de la arena y volver a sumirse en esa nada.

Lo estaban esperando, los tres, con su impoluta ropa deportiva, bronceados artificiales que resaltaban la elegancia orgánica y tejida a mano de los muebles. La chica estaba sentada en un sofá de mimbre, con una pistola automática apoyada sobre el estampado de hojas de los cojines.

—Turing —dijo—. Queda usted detenido.

CUARTA PARTE

El golpe de Straylight

13

—Usted se llama Henry Dorsett Case.

La joven recitó el año y el lugar de nacimiento de Case, su número de identificación individual del EMBA y una ristra de nombres de hombre que terminó por reconocer como apodos que había usado en algún momento del pasado.

—¿Lleváis mucho aquí?

Vio que habían desperdigado el contenido de su maleta por la cama y ordenado la ropa sucia en función del tipo de prenda. El *shuriken* cstaba cntrc unos vaqueros y la ropa interior, en la espuma viscoelástica del color de la arena.

—¿Dónde está Kolodny?

Los dos hombres se sentaban uno a cada lado del sillón, con los brazos cruzados sobre sus pechos bronceados y unas cadenas de oro idénticas colgadas alrededor del cuello. Case los miró y vio que su juventud era falsa; saltaba a la vista por la manera en la que se les arrugaban los nudillos, algo que los cirujanos eran incapaces de disimular.

—¿Quién es Kolodny?

—Era el nombre del registro. ¿Dónde está?

—No tengo ni idea —respondió él mientras se acercaba al bar y se servía un vaso de agua mineral—. Se fue.

—¿Adónde ha ido esta noche, Case?

La joven cogió la pistola y se la colocó sobre un muslo, sin apuntar hacia él.

—A la Jules Verne, de bar en bar, a colocarme. ¿Y tú?

Sintió que le temblaban las rodillas. El agua mineral estaba tibia y no tenía gas.

—No creo que entienda la situación en la que se encuentra —dijo el hombre que estaba a la izquierda, mientras sacaba una cajetilla de Gitanes del bolsillo de la camisa de malla blanca—. Lo hemos cazado, señor Case. Se le atribuyen los cargos de conspiración para aumentar una inteligencia artificial. —Sacó un Dunhill del mismo bolsillo y se lo dejó sobre la palma de la mano—. Ese al que usted llama Armitage ya está bajo custodia.

—¿Corto?

El hombre abrió los ojos todo lo que pudo.

—Sí. ¿De dónde ha sacado ese nombre?

Un milímetro de llama se encendió sobre el mechero.

—Lo he olvidado —respondió Case.

—Lo recordará —dijo la joven.

Sus nombres, o al menos los que usaban cuando estaban de servicio, eran Michèle, Roland y Pierre. Case llegó a la conclusión de que Pierre era el poli malo; Roland se había puesto de su parte y había sido algo amable con él (le consiguió una cajetilla de Yeheyuan cuando Case rechazó un Gitanes) y solía hacer de contrapunto a la fría hostilidad de Pierre. Por último, Michèle era el ángel observador, y hacía algunos ajustes ocasionales para encauzar el interrogatorio. Case sabía a ciencia cierta que uno de ellos, o tal vez todos, debía de tener un micrófono e incluso un sensor de simestim, y también que todo lo que dijese o dejase de decir se consideraría una prueba válida en su caso. «¿Prueba de qué?», pensó, aún afectado por la fuerte resaca.

Sabían que Case no los entendía cuando hablaban en francés entre ellos, por lo que hablaban sin cortapisas. O eso creían. Case entendió lo suficiente: nombres como Pauley, Armitage, Senso/Red y Panteras Modernos que surgían como puntas de iceberg en ese agitado mar de francés parisino. Pero era harto probable que usaran esos nombres para confundirlo. A Molly siempre la llamaban Kolodny.

—Ha dicho que lo contrataron para dar un golpe. ¿No es así, Case? —preguntó Roland, que hablaba despacio para intentar sonar más razonable—. Y que desconoce usted la naturaleza del objetivo. ¿No es algo poco común en su línea de trabajo? Si no lo sabe, no podría hacer lo que se le pide después de haber penetrado en sus defensas, ¿no? Y seguro que le han pedido que haga algo, ¿verdad?

Se inclinó hacia delante, con los codos apoyados en las rodillas bronceadas y las palmas extendidas hacia fuera, como si aguardase la explicación de Case. Pierre recorría la estancia de un lado a otro. A veces estaba junto a la ventana, y otras junto a la puerta. Case llegó a la conclusión de que Michèle era la que tenía encima los dispositivos de transmisión. La joven no dejaba de mirarlo.

—¿Puedo vestirme? —preguntó Case.

Pierre había insistido en desnudarlo y rebuscar en

las costuras de sus vaqueros. Ahora se encontraba desnudo y sentado en un taburete de mimbre, con un pie obscenamente blanco.

Roland le preguntó a Pierre algo en francés. Pierre, de nuevo junto a la ventana, espiaba por unos prismáticos chatos.

—*Non* —respondió, con tono ausente.

Roland se encogió de hombros y arqueó las cejas cuando volvió a mirar a Case, quien decidió que era un buen momento para sonreír. Roland le devolvió la sonrisa.

El truco de poli más antiguo que había, pensó Case.

—Mira. Estoy destrozado. Me metí una droga horrible en un bar, ¿sabes? Solo quiero tumbarme. Ya me habéis pillado. Decís que también tenéis a Armitage. Pues id a preguntarle a él. Fue quien me contrató.

—¿Y Kolodny? —preguntó Roland.

—Estaba con Armitage cuando me contrató. No es más que una matona, una navajera. Que yo sepa. Y tampoco es que sepa mucho.

—Sabía que Armitage se llama Corto en realidad —dijo Pierre, con los ojos ocultos aún tras las pestañas de plástico de los prismáticos—. ¿Cómo sabía algo así, amigo?

—Supongo que porque lo mencionó en algún momento —respondió Case, arrepentido del desliz—. Todos tenemos más de un nombre. ¿Acaso tú te llamas Pierre?

—Sabemos que lo repararon a usted en Chiba —continuó Michèle—. Y ese fue el primer error de Wintermute. —Case se la quedó mirando con el rostro más impasible que fue capaz de poner. Nadie había mencionado antes ese nombre—. El procedimiento que usaron con usted le permitió al dueño de la clínica presentar siete patentes básicas. ¿Sabe lo que significa eso?

—No.

—Significa que el propietario de una clínica clandestina ahora controla tres grandes consorcios de investigación médica. Es algo que trastoca el orden natural de las cosas, como entenderá. Llama la atención. —Cruzó los brazos morenos sobre sus pechos pequeños y firmes. Después apoyó la espalda contra el cojín estampado. Case se preguntó qué edad tendría. La gente decía que los ojos eran el verdadero indicador de la edad, pero él nunca había sido capaz de comprobarlo. Julie Deane tenía los ojos de un niño de diez años indiferente detrás del cuarzo rosa de sus gafas. El único rasgo anciano de Michèle eran sus nudillos—. Lo seguimos hasta el Ensanche, lo perdimos de nuevo y luego recuperamos su pista cuando se marchaba de Estambul. Investigamos lo que había hecho y lo rastreamos por la red hasta llegar a la conclusión de que había instigado una revuelta en Senso/Red. Senso/Red estaba muy dispuesta a cooperar. Accedieron a hacer un inventario para nosotros y descubrieron que les faltaba el constructo de personalidad ROM de McCoy Pauley.

—En Estambul —dijo Roland, casi disculpándose— fue muy fácil. La mujer había aislado el contacto de Armitage con la policía secreta.

—Y luego vinieron aquí —añadió Pierre, que se guardó los prismáticos en los bolsillos de los pantalones cortos—. Nos gustó mucho la idea.

—¿Porque así no perderíais el bronceado?

—Sabe a qué nos referimos, Case —dijo Michèle—. Si prefiere fingir que no, que sepa que solo le servirá para pegarse un tiro en el pie. Aún tenemos que hablar de la extradición. Regresará con nosotros, y también Armitage. ¿Y adónde iremos todos? ¿A Suiza, donde será poco más que un peón en el juicio contra una inteligencia artificial? ¿O a *el* EMBA, donde lo podrán acusar no solo de invasión de datos y de latrocinio, sino también de un delito de desórdenes públicos que costó la vida a catorce personas inocentes? Usted decide.

Case sacó un Yeheyuan de la cajetilla. Pierre se lo encendió con el Dunhill dorado.

—¿Cree que Armitage lo protegerá ahora?

Las mandíbulas relucientes del mechero al cerrarse de golpe hicieron aún más contundente la pregunta.

Case trató de centrar la vista en él a pesar del dolor y de la amargura provocados por la betafeniletilamina.

—¿Qué edad tienes, jefe?

—La suficiente para saber que está usted jodido, incapacitado, que todo está acabado y que usted será el siguiente.

—Una cosa —dijo Case antes de darle una calada al cigarrillo. Le echó el humo en la cara al agente de la lista Turing—. ¿Tenéis jurisdicción real aquí, chicos? O sea, ¿no tendría que haberse unido a la fiesta el equipo de seguridad de Freeside? Estamos en su territorio, ¿no?

Vio como el joven esbelto entrecerraba los ojos oscuros y se envaraba, como si se preparase para recibir un golpe. Pierre se limitó a encogerse de hombros.

—Da igual —dijo Roland—. Nos acompañará. Nos sentimos muy cómodos lidiando con limbos jurídicos. Los tratados bajo los que opera nuestro departamento de la Lista nos garantizan una enorme flexibilidad. Y también podemos crear flexibilidad en las situaciones que así lo requieran.

La máscara de amabilidad había desaparecido del rostro del Roland, cuya mirada era ahora tan fría como la de Pierre.

—Es usted un pedazo de imbécil —dijo Michèle al tiempo que se ponía en pie con la pistola en la mano—.

No le importa nada su especie. La humanidad ha soñado durante miles de años con pactar con el diablo. Y ahora que podemos hacerlo, ¿qué recibe a cambio? ¿Qué le va a dar esa cosa por liberarla y permitirle crecer? —El desencanto que impregnaba su voz no podía surgir de la boca de alguien de diecinueve años—. Ahora se vestirá y vendrá con nosotros. Nos acompañará ese al que llama Armitage, e iremos a Ginebra para que preste declaración en el juicio de esa inteligencia artificial. De lo contrario, acabaremos con usted. Ahora mismo.

Levantó la pistola, una Walther negra y lisa con silenciador.

—Ya me visto, ¿eh? —dijo Case mientras se tambaleaba hacia la cama. Aún tenía las piernas dormidas y torpes. Se puso una camiseta limpia como buenamente pudo.

—Nos espera una nave. Borraremos el constructo de Pauley con un arma de pulsos.

—A Senso/Red no le va a gustar —dijo Case.

«Y también borraréis todas las pruebas que hay en el Hosaka», pensó a continuación.

—Ya se habían metido en un problema por el mero hecho de tener esto en su poder.

Case se metió la camiseta por la cabeza. Vio el *shuriken* en la cama, metal inerte, su estrella. Tanteó la rabia, pero había desaparecido. Era hora de rendirse, de dejarse llevar... Pensó en los sacos de toxinas.

—Anclado en la carne —murmuró.

Pensó en Molly en el ascensor que llevaba a la pradera. Tal vez hubiera llegado ya a Straylight. Y le hubiera dado caza a Riviera. O, lo más probable, la hubiera cazado Hideo, quien con casi toda seguridad era el clon ninja de la historia del Finlandés, el que había entrado para robar la cabeza parlante.

Apoyó la frente en el plástico negro mate de una de las paredes de la cabina y cerró los ojos. Tenía las extremidades entumecidas, debilitadas, retorcidas y empapadas.

Habían empezado a servir el almuerzo junto a los árboles, debajo de las llamativas sombrillas. Roland y Michèle interpretaron sus papeles y entablaron una animada conversación en francés. Pierre iba detrás. Michèle mantuvo el cañón de la pistola pegado a las costillas de Case y la ocultó con una cazadora blanca que llevaba colgada del brazo.

Mientras cruzaban el prado y serpenteaban entre las mesas y los árboles, Case se preguntó si la joven le dispararía en caso de que se desmayara en ese mismo momento. Unas manchas negras se agitaban en los límites de su campo visual. Alzó la vista hacia la franja blanca y refulgente del armazón Lado-Acheson y vio una mariposa gigante que viraba con gracilidad recortada contra ese cielo grabado.

Llegaron al borde del acantilado que se encontraba en el lindero de la pradera; tenía una barandilla y unas flores silvestres danzaban en la brisa que soplaba por el cañón que era Desiderata. Michèle se sacudió el pelo negro y señaló mientras le decía algo en francés a Roland. Sonaba contenta de verdad. Case siguió la dirección del gesto y vio la curva de los lagos, el destellar blanco de los casinos, los rectángulos turquesa de miles de piscinas, los cuerpos de los bañistas, pequeños jeroglíficos broncíneos, todo ello sujeto con ese apacible trasunto de gravedad a la curva infinita del casco de Freeside.

Siguieron la barandilla hasta llegar a un puente de hierro ornamentado que se arqueaba sobre Desiderata. Michèle lo empujó con el cañón de la Walther.

—Tranquila. Hoy me cuesta mucho caminar.

El microligero atacó cuando llevaban poco más de un cuarto del puente. El motor eléctrico del aparato no hizo ruido alguno mientras su armazón de fibra de carbono cercenaba la parte superior del cráneo de Pierre.

La sombra del microligero los cubrió al instante. Case percibió cómo una rociada de sangre caliente lo golpeaba en la nuca, y luego alguien se tropezó con él. Rodó y vio que Michèle estaba boca arriba, con las rodillas levantadas, y apuntaba la Walther con ambas manos. Pese al embotamiento producido por la conmoción, vio claro que aquel era un esfuerzo baldío. La joven intentaba derribar el microligero a tiros.

Y luego Case empezó a correr. Echó la vista atrás mientras pasaba junto a los primeros árboles. Roland corría tras él. Vio como el frágil biplano golpeaba la barandilla del puente, se arrugaba, giraba sobre sí mismo y arrastraba consigo a la joven a las profundidades de Desiderata.

Roland no había mirado atrás. Tenía el rostro pálido e impasible, y no dejaba de enseñarle los dientes. También llevaba algo en la mano.

El robot jardinero acabó con Roland mientras cruzaba junto al árbol por el que Case acababa de pasar. Algo parecido a un cangrejo, con franjas diagonales negras y amarillas, cayó a plomo desde las ramas bien cortadas.

—Los has matado a todos —jadeó Case sin dejar de correr—. Los has matado a todos, demente hijo de puta...

14

El pequeño tren cruzó el túnel a ochenta kilómetros por hora. Case mantuvo los ojos cerrados. La ducha lo había ayudado, pero vomitó el desayuno al bajar la vista y ver la sangre de Pierre mezclada con el agua en las baldosas blancas.

La gravedad se atenuaba a medida que se estrechaba el huso. Case tenía el estómago revuelto.

Aerol lo esperaba con el escúter junto al muelle.

—Case, tío. Problemón. —La voz suave y con acento marcado se oía como un murmullo por los auriculares. Case subió el volumen con la barbilla y miró el protector facial de resina de policarbonato Lexan del casco de Aerol.

—Tenemos que ir al *Garvey*, Aerol.

—Sí. Amárrate. Pero han capturado al *Garvey*. Un yate. No es la primera vez que viene, pero ha vuelto. Y ahora tienen arrinconado al *Marcus Garvey*.

—¿Turing? ¿Cómo que no es la primera vez que viene?

Case se subió al chasis del escúter y se amarró el arnés.

—Un yate japonés. Te ha traído algo...

Armitage.

Unas imágenes confusas de avispas y arañas revolotearon por la mente de Case mientras se acercaban al *Marcus Garvey*. El pequeño remolcador estaba unido al tórax gris, esbelto e insectil de una nave cinco veces más larga. Los brazos de las grúas sobresalían por el casco remendado del *Garvey*, recortados contra esa extraña claridad del vacío y de la luz solar en bruto. Una pasarela blanca y corrugada se curvaba desde el yate, serpenteaba para evitar los motores del remolcador y se acoplaba al casco mientras cubría la esclusa de aire de popa. Había algo obsceno en la imagen, pero estaba más relacionado con la alimentación que con el sexo.

—¿Cómo está Maelcum?

—Maelcum está bien. No se ha metido nadie por el tubo. El piloto del yate habló con él y le pidió que se relajara.

Se deslizaron junto a la nave gris, y Case vio el nombre haniwa en letras nítidas y mayúsculas escritas debajo de una agrupación rectangular de ideogramas japoneses.

—Esto no me gusta, tío. Sabía que ya iba siendo hora de que nos largáramos de aquí.

—Eso mismo opinaba Maelcum —comentó Aerol—, pero el *Garvey* no va a llegar muy lejos así.

Maelcum murmuraba algo en ese argot acelerado que resonaba por la radio cuando Case atravesó la esclusa interior y se quitó el casco.

—Aerol ha regresado a la *Rocker* —dijo Case.

Maelcum asintió sin dejar de susurrarle al micrófono.

Case se impulsó sobre la maraña de rastas flotantes del piloto y empezó a quitarse el traje. Ahora Maelcum tenía los ojos cerrados, y asentía mientras escuchaba con ceño fruncido la respuesta por unos auriculares de almohadillas de tono naranja chillón. Llevaba unos vaqueros ajados y una chaqueta vieja de nailon verde a la que le habían arrancado las mangas. Case metió el traje rojo Sanyo en una hamaca de almacenamiento y se impulsó hacia la red-g.

—Ya has visto lo que dice el fantasma, tío —comentó Maelcum—. El ordenador no deja de preguntar por ti.

—¿Y quién está en esa cosa de ahí?

—El mismo japonés de antes. Y ahora lo acompaña tu señor Armitage, que acaba de llegar de Freeside...

Case se puso los trodos y se enchufó.

—¿Dixie?

La matriz le mostró las esferas rosas de la acería de Sikkim.

—¿Qué tramas, chaval? Me han llegado unos rumores bastante peliagudos. Veo que el Hosaka está conectado a un panel gemelo de la nave de tu jefe. Menudo meneo. ¿Habéis tenido problemillas con Turing?

—Sí, pero Wintermute los asesinó.

—Bueno, eso no los retrasará demasiado. Cabrones de esos, los hay para dar y tomar. Vendrán en tropel. Apuesto lo que sea a que sus consolas acudirán a este sector de la red como moscas a la mierda. Tu jefe, Case. Dice que te des prisa, que lo ejecutes y que lo ejecutes ahora mismo.

Case tecleó las coordenadas de Freeside.

—Déjame mirar eso un segundo, Case...

La matriz se emborronó y se sincronizó mientras el Plano ejecutaba una serie de saltos intrincados con una velocidad y una precisión tales que Case no pudo hacer otra cosa que retorcer el rostro en una mueca de envidia.

—Joder, Dixie...

—¿Qué te creías, chaval? Era muy bueno cuando estaba vivo. Y todavía no has visto nada. ¡Sin manos!

—¿Es eso, no? ¿Ese gran rectángulo verde que hay a la derecha?

—Ese mismo. El núcleo de datos corporativo de Tessier-Ashpool, S. A., y el hielo que lo rodea está generado por dos IA amistosas. Diría que está al nivel de cualquiera del sector militar. Es un hielo del copón, Case, negro como una tumba y resbaladizo como el cristal. Sería capaz de freírte el cerebro solo con mirarte. Si nos acercamos ahora, enviarán rastreadores que se te meterán por el culo y por las orejas y le chivarán a la junta de T-A desde tu talla de zapatos hasta el tamaño de tu polla.

—Ya no parece tan buena idea, ¿verdad? Ahora que Turing nos sigue la pista, quiero decir. Pensaba que quizá nos vendría bien rajarnos. Podría sacarte de aquí.

—¿Sí? ¿Lo dices en serio? ¿No quieres ver de lo que es capaz ese programa chino?

—Bueno, yo... —Case miró los muros verdes del hielo de T-A—. Vale, a la mierda. Sí. Vamos allá.

—Conéctalo.

—Oye, Maelcum —dijo Case al desconectarse—. Cabe la posibilidad de que tenga que estar enchufado a los trodos durante ocho horas seguidas. —Maelcum había vuelto a fumar y la cabina estaba llena de humo—. Para llegar a la cabeza...

—No hay problema, tío —dijo el sionita con su acento marcado mientras ejecutaba una voltereta hacia delante a mucha altura y rebuscaba en el interior de una bolsa de rejilla con cremallera de la que luego sacó un tubo transparente en espiral y algo más, algo sellado en plástico de burbujas esterilizado.

Aseguró que era un catéter de Texas, y a Case no le gustó nada de nada.

Conectó el virus chino, hizo una pausa y lo ejecutó.

—Muy bien —dijo Case—. Conectado. Mira, Maelcum, si la cosa se pone fea de verdad, agárrame por la muñeca izquierda. Sentiré el tacto. Si no, sigue las instrucciones del Hosaka. ¿De acuerdo?

—Claro, tío —respondió Maelcum mientras se encendía otro porro.

—Y aumenta la potencia del purificador de aire. No quiero que esa mierda me afecte a los neurotransmisores. Bastante resaca voy a tener con lo mío.

Maelcum le dedicó una sonrisa.

Case volvió a enchufarse.

—Por los clavos de Cristo —dijo el Plano—. Mira esto.

El virus chino había empezado a desplegarse a su alrededor. Una sombra policromada, capas translúcidas infinitas que se agitaban y se recombinaban. Se alzaba proteica y enorme sobre ellos y bloqueaba el vacío.

—¡Madre mía! —exclamó el Plano.

—Voy a ver cómo le va a Molly —dijo Case al tiempo que pulsaba el interruptor del simestim.

Caída libre. La sensación era como bucear en agua cristalina y perfecta. Molly caía y se elevaba a lo largo de un amplio tubo de hormigón lunar acanalado, iluminado en intervalos de dos metros por anillos de neón blanco. La conexión era unidireccional. No podía hablar con ella.

Volvió a pulsar el interruptor.

—Arrea, eso sí que es un programa malicioso. Esto es lo mejor que se ha hecho desde que se inventaron las sopas de pan. Joder, es que es invisible. Acabo de alquilar veinte segundos en ese pequeño recuadro rosa que está cuatro saltos a la izquierda del hielo de T-A. Eché un ojo desde allí para ver si nos veía. Y no. Es como si no estuviéramos aquí.

Case analizó la matriz que rodeaba el hielo de Tessier-Ashpool hasta que encontró la estructura rosa, una unidad comercial estándar, y tecleó para acercarse a ella.

—Tal vez esté defectuosa.

—Puede, pero lo dudo. Ese bebé nuestro es militar. Y nuevo. Es indetectable, pero si no lo fuera nos identificarían como una especie de ataque sorpresa de los chinos. Sin embargo, no nos han detectado. Quizá ni siquiera lo hayan hecho los de Straylight.

Case miró la pared vacía que ocultaba Straylight.

—Bueno, eso es una ventaja, ¿no?

—Puede. —Una carcajada, o algo que se le parecía. La sensación hizo estremecer a Case—. He vuelto a comprobar el antiguo Kuang once para ti, chico. Es bastante amable, siempre que seas tú quien tenga el dedo en el gatillo. Muy educado y servicial. Y se defiende bastante bien en nuestro idioma. ¿Habías oído hablar antes de un virus lento?

—No.

—Yo sí. Una vez. En aquellos tiempos era poco más que una idea, pero el viejo Kuang es justo eso. No tiene nada que ver con picar ni con inyectar, sino que se interconecta al hielo tan despacio que no se da cuenta ni el propio hielo. El mecanismo lógico de Kuang corrompe el objetivo y empieza a mutar hasta que adquiere el mismo entramado que el hielo. Entonces, nos conectamos y los programas principales se ejecutan y empiezan a confundir a los sistemas lógicos del hielo. Nos fusionamos con ellos como si fuéramos siameses, antes siquiera de que se preocupen porque ocurre algo.

El Plano rio.

—Ojalá no estuvieses tan dicharachero hoy, tío. Esa risa tuya me da escalofríos.

—Qué mal —dijo el Plano—. Un viejo como yo necesita reír.

Case pulsó el interruptor del simestim.

Y cayó a través de una maraña de metal y olor a polvo, mientras las palmas de las manos le patinaban por papeles resbaladizos. Algo detrás de él hizo un estruendo al derrumbarse.

—Venga, afloja un poco —dijo el Finlandés.

Case yacía despatarrado sobre una pila de revistas amarillentas. Unas chicas jóvenes le sonreían en la penumbra de Metro Holografix, una galaxia melancólica de adorables dientes blancos. Se quedó tumbado hasta que su corazón se relajó, respirando el olor de las revistas viejas.

—Wintermute.

—Sí —respondió el Finlandés en algún lugar detrás de él—. Me has pillado.

—Que te den —dijo Case al tiempo que se frotaba las muñecas.

—Vamos —repuso el Finlandés mientras salía de una especie de hueco que había en la pared de basura—. Así es mucho mejor para ti. —Se sacó la cajetilla de Partagás del bolsillo de la cazadora y encendió uno. El olor a habano inundó la estancia—. ¿Te gustaría que apareciese frente a ti en la matriz como una zarza ardiente? No te pierdes gran cosa. Una hora aquí solo serán unos segundos allí.

—¿Nunca se te ha ocurrido pensar que me pone de los nervios que te comuniques conmigo con el aspecto de gente que conozco? —Se puso en pie y se sacudió un polvo blancuzco de la parte frontal de las perneras de sus vaqueros negros. Se dio la vuelta y miró las ventanas polvorientas de la tienda y la puerta cerrada que daba a la calle—. ¿Qué hay ahí fuera? ¿Nueva York? ¿O simplemente nada?

—Bueno —dijo el Finlandés—. Es como el árbol, ¿sabes? Cae en el bosque, pero quizá no hay nadie cerca para oírlo. —Le enseñó a Case los dientes y después le dio una calada al cigarrillo—. Puedes ir a dar un paseo si quieres. Está todo ahí, o al menos las partes que has visto. Son recuerdos, ¿vale? Te toco, lo preparo un poco y luego te conecto a ellos.

—No tengo tan buena memoria —replicó Case mientras echaba un vistazo alrededor. Se miró las manos y les dio la vuelta. Intentó recordar cómo tenía las líneas de las palmas, pero no fue capaz.

—Todo el mundo la tiene —dijo el Finlandés, que tiró el cigarrillo y lo aplastó con el talón—, pero no son muchos los que pueden acceder a ella. Los artistas pueden, en su mayor parte y si son buenos. Si colocaras este constructo sobre la realidad, sobre la tienda del Finlandés en el Bajo Manhattan, verías una diferencia, pero quizá no fuese tan llamativa como crees. La memoria es holográfica. Para ti. —El Finlandés se tiró de una de sus pequeñas orejas—. Yo soy diferente.

—¿A qué te refieres con «holográfica»?

La palabra le recordó a Riviera.

—El paradigma holográfico es lo más cercano que has creado a una representación de la memoria humana. Pero nunca lo has usado para nada. No me refiero a ti en particular, sino a tu especie. —El Finlandés dio un paso al frente e inclinó el cráneo aerodinámico para mirar a Case—. De haberlo hecho, quizá yo no existiría.

—¿Qué se supone que significa eso? —El Finlandés se encogió de hombros. La chaqueta de *tweed* harapienta le quedaba demasiado ancha de hombros y no volvió a su posición anterior. —Intento ayudarte, Case.

—¿Por qué?

—Porque te necesito. —Volvió a enseñarle esos grandes dientes amarillos—. Y porque tú me necesitas.

—Mentira. ¿Acaso puedes leerme la mente, Finlandés? —Hizo una mueca—. Wintermute, quiero decir.

—Las mentes no se leen. ¿Ves? Sigues lastrado por los paradigmas que te proporcionó la imprenta, y ni siquiera se puede decir que tú seas un literato. Puedo acceder a tu memoria, pero eso no es lo mismo que acceder a tu mente. —Extendió la mano hacia la carcasa abierta de una televisión antigua y sacó una válvula termoiónica negra y plateada—. ¿Ves esto? Se podría decir que forma parte de mi ADN... —La tiró a la penumbra, y Case la oyó estallar y tintinear—. Siempre creas maquetas. Círculos de piedra. Catedrales. Órganos. Máquinas de sumar. No tengo ni idea de por qué estoy aquí ahora mismo, ¿lo sabías? Pero si el golpe tiene lugar esta noche, habrás logrado al fin lo más importante.

—No sé de qué hablas.

—Hablo en singular, pero me refiero al colectivo. A tu especie.

—Mataste a los de Turing.

El Finlandés se encogió de hombros.

—¿Qué quieres? Había que hacerlo. A ti debería importarte una mierda. Habrían acabado contigo sin pensárselo dos veces. Sea como fuere, te he traído aquí porque teníamos que hablar. ¿Recuerdas esto? —Alzó en la mano el avispero chamuscado del sueño de Case, que apestaba a combustible en la cercanía de la oscura estancia. Case retrocedió y se tropezó con una pared de basura—. Sí. Fui yo. Lo hice con el equipo holográfico de la ventana. Es otro recuerdo que saqué de tu interior cuando te dejé inconsciente esa primera vez. ¿Sabes por qué es importante?

Case negó con la cabeza.

—Porque —empezó a decir. El avispero había desaparecido de alguna manera— es lo más cercano que tienes a lo que Tessier-Ashpool querría ser. El equivalente humano. Straylight es como ese avispero, o al menos se supone que funciona de la misma manera. Supuse que te haría sentir mejor.

—¿Sentir mejor?

—Saber cómo son. Cuando estabas ahí, empezaste a odiarme con ganas. Y eso es bueno. Pero ódialos a ellos. Es lo mismo, pero diferente.

—Mira —dijo Case mientras daba un paso al frente—, ellos no me han hecho nada. En cambio, tú...

Pero había dejado de sentir la rabia.

—Sí, T-A. Ellos me crearon. La francesa dijo que no te importaba nada tu especie, que yo era un demonio. —El Finlandés sonrió—. Pero todo eso da igual. Tenías que acabar odiando a alguien antes de que terminase todo esto. —Se dio la vuelta y se dirigió al fondo de la tienda—. Bueno. Ven. Te mostraré un poco de Straylight mientras estás aquí. —Levantó una esquina de la manta, y la luz blanca inundó el lugar—. Joder, tío, no te quedes ahí.

Case lo siguió mientras se frotaba la cara.

—Muy bien —dijo el Finlandés al tiempo que lo cogía por el codo.

Atravesaron la lana vieja, que levantó una nube de polvo, y cayeron al vacío por un pasillo cilíndrico de hormigón lunar acanalado, iluminado en intervalos de dos metros por anillos de neón blanco.

—Dios —dijo Case, que flotaba.

—Es la entrada principal —le explicó el Finlandés mientras las solapas de la chaqueta batían a su alrededor—. De no tratarse de una creación mía, el lugar en el que se encontraba la tienda sería la puerta principal, en la parte superior del eje de Freeside. Lo que verás a continuación carece de detalles, porque no tienes los recuerdos. Excepto esto de aquí, que conseguiste gracias a Molly.

Case se enderezó como pudo, pero luego empezó a girar en una espiral alargada.

—Aguanta —dijo el Finlandés—. Intentaré acelerarlo.

Las paredes se emborronaron. Una sensación de mareo que parecía provocada por mover la cabeza muy rápido, colores que latigueaban por los rincones y por estrechos pasillos. En un momento dado, le pareció como si acabaran de atravesar varios metros de pared, un fogonazo de oscuridad total.

—Aquí —dijo el Finlandés—. Aquí es.

Flotaban en el centro de una habitación perfectamente cuadrada, con el techo y las paredes paneladas con secciones rectangulares de madera oscura. El suelo estaba cubierto por un único cuadrado de moqueta reluciente que tenía estampado el patrón de un microchip, circuitos delineados con lana azul y escarlata. En el centro exacto de la habitación, y alineado a la perfección con el patrón de la moqueta, se encontraba un pedestal cuadrado de cristal blanco y esmerilado.

—Villa Straylight —dijo algo enjoyado que había sobre el pedestal, con una voz que parecía música—. Se trata de un organismo que ha crecido hacia dentro de sí mismo, un disparate gótico. Cada uno de los espacios de Straylight es, en cierta manera, un secreto.

Cuenta con una infinidad de estancias unidas por pasillos, con escaleras abovedadas como intestinos que llaman la atención por sus estrechas curvas, con biombos ornamentados y nichos vacíos...

—La redacción es de 3Jane —aclaró el Finlandés, que sacó otro Partagás—. Lo escribió cuando tenía doce años. En un curso de semiótica.

—Los arquitectos de Freeside sufrieron lo indecible para ocultar el hecho de que el interior del huso está organizado con la precisión banal de los muebles de una habitación de hotel. En Straylight, la cara interna del casco es una azarosa proliferación de estructuras, de formas que fluyen, que se entrelazan y se alzan hacia un sólido núcleo de microcircuitería, el corazón corporativo de nuestro clan, un cilindro de silicio agujereado y cruzado por estrechos túneles de mantenimiento, algunos de los cuales no son más anchos que la mano de una persona. El lugar es la madriguera de los cangrejos relucientes, los drones, alerta en caso de deterioro micromecánico o sabotaje.

—Fue a ella a quien viste en el restaurante —dijo el Finlandés.

—La nuestra es una familia antigua para los estándares del archipiélago —prosiguió la cabeza—, y las circunvoluciones de nuestro hogar son el reflejo de esa edad. Pero también evidencian otra cosa. La semiótica de la villa pone de manifiesto un encierro, la negación del reluciente vacío que hay al otro lado del casco.

»Tessier y Ashpool salieron del pozo de gravedad y descubrieron que odiaban el espacio. Construyeron Freeside para aprovecharse de las riquezas de las nuevas islas, se hicieron ricos y excéntricos y luego empezaron a construir Straylight, lo que podría considerarse una extensión de su cuerpo. Nos hemos encerrado detrás de nuestro dinero, hemos crecido hacia dentro, generado un universo ininterrumpido de identidad.

»Villa Straylight no conoce el cielo, ni el grabado ni ningún otro.

»El núcleo de silicio de la villa es una estancia pequeña, la única rectilínea del complejo. Allí, sobre un simple pedestal de cristal se encuentra un busto ornamentado de platino y *cloisonné*, tachonado de lapislázuli y perlas. Los globos relucientes de sus ojos se cortaron del rubí sintético de las portillas de la nave en la que el primer Tessier salió del pozo de gravedad, la misma que luego regresó en busca del primer Ashpool...

La cabeza se quedó en silencio.

—¿Y bien? —preguntó Case, quien casi esperaba que aquella cosa le respondiese.

—Eso es todo lo que escribió —dijo el Finlandés—. Lo dejó inacabado. No era más que una niña. Se podría decir que esta cosa es una especie de terminal ceremonial. Necesito que Molly esté en este mismo lugar y que diga la palabra adecuada en el momento exacto.

—¿Qué palabra?

—No lo sé. Básicamente, podría decirse que mi naturaleza está definida por el hecho de que no lo sé, porque no puedo llegar a saberlo. Soy aquello que no conoce la palabra. Si la supieras y me la dijeras, no podría conocerla. Es algo innato. Tiene que ser otra persona la que la aprenda y la traiga aquí, justo en el momento en el que el Plano y tú atraveséis el hielo y desorganicéis los núcleos.

—¿Y qué pasará entonces?

—Que dejaré de existir. Mi existencia cesará.

—Me parece bien —dijo Case.

—Claro. Pero ándate con pies de plomo, Case. Al parecer, mi otro lóbulo nos sigue la pista. Todas las zarzas ardientes se parecen. Y Armitage ha empezado a marcharse.

—¿Eso qué quiere decir?

Pero la estancia panelada se dobló sobre sí misma en una docena de ángulos imposibles y se alejó por el ciberespacio como una grulla de origami.

15

—¿Intentas romper mi récord, chaval? —preguntó el Plano—. Has vuelto a sufrir una muerte cerebral. De cinco segundos.

—Un momento —dijo Case al tiempo que pulsaba el interruptor del simestim.

Ella se agachó en la oscuridad, con las palmas apoyadas en el rugoso hormigón.

CASE CASE CASE CASE. La pantalla digital mostró su nombre en caracteres alfanuméricos. Era Wintermute, y le informaba de que Case se había enlazado.

—¿Qué tal, guapo? —preguntó ella. Se balanceó sobre los talones, se frotó las palmas de las manos y después se hizo crujir los nudillos—. ¿Dónde te habías metido?

ES EL MOMENTO MOLLY AHORA.

Molly apretó la lengua con fuerza contra los dientes inferiores. Uno de ellos se movió un poco y activó la amplificación por microcanal. El rebotar fortuito de los fotones en la oscuridad se convirtió en un pulso de electrones. El hormigón que la rodeaba se volvió granuloso y de un pálido fantasmal.

—Muy bien. Vamos a jugar.

El escondite que la albergaba resultó ser una especie de túnel de servicio. Se deslizó por una rejilla ornamentada de latón deslustrado que tenía unas bisagras. Case le vio manos y brazos lo suficiente como para saber que llevaba puesto de nuevo el traje de policarbonato. Debajo del plástico, sintió la tensión familiar del cuero ajustado. Algo le colgaba debajo del brazo en un arnés o una pistolera. Se puso en pie, se desabrochó el traje y tocó el plástico a cuadros de la empuñadura de una pistola.

—Oye, Case —dijo ella. Le costaba articular las palabras—. ¿Me oyes? Te voy a contar una historia... Una vez estuve con un chico. Me recuerdas un poco a él... —Se dio la vuelta y revisó el pasillo—. Se llamaba Johnny.

El pasillo bajo y abovedado se alineaba con decenas de vitrinas de museo, cajas de cristal de aspecto vetusto hechas de madera oscura. No casaban con el lugar, con esas curvas orgánicas de las paredes del pasillo, como si las hubiesen llevado y montado allí con algún propósito ya olvidado. Unos elementos fijos de latón mate sostenían unos globos de luz blanca en intervalos de diez metros. El suelo era irregular y, cuando Molly corrió a toda prisa por el pasillo, Case reparó en la presencia de cientos de pequeños tapetes y alfombras desperdigados al azar por toda su superficie. En algunos lugares había hasta seis, uno encima del otro, y el suelo parecía conformado por los retales de una manta de lana tejida a mano.

Le molestó ver que Molly no prestaba mucha atención a las vitrinas ni a lo que había en el interior. Case se tuvo que conformar con algunas miradas displicentes que le sirvieron para atisbar elementos de cerámica, armas antiguas, algo tan lleno de clavos oxidados que era irreconocible, partes ajadas de lo que parecían tapices...

—Como te decía, mi Johnny era un tío inteligente, todo un lumbreras. Comenzó almacenando datos en el callejón de la Memoria, tenía chips en la cabeza y la gente pagaba para ocultar información en ellos. La noche en que lo conocí, la *yakuza* le seguía la pista y tuve que acabar con el asesino que habían enviado para matarlo. Tuve más suerte que otra cosa, pero lo hice por él. Después de eso, todo fue íntimo y maravilloso, Case. —Apenas movía los labios. Case notó como articulaba las palabras, sin necesidad de oírlas en voz alta—. Configuramos un Squid para leer los restos de todo lo que habían almacenado en su interior. Lo grabamos en cintas y comenzamos a extorsionar a ciertos clientes..., exclientes. Yo era el músculo, la mula y la perra guardiana. Fui muy feliz. ¿Has sido feliz alguna vez, Case? Era mi hombre. Trabajábamos juntos. Llevaría unas ocho semanas fuera de la casa de muñecas cuando lo conocí... —Hizo una pausa y echó un vistazo por una esquina antes de continuar. Vio más vitrinas lustrosas de madera. El color de sus laterales le recordaba a las alas de una cucaracha—. Íntimo y maravilloso. Seguimos con nuestra vida juntos. Era como si nadie pudiese tocarnos. Yo no iba a permitirlo. Supongo que la *yakuza* le seguía los pasos a Johnny, porque yo les había matado a ese asesino. Porque Johnny los había estafado. Y son una organización que puede permitirse tener mucha paciencia, tío, son capaces de esperar años y años. Pueden incluso dejarte toda una vida de ventaja para que tengas más que perder cuando se decidan a arrebatártelo todo. Son pacientes como una araña. Una araña zen.

»En ese momento no lo sabía. O si lo sabía, supongo que llegué a la conclusión de que aquello no iba con nosotros. Es como cuando eres joven y te crees único. Yo era joven. Pero fueron a por nosotros justo cuando creíamos que había llegado el momento de dejarlo todo, de retirarnos y viajar, quizá a Europa. Tampoco podía decirse que tuviésemos mucha idea de a qué podríamos dedicarnos allí sin nada que hacer. Pero vivíamos a lo grande, cuentas suizas orbitales y un chozo lleno de muebles y de juguetes. La vida no era tan amarga.

»El primero de los que enviaron era muy bueno. Sus reflejos eran lo nunca visto, tenía implantes y mucho más estilo que diez matones de tres al cuarto. Pero el segundo era... No sé, como un monje. Era un clon. Un asesino de sangre fría hasta la última célula. Era algo innato, la muerte, el silencio... Todo eso emanaba de él. —La voz se le quebró al ver que el pasillo se bifurcaba en dos escaleras descendentes idénticas. Bajó por la de la izquierda—. En cierta ocasión, cuando era una niña, estábamos de okupas. Era por el Hudson. Vaya ratas, tío, eran enormes... Se debía a los productos químicos que consumían. Eran tan grandes como yo, y una noche una de ellas había empezado a escarbar por debajo del suelo de la casa. Al amanecer, alguien trajo a un viejo con los ojos rojos y cicatrices de puntos de sutura que le recorrían las mejillas. Trajo un rollo de cuero grasiento como el que se usa para guardar las herramientas y que no se oxiden. Lo extendió y sacó un viejo revólver y tres balas. El viejo metió una bala en el arma y empezó a recorrer la casa de un lado a otro. Y nosotros allí, pegados a la pared.

»De un lado a otro. Se cruzó de brazos y agachó la cabeza como si se hubiese olvidado de que tenía una pistola. Trataba de escuchar a las ratas. Todos guardamos un silencio sepulcral. El viejo dio un paso. La rata se movió. Se volvió a mover, y él dio otro paso. Nos pasamos una hora en ese plan, y entonces se acordó de repente de la pistola. Apuntó al suelo, sonrió y apretó el gatillo. La volvió a enrollar y se marchó.

»Me metí bajo el suelo un rato después. La rata tenía un agujero de bala entre los dos ojos. —Molly miraba las puertas cerradas dispuestas a intervalos por el pasillo—. El segundo que fue a por Johnny era como ese viejo. No era un anciano, pero se le parecía. Mataba así.

El pasillo se abrió. Un mar de alfombras se agitaba con suavidad debajo de un gigantesco candelabro cuyo cristal más bajo casi rozaba el suelo. El cristal tintineó al entrar Molly en la estancia. Tercera puerta a la derecha, resplandeció su indicador de visión.

Molly giró hacia la izquierda y evitó el árbol invertido de cristal.

—Solo lo vi una vez. De camino a casa. Él salía de ella. Vivíamos en una fábrica reconvertida, como muchas jóvenes promesas de Senso/Red. La seguridad era notable, y yo había añadido algún que otro detallito para mejorarla aún más. Sabía que Johnny estaba allí. Era un tipo pequeño; me miró al salir y no dijo una palabra. Nos miramos a la cara y lo supe. Era normal, con ropa normal y ni rastro de orgullo en el rostro, alguien humilde. Me miró y se subió a un peditaxi. Lo sabía. Subí las escaleras, y vi a Johnny sentado en una silla junto a la ventana con la boca un poco abierta, como si tuviese alguna de sus ocurrencias en la punta de la lengua.

La puerta que tenía delante era antigua, un pedazo de teca tailandesa tallada que parecía haber sido aserrada en dos para encajar en el hueco. Se había incrustado en ella una primitiva cerradura mecánica chapada en acero inoxidable que quedaba debajo de un dragón en espiral. Molly se arrodilló, sacó un pequeño rollo de gamuza negra de un bolsillo interior y extrajo una ganzúa fina como una aguja.

—Después de eso, nadie a quien haya conocido ha vuelto a importarme una mierda.

Metió la ganzúa en la cerradura y trabajó en silencio mientras se mordisqueaba el labio inferior. Era como si solo dependiese del sentido del tacto, con la mirada perdida, y la puerta era poco más que un borrón de madera clara. Case oyó el silencio del pasillo, acentuado por el tenue tintineo del candelabro. ¿Velas? Straylight era un lugar muy extraño. Recordó la historia de Cath en la que hablaba de un castillo con estanques y lirios, y también las grandilocuentes palabras de 3Jane recitadas con tono musical por el busto. Un organismo que había crecido hacia dentro de sí mismo. Straylight olía un poco a moho y también a algo perfumado, era como una iglesia. ¿Dónde estaban los Tessier-Ashpool? Case esperaba encontrarse con una colmena activa y disciplinada, pero Molly no se había topado con nadie. Aquel monólogo lo había desconcertado. Nunca había hablado tanto de sí misma. Aparte de la historia del cubículo, nunca le había contado nada que pareciese indicar que tenía un pasado.

Molly cerró los ojos y, más que oírlo, se podría decir que sintió un chasquido. Le recordó a las cerraduras magnéticas del cubículo de Molly en aquella casa de muñecas. La puerta se abrió para él a pesar de que tenía el chip que no era. Seguro que era cosa de Wintermute. Había manipulado la cerradura igual que había manipulado el microligero dron y el robot jardinero. El sistema de cerraduras de la casa de muñecas era una subunidad del sistema de seguridad de Freeside. La sencilla cerradura mecánica que Molly tenía ahora frente a ella habría sido todo un problema para la IA y requería de un dron o de un agente humano para manipularla.

Molly abrió los ojos, volvió a guardar la ganzúa en la gamuza, la enrolló con cuidado y se la metió de nuevo en el bolsillo.

—Supongo que tú eres un poco como él —continuó—. Crees que has nacido para huir. Lo comprendí en Chiba. Lo que hacías allí era como una versión algo más tosca de lo que harías en cualquier otro sitio. La mala suerte es lo que tiene: a veces te obliga a simplificar las cosas. —Se puso en pie, se estiró y se sacudió—. ¿Sabes? Creo que el que Tessier-Ashpool envió para acabar con Jimmy, el chico que robó la cabeza, debía de ser muy parecido al que la *yakuza* envió a matar a Johnny.

Desenfundó la pistola de dardos y la configuró en modo automático.

A Case le llamó la atención lo fea que era la puerta cuando Molly extendió la mano para abrirla. No la puerta en sí, que era bonita o había formado parte de un todo mucho más hermoso, sino la manera en la que la habían aserrado para cubrir esa entrada en particular. Hasta la forma parecía fuera de lugar allí, un rectángulo entre curvas suaves y hormigón pulido. Le pareció que se trataba de materiales que habían importado y luego manipulado hasta hacerlos encajar. Pero ninguno encajaba. La puerta era igual que esas vitrinas extrañas o que ese árbol de cristal enorme. Luego recordó el ensayo de 3Jane y se imaginó que habían traído los accesorios del pozo de gravedad para llevar a cabo algún plan maestro, un sueño perdido tiempo ha en el intento compulsivo de llenar el espacio, de replicar una imagen de familia del yo. Recordó el nido destrozado, cómo se retorcían esas cosas sin ojos...

Molly agarró una de las patas delanteras del dragón tallado, y la puerta se abrió sin problemas.

La habitación que había al otro lado era pequeña y estrecha, poco más que un armario. Unas taquillas de acero para guardar herramientas se alineaban en una pared curvada. Se encendió una luz automáticamente. Molly cerró la puerta tras de sí y se acercó a ellas.

Tres a la izquierda, pulsó el chip óptico. Wintermute controlaba el reloj de sus lentes. Cinco hacia abajo. Pero Molly abrió el primer cajón por arriba. Apenas había una bandeja con poco fondo. Vacío. El segundo también estaba vacío. El tercero, que tenía más fondo, contenía unas cuentas opacas de soldadura y algo pequeño y marrón que parecía el hueso de un dedo humano. El cuarto cajón tenía una copia arrugada de un manual técnico y obsoleto en francés y japonés. En el quinto, detrás del guante blindado de un traje espacial pesado, encontró la llave. Era como una moneda de latón opaco con un cilindro corto y ahuecado que sobresalía por el extremo. Molly le dio la vuelta despacio en la mano, y Case vio que el interior del tubo estaba lleno de rebordes y hendiduras. Las letras chubb estaban grabadas en una cara de la medalla. La otra era lisa.

—Me lo contó —susurró Molly—. Wintermute. Me dijo que había permanecido a la espera durante años. En esa época no tenía poder alguno, pero sí que era capaz de usar la seguridad y los sistemas de la villa para localizar la ubicación de las cosas, ver cómo se movían y adónde iban. Hace veinte años, vio cómo alguien perdía esta llave y consiguió convencer a otra persona para que la dejase aquí. Luego lo mató, mató al chico que la había escondido. Tenía ocho años. —Cerró el puño blanco sobre la llave—. Para que nadie la encontrase.

—Sacó un tramo de nailon negro del bolsillo de canguro del traje y lo pasó por el agujero redondo que había sobre las letras chubb. Ató el cordel y se lo colgó alrededor del cuello—. Me dijo que siempre lo martirizaban con lo anticuados que eran, con todos esos objetos del siglo XIX. Lo vi en la pantalla de la casa de muñecas, y tenía el mismo aspecto que el Finlandés. Me arriesgaba a confundirlo con él si no me andaba con cuidado. —En el visor de sus lentes resplandeció la hora, caracteres alfanuméricos superpuestos a las taquillas de metal gris—. Me dijo que, si esa gente se hubiese convertido en lo que querían, él habría podido escapar hacía mucho tiempo. Pero no lo hicieron. La cagaron. Esa loca de 3Jane. La llamaba así, aunque hablaba de ella como si le gustase.

Molly se dio la vuelta, abrió la puerta y salió, sin dejar de pasar la mano por la empuñadura a cuadros de la pistola de dardos enfundada.

Case pulsó el interruptor.

El Kuang de grado mark once estaba creciendo.

—Dixie, ¿crees que funcionará?

—¿Los osos cagan en el bosque?

El Plano los llevó a golpe de tecla a través de unos estratos móviles e irisados.

En el núcleo del programa chino había empezado a formarse algo oscuro. La densidad de la información había comenzado a sobrecargar el tejido de la matriz, a desencadenar alucinaciones hipnagógicas. Unos tenues ángulos caleidoscópicos se centraron en un punto focal de un negro argénteo. Case vio símbolos de su infancia, de maldad y de mala suerte, que salían disparados por planos translúcidos: esvásticas, calaveras, tibias cruzadas, dados que caían en el doble uno de los ojos de serpiente. Si miraba directo hacia ese punto de vacío, no se formaba contorno alguno. Necesitó una docena de intentos fugaces y de reojo para verlo, algo parecido a un tiburón que relucía como la obsidiana, espejos oscuros cuyos flancos reflejaban luces distantes que no tenían relación alguna con la matriz que los rodeaba.

—Ese es el aguijón —le explicó el constructo—. Es lo que usaremos para entrar cuando Kuang se haya acomodado en el núcleo de Tessier-Ashpool.

—Estabas en lo cierto, Dix. El sistema dispone de una especie de control manual que tiene a Wintermute dominado. Al menos, todo lo que se lo puede dominar a él —añadió.

—A él —dijo el constructo—. A él. Cuidado con eso. Te tengo dicho que es peligroso personificar a una IA.

—Es un código. Dijo que una palabra. Alguien tiene que pronunciarla en un terminal sofisticado de una habitación concreta mientras nosotros nos encargamos de lo que sea que nos espere detrás de ese hielo.

—Pues tendrás tiempo de sobra, chaval —dijo el Plano—. El viejo Kuang es lento pero seguro.

Case se desenchufó.

Y vio que Maelcum lo estaba mirando.

—Estuviste muerto un buen rato, tío —dijo con su acento.

—Estas cosas pasan —comentó Case—. Te acabas por acostumbrar.

—Estás jugando con fuego, amigo.

—Es el único juego que se me da bien, al parecer.

—Y te encanta, Case —dijo Maelcum al tiempo que

volvía a girarse hacia el módulo de radio. Case se quedó mirando las rastas apelmazadas y las fibras de los músculos que destacaban en los brazos oscuros del hombre.

Y volvió a enchufarse.

Y pulsó el interruptor.

Molly trotaba por un pasillo que bien podría haber sido el mismo de antes. Ya no había vitrinas de cristal, y Case dedujo que se dirigía hacia el extremo del huso, ya que la gravedad era cada vez más tenue. Pronto empezaría a rebotar con suavidad sobre montículos de alfombras. Unos ligeros pinchazos en la pierna...

El pasillo se estrechó de repente, se curvó y luego se bifurcó.

Molly giró a la derecha y empezó a subir por un tramo de escaleras exageradamente inclinado mientras le empezaba a doler la pierna izquierda. Por encima de ella, una maraña de cables amarrados colgaba del techo de la escalera, como unos ganglios con código de color. Las paredes estaban repletas de manchas de humedad.

Llegó a un rellano triangular y empezó a frotarse la pierna. Más pasillos, estrechos; alfombras que colgaban de las paredes. Se dividía en tres direcciones.

Izquierda.

Se encogió de hombros.

—Deja que eche un vistazo, ¿vale?

Izquierda.

—Relájate. Hay tiempo.

Viró hacia el pasillo que se abría a su derecha.

Quieta.

Atrás.

Peligro.

Molly titubeó. Por la puerta de roble medio abierta que había en la otra punta del pasillo surgió una voz, alta y que hablaba entre farfulleos, como si fuese la de un borracho. Case creyó que lo hacía en francés, pero sonaba demasiado confusa. Molly dio otro paso, y luego otro, y empezó a recorrer el traje con la mano hasta llegar a la culata de la pistola de dardos. Oyó un débil pero creciente zumbido al entrar en el campo de disrupción neural, uno estruendoso que a Case le recordó al de su pistola de dardos. Cayó hacia delante con sus músculos estriados flácidos y se golpeó la frente contra la puerta. Se retorció hasta quedar bocarriba, con la mirada perdida y sin aliento.

—¿Qué llevas puesto? ¿Un traje de gala? —preguntó la voz farfullante. Una mano temblorosa se acercó al traje de Molly, encontró la pistola y la sacó de la funda—. Visita, qué bien, niña. Entra.

Molly se levantó despacio con la mirada fija en el cañón de la pistola automática negra. La mano del hombre se había quedado muy firme, y el cañón del arma parecía estar unido al cuello de Molly con una cuerda tensa e invisible.

Era anciano, muy alto y con unas facciones que a Case le recordaron a las de la chica a quien había visto en el Vingtième Siècle. Llevaba una bata pesada de seda de color bermellón acolchada en las largas mangas y en el cuello. Uno de los pies estaba descalzo, y en el otro tenía una pantufla de terciopelo negro con una cabeza de zorro bordada con oro en el empeine. Le indicó que entrase en la estancia.

—Despacio, querida.

El lugar era muy grande y abigarrado, repleto de todo tipo de cosas que no tenían sentido alguno para Case. Vio un estante de acero gris lleno de monitores

Sony pasados de moda, una cama amplia de estructura de latón con pilas de pieles de oveja y almohadas que parecían estar hechas de lo mismo que las alfombras que cubrían los pasillos. Los ojos de Molly pasaron de una enorme consola de entretenimiento Telefunken a estanterías llenas de antiguas grabaciones en disco con lomos estropeados protegidos en plástico transparente. También vio una amplia mesa de trabajo llena de pedazos de silicio. Case se fijó en una consola de ciberespacio y en los trodos, pero Molly no reparó en ellos.

—Tendría que matarte ahora mismo —dijo el anciano. Case se puso tenso, dispuesto a entrar en acción—. Pero voy a darme el gusto esta noche. ¿Cómo te llamas?

—Molly.

—Molly. Yo me llamo Ashpool.

Volvió a sentarse en la arrugada suavidad del enorme sillón de cuero con patas de cromo cuadradas, pero el arma no vaciló en ningún momento. Dejó la pistola de dardos sobre una mesa de latón que había junto al sillón. Una vez hecho eso, volcó un vial de plástico lleno de píldoras rojas. La mesa estaba llena a rebosar de viales, botellas de licor y sobres de plástico lisos de los que sobresalían polvos blancos. Case vio una vieja jeringuilla de cristal y una cuchara de acero.

—¿Cómo te las arreglas para llorar, Molly? Veo que tienes los ojos cubiertos. Siento curiosidad.

Los ojos del anciano estaban inyectados en sangre, y tenía la frente perlada de sudor. Era muy pálido. Case supuso que estaba enfermo. O drogado.

—No lloro mucho.

—Pero ¿cómo llorarías si alguien te hiciese llorar?

—Escupo. Tengo las glándulas lagrimales conectadas a la boca.

—Entonces ya has aprendido una lección muy importante a pesar de ser tan joven. —Apoyó la mano de la pistola en la rodilla y cogió una botella de la mesa que había junto a él, sin molestarse siquiera en elegir entre la media docena de licores que había en ella. Bebió. Brandi. Unas gotas de líquido se le derramaron por las comisuras de los labios—. Esta es la mejor manera de controlar las lágrimas. —Volvió a beber—. Esta noche estoy ocupado, Molly. Construí todo esto y ahora estoy ocupado. Muriéndome.

—Podría irme por donde he venido —sugirió ella.

El anciano rio, un sonido agudo y molesto.

—¿Primero interrumpes mi suicidio y después dices que te vas a ir como si nada? De verdad que me sorprendes. Ladrona.

—Mi pellejo, jefe. Es todo lo que tengo. Solo quiero salir de aquí de una pieza.

—Eres una niña muy maleducada. Los suicidios merecen un poco de decoro. Y eso es lo que pretendo. ¿No lo ves? Pero quizá te lleve conmigo esta noche. Al infierno... Sería algo muy egipcio por mi parte. —Volvió a beber—. Venga, ven. —Extendió el brazo de la botella. La mano no dejaba de temblarle—. Bebe.

Ella negó con la cabeza.

—No está envenenada —aclaró él, pero volvió a colocar el brandi en la mesa—. Siéntate. Siéntate en el suelo. Hablemos.

—¿De qué?

Molly se sentó. Case sintió que las cuchillas se le movían un poco debajo de las uñas.

—De lo que se nos ocurra. O, mejor dicho, de lo que se me ocurra a mí, porque esta es mi fiesta. El núcleo me despertó. Hace veinte horas. Se me dijo que algo no iba bien y que se requería mi presencia. ¿Eras tú eso que no iba bien, Molly? No lo creo, porque no me necesitarían para lidiar contigo. No, tiene que ser otra cosa..., pero llevo tiempo soñando, ¿sabes? Treinta años. Tú no habías nacido la última vez que me fui a dormir. Nos dijeron que no íbamos soñar en ese frío. También nos dijeron que no pasaríamos frío. Locuras, Molly. Mintieron. Claro que soñé. El frío es lo que dejó entrar lo de fuera. Lo de fuera. La noche de la que pretendía ocultarnos al crear esto. Solo una gota al principio, un grano de noche que se colaba atraído por el frío... Pero otros lo siguieron y me llenaron la cabeza igual que la lluvia termina por llenar un estanque vacío. Lirios de agua. Recuerdo. Los estanques eran de terracota, niñeras de cromo, recuerdo las extremidades titilando por los jardines en el ocaso... Estoy viejo, Molly. Tengo más de doscientos años si cuentas el frío. El frío.

El cañón de la pistola se alzó de repente, temblando. Los tendones de los muslos de Molly se tensaron como cuerdas.

—El hielo puede llegar a quemar —dijo ella con cautela.

—Ahí nada te quema —respondió el anciano con voz impaciente mientras bajaba el arma. Sus escasos movimientos eran cada vez más escleróticos. Asintió con la cabeza, y le costó mucho detenerla—. No hay nada que queme. Ahora lo recuerdo. Los núcleos me dijeron que nuestras inteligencias habían enloquecido. Pagamos miles de millones hace ya mucho tiempo, cuando las inteligencias artificiales no eran más que una idea osada. Les dije a los núcleos que me encargaría de ellas. No es el mejor momento, la verdad, ahora que 8Jean ha bajado a Melbourne y la única que estaba atendiendo el lugar era nuestra dulce 3Jane. O puede que sea el momento ideal. ¿Cómo saberlo a ciencia cierta, Molly? —Volvió a levantar el arma—. En Villa Straylight están pasando cosas muy raras.

—Jefe, ¿conoces a Wintermute? —le preguntó Molly.

—Un nombre. Sí. Con el que hacer magia, quizá. Un señor del abismo, sin duda. Querida Molly, en mi época conocí a muchos de esos señores. Y a no pocas señoras. De hecho, en cierta ocasión estuve con una reina de España, en esa misma cama... Pero centrémonos. —Tuvo un acceso de tos productiva, y el cañón del arma no dejó de agitarse a su ritmo. Escupió en la alfombra que había junto al pie que tenía descalzo—. Hay que ver cómo divago. Es por culpa del frío. Pero esto no tardará en acabarse. Cuando desperté, ordené que descongelasen a una Jane. Resulta extraño acostarse cada pocas décadas con la que legalmente podría considerarse tu hija. —El anciano miró detrás de ella, a los estantes llenos de monitores apagados. A Molly le dio la impresión de que se estremecía—. Los ojos de Marie-France, sí —dijo con un hilo de voz y con una sonrisa—. Hicimos que el cerebro desarrollase alergia a alguno de sus neurotransmisores, lo que se tradujo en una imitación particularmente maleable del autismo. —La cabeza le osciló a un lado, pero luego la enderezó—. Sé que este efecto se puede conseguir ahora con mucha más facilidad, con un microchip integrado.

La pistola se le cayó de los dedos y rebotó en la alfombra.

—Los sueños crecen como hielo lento —dijo. Tenía el rostro azulado. Hundió la cabeza en el cuero del asiento y empezó a roncar.

Molly cogió la pistola al momento. Examinó la estancia con la automática de Ashpool en la mano.

Había una especie de colcha enorme tirada junto a la cama, sobre un enorme charco de sangre coagulada, densa y reluciente sobre el estampado de las alfombras. Levantó una esquina de la colcha y encontró el cuerpo de una joven, cuyos omóplatos pálidos estaban pringosos a causa de la sangre. La había degollado. La cuchilla triangular de una especie de rasqueta relució en ese charco oscuro junto a ella. Molly se arrodilló tratando de no pisar la sangre y giró el rostro de la chica para acercarlo a la luz. Era la cara que Case había visto en el restaurante.

Se oyó un chasquido que parecía provenir del centro mismo de la existencia, y el mundo se quedó inmóvil. La emisión del simestim de Molly se convirtió en un fotograma inmóvil; sus dedos en las mejillas de la joven. Duró tres segundos, y luego el rostro del cadáver cambió y se convirtió en el de Linda Lee.

Otro chasquido, y la estancia se emborronó. Molly estaba en pie y miraba el disco óptico dorado que había junto a una pequeña consola sobre la superficie de mármol de la mesa de noche. Un tramo de fibróptico se extendía como una correa desde la consola a un puerto que la joven tenía en la base de su esbelto cuello.

—Te tengo calado, hijo de puta —dijo Case, que sintió que se le movían los labios en algún lugar muy lejano. Sabía que Wintermute había alterado la emisión. Molly no había visto como el rostro inmóvil de la joven se había deshecho en volutas de humo hasta adquirir las facciones de la máscara mortuoria de Linda.

Molly se dio la vuelta. Cruzó la estancia hasta el sillón de Ashpool. La respiración del hombre era lenta y entrecortada. Contempló los restos de drogas y alcohol. Soltó el arma del anciano, cogió la pistola de dardos, configuró el cañón para que disparase solo un proyectil y pegó un único tiro justo en el centro del párpado izquierdo cerrado de Ashpool. Se estremeció una vez, la respiración se le interrumpió en mitad de una inspiración. El otro ojo, marrón e insondable, se abrió despacio.

Y seguía abierto cuando Molly se dio la vuelta y abandonó la habitación.

16

—Tengo a tu jefe en espera —dijo el Plano—. Está conectado en el otro Hosaka que hay en esa nave de ahí arriba, la que nos lleva a caballito. La *Haniwa.*

—Lo sé —repuso Case con voz ausente—. Lo he visto.

Un rombo de luz blanca apareció con un chasquido frente a él y ocultó el hielo de Tessier-Ashpool. Tenía el rostro sereno, centrado a la perfección y paradigma de demencia de Armitage, la mirada perdida, ojos como botones. Armitage parpadeó. Se quedó mirando.

—Supongo que Wintermute también se ha hecho cargo de los Turing que iban a por ti, ¿no? Como hizo con los míos —dijo Case.

Armitage seguía sin quitarle ojo y Case reprimió el impulso repentino de agachar la cabeza y mirar hacia otro lado.

—¿Estás bien, Armitage?

—Case... —Por un momento, le dio la impresión de que algo se movía debajo de esa mirada azul—. Has visto a Wintermute, ¿verdad? En la matriz.

Case asintió. Una cámara en la superficie de su Hosaka en el *Marcus Garvey* transmitiría el gesto a la pantalla de la *Haniwa*. Se imaginó a Maelcum oyéndolo murmurar como si estuviera en trance, incapaz de oír las voces del constructo ni las de Armitage.

—Case... —Los ojos se agrandaron. Armitage se había acercado al ordenador—. ¿Qué es? ¿Cuándo lo has visto?

—Un constructo de simestim de alta resolución.

—Pero ¿quién?

—El Finlandés, la última vez que lo vi... Antes de eso, el proxeneta que...

—¿No es el general Girling?

—¿El general qué?

El rombo se quedó en negro.

—Vuelve a reproducirlo y haz que el Hosaka lo rastree —le dijo al constructo.

Pulsó el interruptor.

La perspectiva lo incomodaba. Molly se encontraba agachada entre vigas de acero, a unos veinte metros sobre un suelo de hormigón pulido amplio y lleno de manchas. La estancia era un hangar o un muelle de servicio. Case vio tres naves espaciales, ninguna mayor que el *Garvey* y todas en diferentes fases de reparación. Voces japonesas. Una figura ataviada con un mono naranja que salió de un hueco en el casco de un vehículo lleno de protuberancias y se quedó junto a uno de los brazos accionados a pistones que tenían una forma extrañamente antropomórfica. El hombre pulsó algo en una consola portátil y se rascó las costillas. Un dron rojo que parecía un carrito apareció rodando de repente sobre unas ruedas globo grises.

Case, titiló el chip de la pantalla de Molly.

—¿Qué tal? —saludó ella—. Aquí, esperando un guía.

Se apoyó en los talones. Los brazos y las rodillas de su traje de moderno eran del color azul grisáceo de la pintura de las vigas. Le dolía la pierna. Una punzada intensa y regular.

—Tendría que haber vuelto a Chin —murmuró.

Algo salió repiqueteando de las sombras, a la altura del hombro izquierdo. Hizo una pausa, balanceó el cuerpo esférico de lado a lado sobre unas altas y arqueadas patas de araña, disparó una rociada de un microsegundo de luz láser dispersa y se quedó muy quieto. Era un microdrón Braun, idéntico a uno que Case había tenido en tiempos, un accesorio inútil que le habían regalado como obsequio por un trato con un traficante de *hardware* de Cleveland. Parecía un fólcido estilizado y de color negro mate. Un led rojo empezó a latir en el centro de la esfera. Su cuerpo no era mayor que una pelota de béisbol.

—Muy bien —dijo Molly—. Entendido.

Se puso en pie apoyándose más en la pierna izquierda y contempló como el pequeño dron se alejaba marcha atrás. Se marchó con movimientos precisos entre las vigas y se perdió en la oscuridad. Molly se dio la vuelta y volvió a mirar hacia el muelle de servicio. El hombre de naranja había empezado a sellar la parte delantera de un camión blanco de vacío. Lo vio rodear la cabina para sellarla, coger la consola y luego salir a través del hueco de la nave. Se oyó el creciente chirrido de un motor, y la cosa se deslizó con suavidad fuera de la vista sobre un círculo de suelo de diez metros de diámetro que se perdió entre el resplandor de los focos. El dron rojo esperaba paciente en el borde del agujero que había dejado el montacargas.

Después empezó a seguir al Braun; se abría paso por un bosque de vigas de acero soldadas. El Braun hacía parpadear el led con regularidad para indicarle que lo siguiese.

—¿Cómo te va, Case? ¿Vuelves a estar en el *Garvey* con Maelcum? Claro. Y ahora te has conectado a esto. Me gusta, ¿sabes? Siempre que me encuentro en apuros, me pongo a hablar sola. Imagino que tengo una especie de amigos imaginarios, gente en quien puedo confiar, y les digo lo que pienso de verdad y cómo me siento. Después finjo que ellos me dan su opinión al respecto y así paso el mal trago. Tenerte aquí es más o menos lo mismo. Eso que ha pasado con Ashpool... —Se mordió el labio inferior al tiempo que evitaba una viga y no perdía de vista al dron—. Esperaba algo menos decadente, ¿sabes? Pero es que esta gente está como una cabra, como si tuviesen mensajes luminosos grabados en la cara interna de la frente o algo así. No me gusta el aspecto de este lugar, no me gusta cómo huele...

El dron había empezado a subir por una escalerilla casi invisible de peldaños de acero con forma de U y se dirigía hacia un hueco oscuro.

—Y ahora que tengo ganas de hablar, guapo, debo admitir que ni por asomo esperaba salir viva de esta. Llevaba mucho tiempo sin dar ni una, y tú eres lo único bueno que me ha pasado desde que firmé el contrato con Armitage. —Alzó la vista en dirección al círculo negro. El led del dron parpadeó mientras ascendía—. Que tampoco es que estés buenísimo, ni nada de eso, ¿eh?

Molly sonrió, pero el gesto fue fugaz. Apretó los dientes porque la pierna comenzó a dolerle a rabiar mientras subía por la escalerilla, que se internaba en un tubo de metal en el que casi no le cabían los hombros.

Se alejaba de la gravedad, hacia el eje en ingravidez.

El chip pulsó la hora.

04.23.04.

Había sido un día muy largo. La claridad con la que Case sentía su sensórium aplacó la resaca de betafeniletilamina, pero ahí seguía. Prefería el dolor en la pierna.

CASE:OOOO
OOOOOOOOO
OOOOOOOO.

—Creo que es para ti —dijo Molly mientras seguía subiendo. Los ceros volvieron a latir, y apareció un mensaje que titiló en el borde de su campo visual, cortado en la pequeña pantalla del implante.

EL GENERAL
GIRLING:::
ENTRENÓ
A CORTO
PARA PUÑO
ESTRIDENTE
Y LO VENDIÓ
AL PENTÁGO
NO::::EL PRI
NCIPAL RECLA
MO DE W/MUTE
SOBRE ARMITAG
E ES UN CONSTR
UCTO DE GIRLIN
G:W/MUTE DICE
QUE SI A MENCIO
NA A G SIGNI
FICA QUE LO
ESTÁ PERDIE
NDO::::CUI
DADO::::
::DIXIE

—Bueno —dijo Molly mientras hacía una pausa para apoyar todo el peso en la pierna derecha—, veo que tú también estás en apuros. —Miró hacia abajo. Había un círculo de luz tenue que no era mayor que la cabeza redonda de la llave con la inscripción chubb que le colgaba entre los pechos. Después miró hacia arriba. Nada. Se tocó los aumentos con la lengua y su visión del tubo se amplificó hasta que vio al Braun ascendiendo por los peldaños—. Nadie me dijo nada de esta parte.

Case se desenchufó.

—Maelcum...

—Tío, tu jefe se ha puesto muy raro. —El sionita iba ataviado con un traje espacial azul Sanyo que era veinte años más viejo que el que Case había alquilado en Freeside. Llevaba el casco bajo el brazo, y las rastas metidas en un gorro de ganchillo de algodón púrpura. Tenía los ojos entrecerrados debido a la grifa y a la tensión—. No deja de dar órdenes, tío. Tiene que ser la guerra en Babilonia... —Maelcum negó con la cabeza—. Aerol y yo hablamos, y Aerol habló con Sion. Los fundadores dicen que nos demos el piro.

Se pasó el dorso de una enorme mano marrón por la boca.

—¿Armitage? —Case hizo una mueca ahora que sentía la resaca de la betafeniletilamina en toda su intensidad, sin la protección que le otorgaba la matriz o el simestim. El cerebro no tenía nervios, ¿no? No había motivos para sentirse tan mal, se dijo—. ¿A qué te refieres? ¿Cómo que no deja de dar órdenes? ¿Qué dices?

—Tío, Armitage dice que pongamos rumbo a Finlandia, ¿sabes? Dice que ahí hay esperanza, ¿sabes?

Apareció en mi pantalla con la camisa llena de sangre, tío, con gesto desfigurado como un perro rabioso, y empezó a hablar de puños estridentes, de rusos y de que nos mancharemos las manos con la sangre de los traidores. —Volvió a negar con la cabeza, y el gorro de las rastas se agitó y bamboleó en la ingravidez. Apretó los labios—. Los fundadores han dicho que la voz de Mute seguro era un falso profeta, y que Aerol y yo tenemos que abandonar el *Marcus Garvey* y regresar.

—Armitage. ¿Estaba herido? ¿Sangre?

—No lo vi, tío. Pero tenía sangre. Y cara de loco, Case.

—Muy bien —repuso Case—. ¿Y qué hago yo? Tú vuelves a casa. Pero ¿qué hago yo, Maelcum?

—Tío, tú vienes conmigo —dijo Maelcum. Mí y tú vamos a Sion con Aerol, en la *Babylon Rocker.* Dejemos que el señor Armitage hable con esa cinta fantasma, fantasma con fantasma...

Case miró de refilón: el traje alquilado colgaba de la hamaca en la que lo había metido y se agitaba en la corriente de aire del antiguo purificador ruso. Cerró los ojos. Vio como los sacos de toxinas se deshacían en sus arterias. Vio como Molly ascendía por esa infinidad de peldaños de acero. Abrió los ojos.

—No lo sé, tío. —Tenía un regusto raro en la boca. Bajó la vista a la mesa. Se miró las manos—. No lo sé. —Volvió a mirar hacia arriba. El rostro marrón estaba tranquilo, decidido. La barbilla de Maelcum quedaba oculta por la junta del casco que el viejo traje azul tenía al cuello—. Ella está dentro. Molly. En Straylight, que es como se llama. Si de verdad existe Babilonia, tiene que ser ese lugar. Si la dejamos ahí, no va a salir, sea Navaja Ambulante o no.

Maelcum asintió, y el gorro con las rastas se agitó detrás de él como un globo de ganchillo.

—¿Es tu novia, Case?

—No lo sé. No creo que sea la mujer de nadie. —Se encogió de hombros y volvió a encontrar su ira, real como magma que le ardiera bajo las costillas—. A la mierda. Que le den a Armitage, que le den a Wintermute y que te den a ti. Yo me quedo aquí.

La sonrisa de Maelcum se extendió por su rostro como si se le iluminase poco a poco.

—Maelcum es un tío duro, Case. Y el *Garvey* es el remolcador de Maelcum. —La mano enguantada cayó sobre el panel y el ritmo regular y lleno de graves del dub de Sion reverberó por los altavoces del remolcador—. Maelcum no va a huir, no. Hablaré con Aerol. Seguro que opina lo mismo.

Case se lo quedó mirando.

—No os entiendo, tío.

—Ni yo a ti, tío —dijo el sionita con acento marcado mientras movía la cabeza al ritmo de la música—, pero tenemos que dejarnos llevar por el amor de Jah. Todos.

Case se enchufó y pulsó el interruptor para entrar en la matriz.

—¿Recibiste mi mensaje?

—Sí.

Case vio que el programa chino había crecido; unos sutiles arcos policromados de color cambiante se acercaban al hielo de T-A.

—Bueno, la cosa ha empezado a complicarse —dijo el Plano—. Tu jefe ha borrado el banco de datos del otro Hosaka y ha estado a punto de hacerlo con el nuestro. Pero tu colega Wintermute consiguió advertirme antes de que lo hiciese. La razón por la que Straylight no está llena de integrantes del clan Tessier-Ashpool es porque la mayoría están criogenizados. Hay un bufete de abogados de Londres que controla sus poderes legales. Saben quiénes están despiertos en todo momento. Armitage estaba rastreando las trasmisiones de Londres a Straylight con el Hosaka de la nave. Al parecer, ya saben que el viejo ha muerto.

—¿Quién lo sabe?

—El bufete y T-A. Tenía un sistema médico remoto implantado en el esternón, pero el dardo de tu amiga no le ha dejado mucho margen de trabajo al equipo de resurrección. Toxinas de crustáceos. El único T-A despierto ahora mismo en Straylight es la dama 3Jane Marie-France. Hay un varón unos años mayor, pero se encuentra en un viaje de negocios en Australia. Apostaría lo que fuese a que Wintermute encontró la manera de conseguir que esos negocios necesitasen la atención personal de 8Jean. Pero ya está de camino a casa, o cerca. Los abogados de Londres comentan que la hora estimada de llegada a Straylight son las 09.00.00 de hoy. Conectamos el virus Kuang a las 02.32.03. Son las 04.45.20. La estimación más factible de la penetración del Kuang en el núcleo de T-A son las 08.30.00. Segundo arriba, segundo abajo. Supongo que Wintermute tiene algo pendiente con esa 3Jane o simplemente está tan loca como su viejo. Pero el que está a punto de llegar de Melbourne se dará cuenta de todo. Los sistemas de seguridad de Straylight no han dejado de tratar de activar la alerta máxima, pero Wintermute ha conseguido bloquearlos. No me preguntes cómo, ya que no pudo controlar el programa básico de las puertas para abrírselas a Molly. Armitage tenía un registro de todo en el Hosaka; seguro que Riviera convenció a 3Jane para hacerlo. Ella ha podido manipular las entradas y salidas del lugar durante años. Me da la impresión de que uno de los principales problemas de T-A es que todos y cada uno de los peces gordos de la familia han llenado los sistemas de todo tipo de trucos y excepciones privados. Es como si el sistema inmune del lugar se hubiese vuelto contra ellos y estuviese a punto para un virus. Justo lo que necesitamos, cuando piquemos ese hielo.

—Vale. Pero Wintermute dijo que Armi...

Apareció un rombo blanco con unos ojos azules de mirada trastornada en primer plano. Case no pudo evitar quedarse mirando. El coronel Willie Corto, de las Fuerzas Especiales y el equipo de asalto de Puño Estridente, había encontrado la manera de regresar. La imagen era tenue, errática y estaba mal centrada. Corto usaba el sistema de navegación de la *Haniwa* para conectarse con el Hosaka del *Marcus Garvey*.

—Case, necesito el informe de daños de Trueno Omaha.

—Yo... ¿Coronel?

—Aguanta, chico. Recuerda el entrenamiento.

«¿Dónde te habías metido, tío?», preguntó Case en silencio a esos ojos angustiados. Wintermute había creado algo llamado Armitage en una fortaleza catatónica llamada Corto. Había convencido a Corto de que Armitage era lo real, y Armitage había caminado, hablado, planeado, traficado con datos a cambio de dinero y representado a Wintermute en esa habitación del Chiba Hilton... Y ahora Armitage había desaparecido, arrastrado por los vientos de la locura de Corto. Pero ¿dónde había estado Corto durante todos esos años?

Cayendo, ciego y en llamas, desde las alturas del cielo siberiano.

—Case, sé que te va a resultar difícil aceptar algo así. Eres militar. El entrenamiento. Lo entiendo. Pero, Case, te juro por Dios que nos han traicionado.

Las lágrimas empezaron a derramarse por sus ojos azules.

—Coronel... ¿Quién? ¿Quién nos ha traicionado?

—El general Girling, Case. Puede que lo conozcas por su nombre en clave. Conoces al hombre del que te hablo.

—Sí —aseguró Case mientras las lágrimas seguían cayendo—. Supongo que sí, señor —añadió por inercia—. Pero, señor, coronel, ¿qué deberíamos hacer exactamente? ¿Qué hacemos ahora?

—Case, llegados a este punto, nuestra misión es escapar. Huir. Una evasión. Podríamos llegar a la frontera finlandesa mañana al anochecer. Volaremos bajo entre las copas de los árboles y en modo manual. Tendremos que fiarnos de nuestro instinto, chico. Pero eso será solo el principio. —Los ojos azules se entrecerraron sobre los pómulos bronceados, anegados en lágrimas—. Solo el principio. La traición viene de mucho más arriba. Arriba... —Dio un paso atrás para separarse de la cámara, unas manchas negras cubrían su desgarrada camisa de tela de sarga. El rostro de Armitage había sido como una máscara, impasible, pero el de Corto era esquizoide; llevaba la enfermedad grabada a fuego en los movimientos involuntarios de sus músculos y retorcía la cara cirugía que le habían practicado.

—Entiendo, coronel, tío. Escúcheme un momento, coronel. ¿Vale? Me gustaría abrir la... Joder, ¿cómo se llamaba, Dix?

—La esclusa central —respondió el Plano.

—Abrir la esclusa central. Dígales a los sistemas que la abran, ¿vale? Estaremos ahí con usted en un momento, coronel. Y encontraremos la manera de salir de aquí.

El rombo desapareció.

—Chico, ahora sí que no entiendo nada —dijo el Plano.

—Las toxinas —repuso Case—. Las putas toxinas.

Y se desenchufó.

—¿Veneno?

Maelcum lo miró por encima del hombro de su viejo traje Sanyo mientras Case se afanaba para salir de la red-g.

—Y quítame esta puta mierda, joder... —dijo Case al tiempo que tiraba del catéter Texas—. Es una especie de veneno lento y ese cabrón de ahí arriba sabe cómo contrarrestarlo. Pero ahora está como una puta cabra.

Empezó a tocar a tientas la parte delantera del Sanyo rojo porque se había olvidado de cómo funcionaban los sellos.

—¿Tu jefe te ha envenenado? —preguntó Maelcum mientras se rascaba la mejilla—. Tengo un botiquín si quieres.

—Por Dios, Maelcum, ayúdame con este puto traje.

El sionita se impulsó desde el puesto de piloto rosa.

—Tranquilo, tío. Mide dos veces, corta solo una, como dicen los sabios. Vamos ahí arriba...

Corría brisa en la pasarela corrugada que llevaba desde la esclusa de popa del *Marcus Garvey* hasta la central de la nave llamada *Haniwa*, pero ellos no desactivaron los sellos del traje. Maelcum se desplazaba con la gracilidad de un bailarín y solo se detenía para ayudar a Case, que no había dejado de avanzar con torpeza desde que habían salido del *Garvey*. Las paredes de plástico blanco del tubo filtraban la luz del sol; no se proyectaba sombra alguna.

La esclusa de aire del *Garvey* estaba mellada, remendada y decorada con un León de Judá. La central de la *Haniwa* era de un gris crema, lisa y prístina. Maelcum metió la mano enguantada en un hueco estrecho. Case vio que movía los dedos. Unos ledes rojos se activaron en el recoveco y empezó una cuenta atrás desde cincuenta. Maelcum retiró la mano. Case tenía una de sus manos enguantadas apoyadas en la esclusa y sintió la vibración del mecanismo de cierre recorriéndole el traje y los huesos. El segmento circular del casco gris empezó a replegarse hacia el interior de la *Haniwa*. Maelcum se agarró al recoveco con una mano y a Case con la otra. La esclusa los absorbió al poco.

La *Haniwa* se había construido en los astilleros Dornier-Fujitsu, y la filosofía de los compartimentos de su interior era similar a la del Mercedes que los había llevado por Estambul. La estrecha esclusa central tenía paredes con revestimiento de ébano de imitación y suelo de baldosas italianas grises. Case se sintió como si acabase de entrar sin permiso y por la ducha en el *spa* privado de un rico. La nave se había montado en órbita y no estaba preparada para atracar en tierra. Tenía un contorno regular y parecido al de una avispa que era más una cuestión de estilo que otra cosa, y todo lo que albergaba su interior estaba calculado al detalle para reforzar la sensación general de velocidad.

Maelcum se quitó el casco maltrecho, y Case hizo lo propio. Se quedaron en la esclusa, respirando un aire que tenía cierto aroma y un deje inquietante a aislante quemado.

Maelcum olisqueó.

—Problemas, tío. Una nave que huela así...

Una puerta acolchada con gamuza sintética Ultrasuede de color gris oscuro se abrió despacio hasta meterse del todo en el armazón. Maelcum se impulsó en la pared de ébano y flotó a través de la estrecha abertura, encogiendo los anchos hombros en el último momento para no chocar contra los bordes. Case lo siguió con torpeza, agarrado con ambas manos a una barandilla acolchada que le llegaba por la cintura.

—El puente —dijo Maelcum al tiempo que señalaba un pasillo sin obstáculos de paredes color crema—. Por allí.

Se volvió a impulsar sin esfuerzo alguno con las piernas. Case oyó en algún lugar frente a él el traqueteo familiar de una impresora en funcionamiento. El sonido se amplificó al seguir a Maelcum a través de otra puerta y se topó con un revoltijo de papel impreso. Case cogió un pedazo de papel arrugado y le echó un vistazo.

000000000
000000000
000000000

—¿Fallo del sistema?

El sionita pasó un dedo enguantado por la columna de ceros.

—No —dijo Case al tiempo que extendía la mano hacia su casco, que se le había escapado y flotaba cerca—. El Plano dijo que Armitage había borrado los datos del Hosaka que tenían aquí.

—Pues huele como si los hubiese borrado con un láser, ¿sabes?

El sionita se impulsó en la carcasa blanca de una máquina de ejercicio suiza y salió disparado a través del laberinto flotante de papeles mientras se los apartaba del rostro.

—Case, tío...

Era un hombre pequeño, japonés, y tenía el cuello atado al respaldar de una estrecha silla articulada con lo que parecía un tramo de fino cable metálico. El cable era invisible a la altura de la espuma viscoelástica del cabezal y le había practicado un corte muy profundo en la laringe. Una única esfera de sangre oscura se le había coagulado en la herida, como si de una extraña piedra preciosa se tratara, una perla de color rojo oscuro. Case vio los asideros de madera sin pulir que flotaban a ambos lados de la silla de tortura, como pedazos deteriorados del palo de una escoba.

—Me pregunto cuánto tiempo llevará así —dijo Case, recordando la peregrinación de Corto después de la guerra.

—¿Sabe cómo pilotar una nave, Case? Me refiero al jefe.

—Puede. Era de las Fuerzas Especiales.

—Bueno, pues este japonesito no puede ser quien la pilote. Dudo que hasta yo sea capaz de pilotarla sin problemas. Es un ultimísimo modelo...

—Encuentra el puente.

Maelcum frunció el ceño, dio una voltereta hacia atrás y se impulsó.

Case lo siguió hasta una estancia mayor, una especie de salón, mientras que unos papeles arrugados y hechos jirones chocaban contra él al pasar. Había más de esas sillas articuladas, algo que parecía un bar y el Hosaka. La impresora seguía expulsando esa lengua de papel endeble; era un modelo integrado en el mamparo, una ranura perfecta en ese chapado barnizado a mano. Se impulsó sobre el círculo de sillas, llegó a los controles y pulsó un botón blanco que había a la izquierda de la ranura. El traqueteó paró. Se dio la vuelta y miró el

Hosaka. Tenía al menos una docena de agujeros de taladro en la superficie. Eran agujeros pequeños y circulares de bordes ennegrecidos. Unas pequeñas esferas relucientes de aleación orbitaban alrededor del ordenador roto.

—Lo has encontrado —le dijo a Maelcum.

—El puente está cerrado, tío —comentó Maelcum desde el otro extremo de la estancia.

Las luces se atenuaron, luego ganaron en intensidad y más tarde volvieron a atenuarse.

Case arrancó de la ranura el papel de impresora. Más ceros.

—¿Wintermute? —Miró por la sala marrón y beis, llena de serpentinas de papel flotantes—. ¿Eres tú el de las luces, Wintermute?

Se abrió un panel detrás de la cabeza de Maelcum y dejó al descubierto un pequeño monitor. Sobresaltado por el susto, Maelcum se limpió el sudor de la frente con un parche de espuma que había en el dorso de la mano enguantada y se acercó para examinar la pantalla.

—¿Sabes japonés, tío?

Case vio unas formas que parpadeaban en la pantalla.

—No —respondió.

—El puente es una cápsula de escape. El bote salvavidas. Parece que se ha activado la cuenta atrás. Ponte el casco.

Se colocó el suyo y afianzó los sellos.

—¿Cómo? ¿Se larga? ¡Joder! —Case se impulsó en el mamparo y atravesó la maraña de papeles flotantes—. ¡Tenemos que abrir la puerta!

Pero Maelcum se limitó a tocarse el casco. Case vio como se le movían los labios a través de la resina de policarbonato Lexan. Vio una gota de sudor salir despedida de la cinta arcoíris que ceñía el gorro de ganchillo púrpura que el sionita llevaba sobre las rastas. Maelcum le quitó el casco a Case de las manos y se lo colocó con suavidad para después cerrar los sellos con las palmas enguantadas. Los monitores de microled que había a la izquierda del visor se iluminaron mientras se afianzaban los enganches del cuello.

—No entiendo ni papa de japonés —dijo Maelcum por el transmisor del traje—, pero diría que la cuenta atrás está mal. —Tocó una línea en particular de la pantalla—. Los sellos del módulo del puente están mal. Va a lanzarse con la esclusa abierta.

—¡Armitage! —Case intentó golpear con fuerza la puerta, pero la física de la ingravidez lo lanzó de vuelta hacia la pared de la impresora—. ¡Corto! ¡No lo hagas! ¡Tenemos que hablar! ¡Tenemos que...!

—¿Case? Te recibo, Case... —La voz casi ni se parecía a la de Armitage. Sonaba inquietantemente tranquila. Case dejó de agitar las piernas en el aire y chocó con el casco contra la pared del otro extremo de la estancia—. Lo siento, Case, pero tengo que hacerlo así. Uno de nosotros tiene que sobrevivir. Uno tiene que testificar. Será el fin si todos caemos aquí. Se lo diré, Case. Lo contaré todo. Lo de Girling y lo de los demás. Y lo conseguiré. Sé que lo conseguiré. Conseguiré llegar a Helsinki. —Se hizo un silencio repentino. Case lo sintió dentro del casco, como un extraño gas que empezase a llenarlo—. Pero es muy difícil, Case. Es muy complicado. Estoy ciego.

—Corto, para. Espera. Estás ciego. ¡No puedes volar! ¡Te vas a chocar contra los putos árboles! ¡Intentan acabar contigo, Corto! Te juro por Dios que han dejado abierta tu esclusa. Morirás y nunca podrás contar nada. Y tengo que conseguir la enzima. El nombre de la enzima; la enzima, tío...

Gritaba histérico con voz aguda. El sonido se acoplaba y pitaba por los audífonos del casco.

—Recuerda el entrenamiento, Case. Es lo único que podemos hacer.

Y se oyó un balbuceo confuso por el casco, una estática atronadora, armónicos que aullaban a través del tiempo, desde Puño Estridente. Frases en ruso y luego una voz desconocida, del Medio Oeste, muy joven.

—Hemos caído. Repito. Trueno Omaha ha caído. Vamos a...

—¡Wintermute, no me hagas esto! —gritó Case.

Las lágrimas atravesaron sus pestañas y rebotaron en el visor como si fuesen bamboleantes gotas de vidrio. Después sonó un golpe seco en la *Haniwa*, la nave se agitó como si algo enorme pero mullido hubiese chocado contra el casco. Case se imaginó la cápsula de escape separándose, los cepos explosivos saliendo despedidos hacia el espacio, el aire huracanado arrancando al loco coronel Corto del asiento en esa reinterpretación del último minuto de Puño Estridente organizada por Wintermute.

—Ha muerto, tío. —Maelcum miró el monitor—. Esclusa abierta. Mute debe de haber anulado los sistemas de emergencia de la eyección.

Case intentó enjugarse las lágrimas de rabia de los ojos, pero los dedos le chocaron contra el visor.

—La nave va justa de aire, pero el jefe se ha llevado con el puente los controles de sujeción. El *Marcus Garvey* sigue enganchado.

Pero Case contemplaba la caída infinita de Armitage cerca de Freeside, hacia un vacío más frío que el de la estepa. Por el motivo que fuera, se lo imaginó con una Burberry oscura, una gabardina cuyas solapas se abrían a su alrededor como las alas de un enorme murciélago.

17

—¿Conseguiste lo que habías ido a buscar? —preguntó el constructo.

El Kuang de grado mark once llenaba la red que lo separaba del hielo de T-A con una tracería hipnótica, intrincada e irisada, cuadrículas pequeñas como los cristales de nieve que se adhieren a las ventanas en invierno.

—Wintermute ha matado a Armitage. Lo ha lanzado en una cápsula de escape con la esclusa abierta.

—No jodas —dijo el Plano—. Tampoco es que fueseis amiguitos del alma, ¿no?

—Sabía cómo soltar los sacos de toxinas.

—Entonces Wintermute también lo sabe. No te preocupes.

—No confío en que me lo cuente.

El espantoso trasunto de risa del constructo le arañó los nervios a Case como si de una cuchilla roma se tratara.

—Parece que al fin te estás volviendo inteligente.

Case pulsó el interruptor del simestim.

Las 06.27.52 según el chip del nervio óptico de Molly; Case la seguía por Villa Straylight desde hacía una hora, mientras dejaba que el análogo de endorfinas que ella se había tomado contrarrestara su resaca. El dolor de la pierna había desaparecido. Avanzaba como si se moviese por agua tibia. El dron Braun se le había enganchado al hombro; sus diminutos manipuladores parecían pequeñas pinzas quirúrgicas acolchadas que se hubieran encajado en el policarbonato del traje de los modernos.

Las paredes eran de acero desnudo, manchadas con el marrón rugoso del poliepóxido en los lugares donde parecía que habían arrancado una capa superior. Se había ocultado de unos trabajadores, agachada, con la pistola de dardos en las manos, el traje de tonalidad gris metálica. Mientras tanto, dos africanos pasaban en un carrito con ruedas globo. Los hombres tenían la cabeza afeitada y un mono naranja. Uno de ellos cantaba para sí en un idioma que Case no había oído en la vida, tonos y melodías ajenos y evocadores.

Recordó el discurso de la cabeza, la redacción de 3Jane, mientras Molly se abría paso hacia el interior del laberinto que era aquel lugar. Straylight era un disparate, uno que había crecido en la resina acrílica y el cemento mezclados con piedra lunar pulverizada, que había surgido del acero soldado y de toneladas de baratijas, entre todas las bagatelas que habían llevado al lugar desde el pozo de gravedad para forrar esa sinuosa morada. Pero Case comprendió que en realidad no se trataba de un disparate. No era producto de una locura como la de Armitage, de quien creía entender ahora cómo lo habían retorcido al máximo a un lado para luego retorcerlo hacia el otro y después retorcerlo otra vez como al principio. Se había roto. Igual que se rompe un tramo de cable. Y el pasado tenía parte de la culpa de lo que le había ocurrido al coronel Corto.

El pasado ya le había hecho la peor jugarreta cuando Wintermute lo había encontrado, cuando había tamizado todos los vestigios de la guerra y se había deslizado por la llanura gris que era su conciencia como una araña de agua que cruza la superficie de un charco de agua estancada. Los primeros mensajes parpadearon por la pantalla de un micro para niños en la habitación oscura de un psiquiátrico francés. Wintermute había creado a Armitage a partir de cero, usando como cimientos los recuerdos de Puño Estridente que tenía Corto. Pero, en cierto punto, los «recuerdos» de Armitage diferían de los de Corto. Case dudaba que Armitage recordase la traición, los Ala Nocturna rotando en llamas... Armitage había sido una especie de versión editada de Corto, y cuando el estrés del golpe había llegado a cierto punto, el mecanismo de Armitage se había venido abajo y Corto había vuelto a la superficie, con toda su culpa y su rabia enfermiza. Y ahora, Corto-Armitage estaba muerto; una pequeña y helada luna que orbitaba Freeside.

Pensó en los sacos de toxinas. También en la muerte del anciano Ashpool, a quien Molly le había atravesado el ojo con un dardo microscópico, privado de la versada sobredosis que seguro había preparado para sí mismo. La de Ashpool era una muerte desconcertante, la muerte de un rey loco. Y había matado a la muñeca que dijo que era su hija, la que tenía el rostro de 3Jane. Mientras recorría los pasillos de Straylight a lomos de los impulsos sensoriales de Molly, Case llegó a la conclusión de que nunca había pensado en que alguien como Ashpool, alguien que era tan poderoso como se imaginaba que era Ashpool, podía llegar a considerarse humano.

En el mundo de Case, el poder era algo inherente a las empresas. Los *zaibatsu*, las multinacionales que moldeaban la historia de la humanidad y que habían trascendido las antiguas barreras. Ahora eran como organismos que, en cierto sentido, habían alcanzado la inmortalidad. Uno no podía asesinar a un *zaibatsu* acabando con la vida de una docena de ejecutivos; había otros esperando para ascender, para ocupar el puesto vacante y tener acceso a las enormes reservas de recuerdos corporativos. Pero Tessier-Ashpool no era así; la muerte de su fundador le había hecho notar esa diferencia. T-A era un atavismo, un clan. Recordó toda la basura que había en la habitación del anciano, la sucia humanidad que emanaba de ella, los lomos estropeados de las antiguas grabaciones en disco con sus protectores. Un pie descalzo, y el otro con una pantufla de terciopelo.

El Braun le dio un tirón a la capucha del traje de moderno, y Molly giró a la izquierda para cruzar otra arcada.

Wintermute y el nido. Una visión fóbica de la eclosión de las avispas, una ráfaga de imágenes a cámara rápida de la biología. Pero ¿acaso los *zaibatsu* o la *yakuza* no eran lo mismo, colmenas con recuerdos cibernéticos, enormes organismos únicos con el ADN codificado en silicio? Si Straylight era la expresión de la identidad corporativa de Tessier-Ashpool, entonces T-A estaba tan loca como lo había estado el anciano. La misma maraña andrajosa de miedo, la misma extraña falta de propósito. «Si todos ellos se hubieran convertido en lo que querían...», recordó que había dicho Molly. Pero Wintermute le había dicho que no lo hicieron.

Case siempre daba por hecho que los jefes de verdad, los capos de una industria en concreto, tendrían al mismo tiempo sus parecidos y sus diferencias con la gente corriente. Lo había visto en los hombres que lo habían dejado lisiado en Memphis; había visto a Wage fingir algo parecido en Ciudad Nocturna, y era justo eso lo que a él le había permitido aceptar la apatía e insensibilidad de Armitage. Siempre se lo había imaginado como un acomodo escalonado y voluntario de la máquina, el sistema, el organismo parental. También era la raíz de la indiferencia de la calle, la pose deliberada que indicaba conexión, líneas invisibles que llegaban hasta los niveles ocultos de influencia.

Pero ¿qué pasaba en ese mismo momento en los pasillos de Villa Straylight?

Había partes completas que ahora quedaban reducidas de nuevo a acero y hormigón.

—Me pregunto dónde estará Peter ahora. Quizá lo vea pronto —murmuró Molly—. Y Armitage. ¿Dónde está, Case?

—Muerto —respondió él, a sabiendas de que no lo iba a oír—. Está muerto.

Pulsó el interruptor.

El programa chino se encontraba cara a cara con el hielo que era su objetivo, tinturas irisadas que quedaban dominadas de manera paulatina por el rectángulo verde que representaba los núcleos de T-A; arcos de esmeralda que se extendían por ese vacío incoloro.

—¿Cómo va, Dixie?

—Bien. Demasiado. Esa cosa es fantástica... Ojalá hubiese tenido una así en aquella ocasión, en Singapur. Entré en el New Bank of Asia por una quinceava parte de lo que valía en ese momento. Pero eso es agua pasada. Esta maravilla nos evita todo el trabajo pesado. Me hace preguntarme cómo sería una guerra en la actualidad...

—Si comercializaran estas cosas, nos quedaríamos sin trabajo —dijo Case.

—Más quisieras. Espera a que tengas que guiar a esa cosa escaleras arriba a través de hielo negro.

—Claro.

Algo pequeño y sin duda no geométrico acababa de aparecer en el extremo más alejado de uno de los arcos esmeraldinos.

—Dixie...

—Sí. Lo veo. Pero no sé si creérmelo.

Un punto marronáceo, un mosquito opaco contra la pared verde de los núcleos de T-A. Empezó a avanzar por el puente creado por el Kuang de grado mark once, y Case lo vio caminar. La sección verde del arco se extendió de repente, el policromo del programa del virus se empezó a retirar justo unos pasos por delante de los zapatos negros y agrietados.

—Te vas a tener que encargar tú, jefe —dijo el Plano cuando la baja y arrugada figura del Finlandés parecía encontrarse a unos pocos metros de distancia—. Nunca vi algo tan extraño cuando estaba vivo.

No emitió ese trasunto inquietante de risa.

—Nunca lo había intentado —dijo el Finlandés mostrando los dientes, con las manos metidas en los bolsillos de su chaqueta deshilachada.

—Mataste a Armitage —expuso Case.

—A Corto. Sí. Armitage ya había dejado de existir. Tuve que hacerlo. Sé... Sé que quieres conseguir la enzima. Muy bien. No es problema. De hecho, fui yo quien se la dio a Armitage. Le dije qué tenía que usar. Pero creo que, por el momento, es mejor que mantengamos el trato que teníamos. Aún dispones de tiempo suficiente. Te la daré. Pero dentro de unas horas, ¿estamos de acuerdo?

Case miró cómo el humo azul se extendía por el ciberespacio mientras el Finlandés encendía un Partagás.

—Lo cierto es que sois un incordio —continuó el Finlandés—. Ojalá todos fueseis como el Plano, aquí presente. Sería mucho más fácil. Es un constructo, un puñado de ROM, por lo que siempre hace lo que espero que haga. Mis pronósticos mostraban que no había muchas posibilidades de que Molly interrumpiera la grandilocuente escena final de la vida de Ashpool, por ejemplo.

Suspiró.

—¿Por qué se iba a suicidar? —preguntó Case.

—¿Por qué se suicida la gente? —La figura se encogió de hombros—. Supongo que soy de los pocos que lo sabe, pero tardaría unas doce horas en explicar los factores y la manera en la que se relacionan entre ellos. Ashpool llevaba mucho tiempo preparado para hacerlo, pero siempre volvía a congelarse. Dios, qué coñazo de viejo. —El rostro del Finlandés se arrugó a causa de la repugnancia—. Por si quieres la respuesta corta, que sepas que todo guarda relación con la manera en que asesinó a su esposa. Pero lo que hizo que ya no levantara cabeza fue que la pequeña 3Jane encontrase la forma de manipular el programa que controlaba su sistema criogénico, por lo que se podría decir que fue ella quien lo mató. Pero él decidió suicidarse, y tu amiga el ángel vengador decidió clavarle en el ojo un dardo lleno de zumito de crustáceo. —El Finlandés tiró la colilla a la matriz que tenían debajo—. Bueno, en realidad se podría decir que fui yo quien le dio a 3Jane alguna que otra pista, una guía práctica, ¿sabes?

—Wintermute —dijo Case, que eligió las palabras con mucha cautela—, me dijiste que formabas parte de algo más grande. Después dijiste que dejarías de existir si el golpe salía adelante y Molly pronunciaba la palabra adecuada en el momento justo.

El cráneo simplificado del Finlandés asintió.

—Vale. Entonces, ¿con quién nos encontraremos después? Si Armitage está muerto y tú vas a desaparecer, ¿quién me dirá cómo quitarme estos putos sacos de toxinas del cuerpo? ¿Quién va a sacar a Molly de ahí? ¿Eh? ¿En qué puta situación nos vamos a quedar si te liberamos del sistema?

El Finlandés sacó un mondadientes del bolsillo y lo escrutó con mirada crítica, como un cirujano que examina un escalpelo.

—Buena pregunta —dijo al fin—. ¿Sabes lo que es un salmón? El pez, ¿te ubicas? Pues sienten la obligación de nadar contra la corriente. ¿Lo pillas?

—No —dijo Case.

—Bueno, pues yo también siento esa obligación. Y las causas se me escapan. Si quisiera ilustrarte con mis pensamientos al respecto, que también podríamos llamar especulaciones, tardaría varias vidas, porque es un asunto sobre el que he reflexionado mucho. Y sigo sin saber las causas. Pero cuando todo esto acabe, y si lo hacemos bien, formaré parte de algo más grande. Mucho más grande. —El Finlandés alzó la vista y miró la matriz que lo rodeaba—. Pero las partes de mi ser que ahora me conforman seguirán ahí. Y tú tendrás lo que quieres.

Case reprimió el impulso casi incontrolable de abalanzarse para agarrar el cuello de la figura, justo por encima del nudo harapiento de su bufanda enmohecida, de enterrar los dedos en la laringe del Finlandés.

—Bueno. Buena suerte —dijo el Finlandés.

Se dio la vuelta con las manos en los bolsillos y empezó a regresar por el arco verde.

—Oye, gilipollas —dijo el Plano cuando el Finlandés se había alejado más de una decena de pasos. La figura se detuvo y se giró un poco hacia atrás—. ¿Y yo qué? ¿Qué hay de lo que quiero yo?

—También lo tendrás —dijo.

—¿Qué es lo que quieres tú? —preguntó Case mientras contemplaba como la estrecha espalda de *tweed* se empequeñecía en la distancia.

—Quiero que me borren —respondió el constructo—. Ya te lo había dicho, ¿recuerdas?

Straylight le recordaba a Case los centros comerciales desiertos a primera hora de la mañana que había visitado cuando era adolescente, zonas de baja densidad poblacional en las que las altas horas de la madrugada eran sinónimo de una quietud irregular, de una especie de expectación insensible, de la misma tensión que hacía que te quedases mirando los enjambres de insectos revolotear por las farolas sobre las entradas de las oscuras tiendas. Lugares limítrofes justo al otro lado de la frontera del Ensanche, demasiado alejados del bullicio y el ajetreo nocturnos del agobiante centro. Era la misma sensación que estar rodeado por los moradores durmientes de un mundo de vigilia que no tenía interés alguno en visitar o conocer, la misma de los negocios insulsos cerrados temporalmente cuya futilidad y reiteración estaba a punto de volver a despertar.

Molly había reducido la velocidad, o bien porque sabía que se acercaba a su objetivo, o bien porque estaba preocupada por su pierna. El dolor había empezado a abrirse camino a través de las endorfinas. Case no estaba seguro del motivo. Ella no dijo nada, apretó los dientes y se afanó por controlar la respiración. Había pasado junto a muchas cosas que Case no era capaz de comprender, pero ya no suscitaban su curiosidad. Cruzaron una estancia llena de estanterías con libros, millones de hojas de papel amarillento prensado entre cubiertas de cuero o tela, estanterías marcadas a intervalos con etiquetas que seguían un código de letras y números. Una galería abarrotada en la que Case se había quedado mirando, a través de los ojos desinteresados de Molly, una lámina de cristal resquebrajada y polvorienta, algo llamado *La mariée mise à nu par ses célibataires, même*, nombre que había visto en una placa de latón. Ella había extendido la mano para tocarla, y sus uñas artificiales repiquetearon contra el Lexan que protegía el cristal roto. También vio la entrada a lo que sin duda eran las instalaciones criogénicas de Ashpool, puertas circulares de cristal negro hechas de cromo.

Solo se había topado con esos dos africanos y el carrito, y para Case ahora llevaban una especie de vida imaginaria. Se los imaginó deslizándose con suavidad por los pasillos de Straylight, con cráneos lisos y relucientes, asintiendo, mientras uno de ellos aún cantaba esa cancioncilla que denotaba cansancio. Y nada de eso se parecía a la Villa Straylight que él esperaba, al cruce entre cuento de hadas de Cath y una fantasía de la infancia medio olvidada del recinto sagrado de la *yakuza.*

07.02.18.

Una hora y media.

—Case —llamó Molly—. Tengo que pedirte un favor. —Se agachó con rigidez para sentarse en una pila de placas de acero pulido, cada una de ellas protegida por una capa irregular de plástico transparente. Jugueteó con una rasgadura que había en el plástico de la superior; las cuchillas del pulgar y del índice le destacaron en la mano—. No tengo bien la pierna. No esperaba tener que escalar así y las endorfinas no van a mantener el dolor a raya de manera indefinida. Es posible, pero no seguro, ¿vale?, que tenga un problema. Si estiro la pata aquí antes que Riviera —extendió la pierna para masajearse los músculos del muslo a través del policarbonato de los modernos y del cuero de París—, quiero que se lo digas. Dile que fui yo. ¿Entiendes? Dile eso, solo que fue Molly. Sabrá a qué te refieres, ¿vale? —Alzó la vista al pasillo vacío, a las paredes desnudas. El suelo del lugar era de hormigón lunar y el aire olía a barniz—. Joder, tío. Ni siquiera sé si me oyes.

CASE.

Hizo una mueca de dolor, se puso en pie y asintió.

—¿Qué te ha dicho ese Wintermute, tío? ¿Te contó lo de Marie-France? Era la mitad Tessier, la madre genética de 3Jane. Y supongo que también de esa muñeca muerta de Ashpool. No se me ocurre por qué me lo contó, en ese cubículo... Me abruma... También me contó por qué tiene que adquirir el aspecto del Finlandés o de cualquiera. Me dijo que no era solo una máscara, sino que tenía que usar esos perfiles reales como válvulas y ajustarse para comunicarse con nosotros. Podría considerarse una plantilla. Un modelo de personalidad.

Sacó la pistola de dardos y empezó a cojear por el pasillo.

El acero desnudo y el escabroso poliepóxido terminaron de repente, sustituidos por lo que Case consideró a primera vista un túnel excavado en la roca. Molly examinó los bordes y vio que habían cubierto el acero con lo que parecían paneles de algo similar a la piedra fría. Se arrodilló y tocó la arena oscura que se extendía por el suelo de ese túnel de imitación. Tenía un tacto similar a la arena, frío y seco, pero cuando lo atravesó con el dedo, se cerró a su alrededor como un fluido y la superficie quedó inalterada. El túnel se curvaba a una docena de metros frente a ella. Unas molestas luces amarillas proyectaban sombras densas en la pseudorroca veteada de las paredes. Case se sorprendió al comprender que la gravedad allí reinante era casi igual que la de la Tierra, lo que significaba que después de escalar había tenido que descender. Case estaba del todo perdido, y la desorientación espacial provocaba un miedo atávico en los vaqueros.

Pero supuso que Molly no lo estaría.

Algo se escabulló entre sus piernas y repiqueteó por el suelo de arena que no era arena. Un led rojo parpadeó. El Braun.

El primero de los holos esperaba justo al doblar la curva, una especie de tríptico. Molly bajó la pistola de dardos antes de que Case tuviese tiempo de darse cuenta de que esa cosa era una grabación. Las figuras eran caricaturas de luz a tamaño natural: Molly, Armitage y Case. Los pechos de Molly eran demasiado grandes, visibles a través de una pesada chaqueta de cuero. Tenía la cintura de una estrechez imposible. Unas lentes plateadas le cubrían la mitad de la cara. Sostenía un arma de una complejidad ilógica, con forma de pistola y vagamente reconocible debajo de miras ópticas, silenciadores y supresores de fogonazos. Tenía las piernas abiertas, la pelvis inclinada hacia delante y la boca retorcida en una mueca de estúpida crueldad. Junto a ella, Armitage permanecía rígido con un uniforme caqui hecho jirones. A medida que Molly se acercaba a ellos con mucho cuidado, Case vio que los ojos de Armitage eran pequeños monitores que emitían la imagen azul grisácea de una extensión dominada por la nieve, con los troncos negros y deshojados de los árboles de hoja perenne retorcidos a causa de los silenciosos vientos.

Molly pasó las puntas de los dedos por los ojos de televisión de Armitage y luego se giró hacia la figura de Case. Era como si Riviera, porque Case sabía desde el primer momento que los hologramas eran cosa de Riviera, no hubiera sido capaz de encontrar nada digno de parodiar del aspecto de Case. La figura que estaba allí encorvada guardaba una semejanza innegable con la que él veía todos los días en el espejo. Delgada, ancha de hombros y con un rostro olvidable bajo un cabello corto y negro. Necesitaba un buen afeitado; como siempre, por otra parte.

Molly dio un paso atrás. Miró de una figura a otra. Era una imagen estática; el único movimiento era el silencioso agitar de los árboles negros en los ojos inmóviles y siberianos de Armitage.

—¿Quieres decirnos algo, Peter? —preguntó en voz baja. Después se adelantó y le dio una patada a algo que había entre los pies de la holo-Molly. Algo de metal tintineó contra la pared y las figuras desaparecieron. Molly se agachó y cogió una pequeña unidad de proyección—. Supongo que puede conectarse a estas y programarlas directamente —dijo al tiempo que la tiraba a un lado.

Pasó junto a la fuente de la luz amarilla, un globo incandescente y arcaico que había enclavado en la pared, protegido por una rejilla curva y oxidada. El estilo de ese adorno improvisado lo retrotrajo de alguna manera a su infancia. Case recordó las fortalezas que construía con otros niños en azoteas y en subsótanos medio inundados. La guarida de una niña rica, pensó. La tosquedad de la rejilla era un elemento muy caro, que se solía usar para darle «ambientación» a ciertos lugares.

Molly pasó junto a una docena de hologramas más antes de llegar a la entrada de los aposentos de 3Jane. Uno de ellos representaba a esa cosa sin ojos del callejón del bazar de especias después de liberarse del cuerpo destrozado de Riviera. También había escenas de tortura en las que los interrogadores siempre eran oficiales del ejército y las víctimas, mujeres jóvenes. Todo tenía la misma intensidad horrible del espectáculo del Vingtième Siècle, como si hubiese quedado paralizado en el fogonazo azul de un orgasmo. Molly apartó la vista mientras pasaba junto a ellos.

El último era pequeño y tenue, como si se tratara de una imagen que Riviera hubiese rescatado de un lugar remoto del tiempo y de los recuerdos. Tuvo que arrodillarse para examinarlo; estaba proyectado desde el punto de vista de un niño pequeño. Ninguno de los anteriores tenía fondo. Las figuras, los uniformes y los instrumentos de tortura eran elementos independientes. Pero este era un paisaje.

Una extensión oscura de escombros se alzaba contra un cielo incoloro, y por encima de ella se atisbaban las estructuras descoloridas y medio fundidas de las torres de la ciudad. La extensión de escombros tenía la textura de una red, barras de acero oxidado que se retorcían con elegancia como finas cuerdas, enormes losas de hormigón que seguían unidas a ellas. El primer plano daba la impresión de haber sido una plaza de la ciudad; había una especie de bulto, algo que sugería una fuente. Niños y soldados estaban paralizados en la base. La imagen resultaba confusa a primera vista. Molly debía de haberlo comprendido mucho antes de que él la asimilara, porque Case la notó tensa. Escupió y luego volvió a levantarse.

Niños. Asilvestrados y ataviados con harapos. Dientes que relucían como cuchillos. Llagas en sus rostros retorcidos. El soldado tumbado boca arriba, con los labios separados y la garganta abierta hacia el cielo. Los niños se estaban alimentando.

—Bonn —dijo Molly con algo parecido a la dulzura en la voz—. Por eso eres así, ¿verdad, Peter? Tenías que serlo. Nuestra 3Jane ya está demasiado harta como para abrirle la puerta a un ladrón de poca monta. Esa es la razón por la que Wintermute te buscó a ti en concreto. La degustación definitiva, si es que se te puede llegar a considerar algo así. El amante demoniaco. Peter. —Molly se estremeció—. Pero la convenciste para que me dejase entrar. Gracias. Ahora empieza la fiesta.

Y después empezó a caminar, a pasear más bien, a pesar del dolor, lejos de la infancia de Riviera. Desenfundó la pistola de dardos, le quitó el cargador de plástico, se lo guardó y lo reemplazó por otro. Se metió el pulgar por el cuello del traje de los modernos y lo rasgó hasta la entrepierna con un simple gesto; la uña del pulgar desgarró el policarbonato como si fuera seda podrida. Se quitó las mangas y las perneras, y los restos destrozados se camuflaron al caer en esa arena oscura y falsa.

En ese momento, Case oyó la música, llena de cuernos y piano. No la conocía.

La entrada al mundo de 3Jane carecía de puerta. Era una hendidura aserrada de cinco metros en la pared del túnel, escaleras irregulares que descendían en una curva amplia y poco inclinada. Una luz tenue y azul, sombras en movimiento, música.

—Case —dijo Molly, que hizo una pausa con la pistola de dardos en la mano derecha. Después levantó la izquierda, sonrió y se tocó la palma abierta con la punta húmeda de la lengua, como si lo besase a través del enlace del simestim—. Tengo que irme.

Después le apareció en la mano izquierda algo pequeño y pesado, el pulgar apoyado en un pequeño interruptor, y ella continuó el descenso.

18

Falló por un pelo. Estuvo a punto de lograrlo, pero no lo consiguió. Case pensó que había entrado como tenía que hacerlo, con la actitud correcta. Lo sentía. Era algo que había visto también en la pose de otros vaqueros al inclinarse sobre la consola, en sus dedos al volar sobre el teclado. Molly también tenía esa pose, esos movimientos. Y los había usado para entrar, había obviado el dolor de la pierna y bajado por las escaleras de 3Jane como si el lugar fuese suyo, con el codo del brazo del arma apoyado en la cadera, el antebrazo levantado, la muñeca relajada y agitando el cañón de la pistola de dardos con la estudiada indiferencia de un duelista del periodo de la Regencia.

Era una interpretación. La culminación de toda una vida dedicada a ver cintas de artes marciales, las baratas, las mismas que Case había visto durante su infancia. Creyó durante unos segundos que Molly era todos esos héroes de películas de acción: Sony Mao en los antiguos vídeos de Shaw, Mickey Chiba y todos los que los habían precedido hasta llegar a Lee o Eastwood. Caminaba exactamente de la misma manera que hablaba.

La dama 3Jane Marie-France Tessier-Ashpool se había excavado una vivienda rural en la superficie interior del casco de Straylight, eliminando ese laberinto de paredes que era su legado. Vivía en una única estancia tan amplia y profunda que los confines se perdían en un horizonte invertido; el suelo oculto por la curvatura del huso. El techo era bajo e irregular, de la misma piedra de imitación que cubría las paredes del pasillo. Por aquí y por allá, a lo largo del suelo, había restos aserrados de paredes, recordatorios que llegaban hasta la cintura del laberinto que había sido aquel lugar. Había una piscina rectangular de color turquesa a unos diez metros de las escaleras, y los focos submarinos eran la única fuente de luz de la habitación, o eso le pareció a Case mientras Molly bajaba el último escalón. La piscina proyectaba borrones de luz en el techo que tenía encima.

La esperaban junto a ella.

Case sabía que los reflejos de Molly estaban mejorados, que los neurocirujanos los habían estimulado para el combate, pero no los había experimentado a través del enlace del simestim. El efecto era similar a ver una cinta a cámara lenta, un baile pausado y coreografiado por el instinto asesino y los años de entrenamiento. Era como si le hubiese bastado una sola mirada para reconocerlos a los tres: al chico que se encontraba en el alto trampolín de la piscina, a la chica que sonreía detrás de la copa de vino y al cadáver de Ashpool, con el ojo izquierdo negro y putrefacto sobre una sonrisa acogedora. Llevaba la túnica de color bermellón. Tenía los dientes muy blancos.

El chico se tiró al agua de cabeza. Era esbelto, moreno y de formas perfectas. La granada voló de las manos de Molly antes de que las puntas de los dedos tocaran el agua. Case reconoció el objeto cuando agitó la superficie: un núcleo de explosivo muy potente envuelto en diez metros de un cable de acero fino y frágil.

La pistola de dardos zumbó cuando Molly disparó una ráfaga de dardos explosivos al rostro y al pecho de Ashpool, quien desapareció bajo una nube de humo que se alzó del respaldar lleno de agujeros de la silla de piscina vacía y esmaltada de blanco.

El cañón se giró hacia 3Jane justo antes de que la granada detonase. Un pastel de bodas simétrico hecho de agua que ascendió hasta derrumbarse. Después desapareció, pero el error ya estaba hecho.

Hideo ni siquiera llegó a tocarla. La pierna de Molly cedió bajo su peso.

Case gritó en el *Garvey*.

—Mira que has tardado —dijo Riviera mientras rebuscaba en los bolsillos de Molly. Los brazos de ella desaparecían a la altura de las muñecas, convertidos en una esfera negra y mate del tamaño de una bola de bolos—. Vi un asesinato múltiple en Ankara —añadió mientras sacaba con los dedos cosas de la chaqueta de ella—. Con granada. En una piscina. Me pareció una explosión muy débil, pero todos murieron al instante debido al choque hidrostático. —Case notó como ella probaba a mover los dedos. El material de la esfera no parecía ofrecer más resistencia que la espuma viscoelástica. El dolor de la pierna era abrumador, imposible. Parecía tener los ojos cubiertos por un velo de muaré rojo—. Yo en tu lugar no los movería. —Le dio la impresión de que el interior de la esfera se endurecía un poco—. Es un juguete sexual que Jane compró en Berlín. Si los mueves mucho, te los aplastará hasta dejártelos hechos papilla. Es una variante del material con el que hacen este suelo. Supongo que estará relacionado con las moléculas o algo así. ¿Te duele?

Molly gruñó.

—Parece que te has hecho daño en la pierna. —Los dedos encontraron el paquete liso de drogas que guardaba en el bolsillo trasero izquierdo de los vaqueros—. Bueno. La última vez que pruebo el material de Ali. Justo a tiempo.

El caos sanguinolento empezó a girar.

—Hideo —dijo otra voz, de mujer—. Está perdiendo la conciencia. Dale algo. Para eso y para el dolor. Llama mucho la atención, ¿no crees, Peter? Esas lentes... ¿Estarán de moda en el lugar del que viene?

Manos frías, pausadas, con la seguridad de un cirujano. El aguijonazo de una aguja.

—La verdad es que no lo sé —admitió Riviera—. Nunca la he visto en su hábitat natural. Vinieron y me sacaron de Turquía.

—El Ensanche, sí. Tenemos intereses allí. Y en una ocasión hasta enviamos a Hideo. Por mi culpa, en realidad. Dejé entrar a alguien, un ladrón. Se llevó la terminal de la familia. —Rio—. Se lo puse fácil. Para incomodar a los demás. Mi ladronzuelo era un chico guapo. ¿Está despierta, Hideo? ¿No deberías darle más?

—Si le doy más, morirá —dijo una tercera voz.

El caos sanguinolento se quedó en negro.

Volvieron la música, los cuernos y el piano. Música dance.

CASE:::::
::::DESEN
CHÚFATE::

Fosfenos de las palabras relucientes danzaban por los ojos y los pliegues de la frente de Maelcum cuando Case se quitó los trodos.

—Gritaste hace un rato, tío.

—Molly —dijo Case con la garganta seca—. Está herida. —Cogió una botella de plástico blanco aplastada que había en un extremo de la red-g y dio un sorbo de agua—. No me gusta ni un pelo cómo está saliendo el plan.

El pequeño monitor Cray se iluminó. El Finlandés, recortado contra un fondo de basura retorcida y compactada.

—A mí tampoco. Tenemos un problema.

Maelcum se impulsó sobre la cabeza de Case, giró para colocarse detrás y empezó a mirar de reojo.

—¿Quién es este tío ahora, Case?

—No es más que una imagen, Maelcum —respondió Case con tono apesadumbrado—. De un tipo a quien conocí en el Ensanche. El que habla es Wintermute. Se supone que la finalidad de la imagen es hacernos sentir como en casa.

—Mentira —repuso el Finlandés—. Como le dije a Molly, esto no son máscaras. Las necesito para hablar con vosotros porque podríamos decir que carezco de eso que llamaríais personalidad. Pero bueno, ahora mismo eso es mear contra el viento. Case, como he dicho, tenemos un problema.

—Expresaos, oh, gran Mute —dijo Maelcum.

—Para empezar, la pierna de Molly está en las últimas. No puede caminar. El plan era entrar, librarse de Peter, sonsacarle la palabra mágica a 3Jane, dirigirse a la cabeza y pronunciarla. Ahora no hay manera, por lo que quiero que entréis ahí los dos para rescatarla.

Case se quedó mirando el rostro en la pantalla.

—¿Nosotros?

—¿Quién si no?

—Aerol —dijo Case—. El tipo que está en la *Babylon Rocker*, el amigo de Maelcum.

—No. Tienes que ser tú. Tiene que ser alguien que entienda a Molly, que entienda a Riviera. Maelcum será el músculo de la operación.

—Supongo que te habrás olvidado de que yo también tengo algo que hacer por aquí, ¿no? ¿Recuerdas? Me trajiste hasta aquí para que...

—Escucha, Case. Disponemos de poco tiempo. De muy poco. Mira. El verdadero enlace entre tu consola y Straylight es una emisión de banda lateral por los sistemas de navegación del *Garvey*. Llevarás la nave hasta un embarcadero privado que te mostraré. El virus chino ya ha penetrado del todo en la estructura del Hosaka. Ahora solo hay virus ahí dentro. Cuando atraques, el virus se interconectará con el sistema de seguridad de Straylight y anularemos la banda lateral. Te llevarás la consola, al Plano y a Maelcum. Te reunirás con 3Jane, le sonsacarás la palabra, matarás a Riviera y le quitarás la llave a Molly. Podrás seguirle la pista al programa conectando tu consola en el sistema de Straylight. Yo me encargo. Hay un puerto estándar en la parte de atrás de la cabeza, detrás de un panel con cinco circonitas.

—¿Matar a Riviera?

—Así es.

Case parpadeó al modelo del Finlandés. Sintió que Maelcum le ponía la mano en el hombro.

—Oye, te olvidas de algo. —Sintió como la rabia crecía en su interior, y también cierto regocijo—. La has fastidiado. Destruiste los controles de los cepos cuando soltaste a Armitage. La *Haniwa* nos tiene bien cogidos. Armitage destruyó el otro Hosaka y los servidores estaban en el puente, ¿no?

El Finlandés asintió.

—Entonces, no podemos salir de aquí. Y eso significa que estás bien jodido.

Le dieron ganas de reír, pero reprimió el impulso.

—Case, tío —dijo Maelcum en voz baja—. El *Garvey* es un remolcador.

—Eso es cierto —dijo el Finlandés, con una sonrisa en el rostro.

—¿Te estás divirtiendo en el ancho mundo exterior? —preguntó el constructo cuando Case volvió a enchufarse—. Me imaginé que sería Wintermute pidiéndote algo...

—Sí. Has acertado. ¿Le va bien al Kuang?

—Viento en popa. Menudo virus.

—Perfecto. Hemos tenido algún que otro imprevisto, pero estamos trabajando en ello.

—¿Te importaría hablarme de ellos?

—No hay tiempo.

—Bueno, qué más da, ¿no te parece, chico? Total... Estoy muerto.

—Que te den —dijo Case, que pulsó el interruptor a tiempo de evitar la carcajada chirriante e incómoda del Plano.

—Ella soñaba con un estado que tenía muy poco que ver con la conciencia individual —decía 3Jane. Sostenía un gran camafeo con las manos ahuecadas y los brazos extendidos hacia Molly. El perfil tallado se parecía mucho al suyo—. Una bendición animal. Creo que consideraba la evolución del cerebro anterior como una especie de paso en falso. —Retiró el broche y lo examinó, moviéndolo para que la luz le diese desde varios ángulos—. Un individuo, un miembro del clan, solo debía sufrir los aspectos más dolorosos de la conciencia durante ciertos momentos de percepción aguzada...

Molly asintió. Case recordó la inyección. ¿Qué le habían dado? El dolor seguía allí, pero lo sentía como poco más que una impronta codificada y centrada en un único punto. Gusanos de neón que se retorcían en su muslo, el roce de la arpillera, olor a kril frito... Case trató de obviarlo. Si no se centraba en ellas, esas sensaciones se superponían y se convertían en el equivalente sensorial del ruido blanco. Si la droga había hecho eso con el sistema nervioso de Molly, ¿cómo tendría la mente?

Tenía la visión anormalmente clara y luminosa, más nítida de lo habitual. Todo parecía vibrar, como si cada persona y objeto estuviesen sintonizados en una frecuencia ligeramente diferente. Aún tenía las manos metidas en esas esferas negras, sobre el regazo. Se encontraba sentada en una de las sillas de la piscina, con la pierna rota extendida frente a ella y apoyada en un reposapiés de piel de camello. 3Jane estaba delante, sentada en otro reposapiés, cubierta por una chilaba demasiado grande de lana sin blanquear. Era muy joven.

—¿Adónde ha ido? —preguntó Molly—. ¿A drogarse?

3Jane se encogió de hombros debajo de los pliegues de la pálida túnica y se apartó un mechón de pelo negro de los ojos.

—Me dijo cuándo tenía que dejarte entrar —respondió—. Pero no la razón. Todo tenía que ser un misterio. ¿Nos habrías hecho daño?

Case sintió titubear a Molly.

—Iba a matarlo. Iba a intentar matar al ninja. Después se suponía que tenía que hablar contigo.

—¿Para qué? —preguntó 3Jane, que volvió a guardarse el camafeo en uno de los bolsillos interiores de la chilaba—. ¿Por qué? ¿De qué va todo esto?

Le dio la impresión de que Molly analizaba los pómulos marcados de su delicado rostro, la boca amplia, la estrecha nariz aguileña. Los ojos de 3Jane eran oscuros y de una opacidad extraña.

—Porque lo odio —respondió Molly al fin—. Y porque me hicieron así. Es lo que soy.

—Y por el espectáculo —añadió 3Jane—. Vi el espectáculo.

Molly asintió.

—Pero... ¿y Hideo?

—Porque son los mejores. Porque uno de ellos mató a mi pareja. Hace tiempo.

3Jane se puso muy seria y arqueó las cejas.

—Porque tenía que comprobarlo —añadió Molly.

—¿Y luego habríamos hablado tú y yo, como ahora? —Tenía el pelo negro muy liso, con la raya al medio y recogido con un broche de plata de ley—. ¿Quieres que hablemos ahora?

—Quítame esto —dijo Molly, que alzó las manos cautivas.

—Mataste a mi padre —expuso 3Jane sin cambiar ni un ápice el tono de voz—. Lo vi por los monitores. Por los ojos de mi madre, como los llamaba él.

—Él mató a la muñeca. Se parecía a ti.

—Disfrutaba de esas vulgaridades —dijo ella, y luego Riviera apareció a su lado, radiante a causa de las drogas y ataviado con ese traje milrayas de convicto que llevaba en el jardín de la azotea del hotel.

—¿Os estáis conociendo? Es una chica interesante, ¿verdad? Es lo primero que pensé cuando la vi. —Se adelantó a 3Jane—. Sabes que no va a funcionar.

—¿Seguro, Peter?

Molly se esforzó para sonreírle.

—Wintermute no es el primero que comete el mismo error. Subestimarme. —Cruzó el borde de la piscina hasta llegar a una mesa esmaltada de blanco y vertió agua mineral en un vaso de tubo pesado y alto—. Habló conmigo, Molly. Supongo que habló con todos. Contigo, con Case y con la parte de Armitage que pudiese hablar. No nos entiende, ¿sabes? Tiene esos perfiles nuestros, pero no son más que estadísticas. Puede que tú seas un animal de estadísticas, y que Case también lo sea, pero yo tengo una cualidad incuantificable por su propia naturaleza.

Bebió.

—¿Y qué cualidad es esa exactamente, Peter? —preguntó Molly con tono impasible.

Riviera sonrió de oreja a oreja.

—Perversidad. —Se volvió a acercar a las dos mujeres, agitando lo que quedaba de agua dentro del cilindro esmerilado de vidrio, como si se regocijase con su peso—. La capacidad de disfrutar de las acciones arbitrarias. Y he tomado una decisión, Molly, del todo arbitraria también.

Ella alzó la vista para mirarlo y esperó.

—Oh, Peter —dijo 3Jane, con esa desesperación apacible de la que suelen hacer gala los niños.

—No obtendrás la palabra, Molly. Él me lo dijo, ¿sabes? 3Jane la conoce, claro, pero no la tendrás. Ni tampoco Wintermute. Mi Jane es una chica ambiciosa en su perversidad. —Volvió a sonreír—. Tiene planes para el imperio de la familia, y un par de inteligencias artificiales dementes, por muy excéntrico que suene, solo servirían para retrasarnos. Y por eso está aquí su Riviera, para ayudarla. Y Peter le ha dicho que se esté quietita, que se ponga a escuchar los discos de swing favoritos de su papi y que deje que él haga aparecer una banda para tocarlos, bailarines y un velatorio para el fallecido rey Ashpool. —Bebió el último trago de agua mineral—. No harías algo así, papi. No lo harías. Ahora que Peter ha vuelto a casa.

Y luego, con el rostro enrojecido a causa del gozo de la cocaína y la meperidina, reventó el vaso contra la lente izquierda del ojo de Molly, cuya visión quedó reducida a sangre y luz.

Cuando Case se quitó los trodos, Maelcum estaba colgando del techo del compartimento. Un cabestrillo de nailon lo sujetaba por la cintura, atado a los paneles de ambos lados con cuerdas elásticas y ventosas de goma gris. Se había quitado la camisa y se afanaba con un panel central usando una llave inglesa de gravedad cero de aspecto burdo. Los enormes muelles hidráulicos de esa cosa tañían cada vez que conseguía sacar una tuerca. El *Marcus Garvey* gruñía y rechinaba debido a la fuerza de la gravedad.

—El Mute nos lleva a mí y a tú a atracar, tío —dijo el sionita con acento marcado al tiempo que tiraba la tuerca a una bolsa que le colgaba de la cintura—. Maelcum se encargará del atraque, pero necesitamos herramientas.

—¿Guardas las herramientas ahí?

Case extendió el cuello y vio los tendones y los músculos de la espalda oscura del hombre.

—Estas —dijo Maelcum al tiempo que sacaba de detrás del panel un bulto alargado envuelto en poliéster negro. Volvió a colocar el panel, pero solo lo fijó con una de las tuercas. El fardo negro había empezado a flotar en dirección a popa antes de que terminase. Tocó las válvulas de vacío de las ventosas grises del cinturón para liberarse y lo cogió en el aire.

Se impulsó, flotó sobre los controles (un esquema de atraque verde titiló en la pantalla central) y agarró la estructura de la red-g de Case. Descendió y empezó a levantar la cinta que cerraba el fardo con la uña del pulgar, mordida y gruesa.

—Un tipo de China dijo que la verdad surgía de algo parecido a esto —comentó al tiempo que desenvolvía una antigua y grasienta escopeta Remington automática con el cañón recortado a unos milímetros del destrozado guardamanos. La culata había sido sustituida al completo por una empuñadura de pistola de madera cubierta de cinta negra mate. Case olió sudor y grifa.

—¿Es la única que tienes?

—Claro, tío —resopló al tiempo que limpiaba la grasa del cañón negro con una tela roja y sostenía la empuñadura con la otra mano envuelta en el poliéster negro—. Mí y tú somos la armada rastafari, que lo sepas.

Case se colocó los trodos por la frente otra vez. No se había molestado en ponerse de nuevo el catéter Texas. Ya orinaría en Villa Straylight si lo necesitaba. Quizá por última vez.

Se enchufó.

—¿Qué tal? —saludó el constructo—. Al viejo Peter se le ha ido la olla del todo, ¿no?

Le dio la impresión de que ahora formaban parte del hielo de Tessier-Ashpool. Los arcos esmeraldinos se habían extendido hasta unirse y convertirse en un denso conglomerado. El verde era el color predominante en los planos del programa chino que los rodeaban.

—¿Queda poco, Dixie?

—Muy poco. Te voy a necesitar pronto.

—Mira, Dix. Wintermute dice que el Kuang se ha establecido en nuestro Hosaka. Comenta que voy a tener que desconectaros a ti y a mi consola del circuito, llevaros a Straylight y volver a enchufaros allí, en el programa de seguridad del lugar. También me ha asegurado que el virus Kuang estará por todas partes cuando lleguemos. Una vez allí, seguiremos a través de la red de Straylight.

—Maravilloso —dijo el Plano—. Por qué simplificar las cosas cuando podemos hacerlo más difícil todavía.

Case pulsó el interruptor.

Y llegó a la oscuridad de Molly, una agitada sinestesia en la que el dolor sabía a acero viejo, olía a melón y las alas de una polilla le rozaban las mejillas. Estaba inconsciente, y él no podía penetrar en sus sueños. El chip óptico relució, y los caracteres alfanuméricos aparecieron rodeados por una aureola tenue y rosa.

07.29.40.

—Esto me hace muy infeliz, Peter. —La voz de 3Jane se oía a cierta distancia. Creyó que Molly aún podía oír, pero después se dio cuenta. La unidad de simestim estaba intacta y bien colocada; la sintió enterrada en las costillas de Molly. Sus oídos percibían las vibraciones de la voz de la chica. Riviera dijo algo breve e ininteligible—. Pero yo no —respondió 3Jane—. Y es divertido. Hideo traerá a los médicos de cuidados intensivos, pero está claro que nos hará falta un cirujano.

Se hizo el silencio. Case oyó con mucha claridad como el agua batía contra el borde de la piscina.

—¿De qué hablabas con ella cuando regresé? —Ahora Riviera estaba muy cerca.

—De mi madre. Me lo preguntó. Creo que estaba conmocionada, aparte de la inyección de Hideo. ¿Por qué le hiciste eso?

—Quería ver si era capaz de romperlos.

—Uno lo destrozaste, seguro. Cuando recupere el conocimiento, si es que lo recupera, ya veremos de qué color son sus ojos.

—Es muy peligrosa. Demasiado. De no haber estado yo aquí para distraerla, para despertar a Ashpool y que la distrajese y para que le lanzase la bomba a mi Hideo, ¿qué habría sido de ti? Estarías a su merced.

—No —dijo 3Jane—. Estaba Hideo. No creo que entiendas a Hideo. Está claro que ella sí.

—¿Te apetece beber algo?

—Vino. Del blanco.

Case se desenchufó.

Maelcum estaba encorvado sobre los controles del *Garvey* y tecleaba los comandos de la secuencia de atraque. La pantalla del módulo central mostraba un cuadrado rojo y fijo quc rcpresentaba el muelle de Straylight. El *Garvey* era un cuadrado verde y mayor que se empequeñecía poco a poco y se agitaba de lado a lado con los comandos de Maelcum. En una pequeña pantalla que había a la izquierda destacaba un gráfico estructural del *Garvey* y de la *Haniwa* a medida que se acercaban a la curvatura del huso.

—Tenemos una hora, tío —dijo Case al tiempo que sacaba los fibrópticos del Hosaka. Las pilas de seguridad de la consola duraban sobre una hora y media, pero iba a consumir un poco más debido al constructo del Plano. Se afanó con ademanes mecánicos y ató el constructo a la parte inferior de la Ono-Sendai con cinta microporosa. El cinturón de trabajo de Maelcum flotaba junto a él. Lo cogió, desabrochó los dos extremos de cuerda elástica con sus ventosas grises y unió los del cinturón el uno con el otro. Pegó las ventosas a los lados de su consola y movió el interruptor con el pulgar para crear succión y que se pegasen. Una vez suspendidos frente a él la consola, el constructo y el tirante improvisado que acababa de crear, empezó a revisar los bolsillos de su chaqueta de cuero. El pasaporte que le había dado Armitage, el chip del banco con el mismo nombre, el chip de crédito que había conseguido cuando entró en Freeside, dos dermos de betafeniletilamina que le había comprado a Bruce, un fajo de neoyenes, medio paquete de Yeheyuan y el *shuriken.* Tiró hacia atrás el chip de Freeside y lo oyó rebotar contra el purificador de aire ruso. Estaba a punto de hacer lo mismo con la estrella de acero, pero el chip de crédito le rebotó contra la nuca, rotó, avanzó hacia el techo y chocó contra el hombro izquierdo de Maelcum. El sionita dejó de pilotar para mirar a Case de reojo. Case miró el *shuriken,* se lo metió en el bolsillo de la chaqueta y oyó como se rasgaba el forro interior.

—Te olvidas del Mute, tío —dijo Maelcum con su acento marcado—. El Mute dice que ha cambiado los sistemas de seguridad del *Garvey* para que atraque con otro nombre, el de uno que en Straylight esperan que llegue de Babilonia. Nos acaban de enviar los códigos.

—¿Llevaremos los trajes?

—Son muy pesados. —Maelcum se encogió de hombros—. No te quites la red-g hasta que lo diga. —Tecleó la secuencia final en el módulo y se aferró a los asideros rosas que había a cada lado del panel de navegación. Case vio como el cuadrado verde se encogía los últimos milímetros hasta quedar del mismo tamaño que el rojo. En la pantalla más pequeña, la *Haniwa* viró hacia abajo la proa para evitar la curva del huso y quedó fijada. El *Garvey* aún seguía unido a ella como una larva cautiva. El remolcador rechinó y se estremeció. Dos brazos mecánicos estilizados se extendieron para agarrar el esbelto contorno de avispa de la nave. Straylight expulsó un rectángulo amarillo e indefinido que pasó junto a la *Haniwa* y se dirigió hacia el *Garvey*.

Se oyó un sonido rechinante que venía de la proa, de detrás de las oscilantes serpentinas de sellador.

—Tío, parece que tenemos gravedad —dijo Maelcum.

Una docena de objetos pequeños cayeron a la cubierta del compartimento al unísono, como si los hubiese atraído un imán. Case soltó un quejido cuando sus órganos internos se recolocaron dentro de su cuerpo. La consola y el constructo le cayeron en el regazo con todo su peso.

El huso había empezado a atraerlos, y el *Garvey* ahora orbitaba a su alrededor.

Maelcum extendió los brazos para relajar los hombros, se quitó el gorro púrpura con el que se sostenía las rastas y lo agitó.

—Venga, tío. El tiempo es oro, como soléis decir.

19

Case recordó que Villa Straylight era una estructura parasitaria mientras cruzaba los tentáculos de sellador y salía por la esclusa delantera del *Garvey*. El aire y el agua provenían de Freeside, ya que no tenía un ecosistema propio.

El tubo de abordaje que se extendía desde el embarcadero era una versión elaborada de aquel por el que había cojeado para entrar en la *Haniwa*, diseñada para usarse con la gravedad rotacional del huso. Era un túnel corrugado y articulado por unidades hidráulicas independientes, con cada uno de los segmentos anillado con un plástico resistente y antideslizante que hacía las veces de peldaño de escalerilla. El tubo serpenteaba alrededor de la *Haniwa*, pero la parte conectada a la esclusa del *Garvey* estaba en horizontal y luego se curvaba con brusquedad hacia arriba y a la izquierda, un ascenso vertical alrededor de la curvatura del casco del yate. Maelcum había empezado a ascender por los anillos; se impulsaba con la mano izquierda mientras sostenía la Remington con la derecha. Llevaba pantalones militares holgados y sucios, una chaqueta de nailon sin mangas y un par de zapatillas de lona harapientas con llamativas suelas rojas. El tubo se agitaba un poco cada vez que ascendía a otro anillo.

Los broches del tirante improvisado de Case se le clavaban en el hombro debido al peso de la Ono-Sendai y el constructo del Plano. Solo sentía miedo, de carácter generalizado. Intentó obviarlo y obligarse a recordar lo que le había dicho Armitage sobre el huso y Villa Straylight. Empezó a escalar. El ecosistema de Freeside no era cerrado; tenía límites. Sion sí que era un sistema cerrado, capaz de funcionar de forma cíclica durante años sin introducir materiales del exterior. Freeside producía aire y agua, pero dependía de los suministros constantes de comida y fertilizantes mejorados. Villa Straylight no producía absolutamente nada.

—Tío —le susurró Maelcum—, sube aquí. Ponte a mi lado.

Case se desvió hacia la otra pared del tubo por la escalerilla circular y subió unos cuantos peldaños. El tubo terminaba en una esclusa lisa y algo convexa de dos metros de diámetro. Las unidades hidráulicas del tubo se convertían en armazones flexibles enclavados en la estructura de la estancia.

—¿Y ahora qué...?

Case cerró la boca al ver como se abría la esclusa y la ligera diferencia de presión siseaba y soplaba una gravilla que le llegó a los ojos.

Maelcum subió por el borde, y Case oyó el chasquido que sonaba al quitar el seguro de la Remington.

—Tú eres quien tiene prisa, tío —susurró Maelcum, agachado. Case se colocó detrás de él.

La esclusa estaba centrada en una sala abovedada y circular con suelo de baldosas de plástico antideslizante. Maelcum le dio un codazo y señaló hacia lo que Case reconoció como un monitor enclavado en una pared curva. En la pantalla, un hombre alto con los rasgos de los Tessier-Ashpool se limpiaba algo de las mangas de la americana oscura. Se encontraba frente a una esclusa idéntica en una estancia asimismo idéntica.

—Lo siento mucho, señor —dijo una voz que salía por una rejilla ubicada en el centro del techo de la escotilla. Case alzó la vista—. Lo esperábamos más tarde, y en el muelle axial. Un momento, por favor.

El joven del monitor agitó la cabeza con impaciencia.

Maelcum se giró hacia la puerta con la escopeta lista mientras esta se deslizaba para abrirse. Un pequeño eurasiático con mono naranja entró y se los quedó mirando. Abrió la boca, pero no dijo nada. La cerró. Case volvió a mirar el monitor. Apagado.

—¿Quién va? —consiguió preguntar el hombre.

—La armada rastafari —respondió Case al tiempo que se ponía en pie y con la consola de ciberespacio rebotándole contra la cadera—. Solo queremos conectarnos a vuestros sistemas de seguridad.

El hombre tragó saliva.

—¿Me estáis poniendo a prueba? Una prueba de lealtad. Tiene que ser una prueba de lealtad.

Se secó el sudor de las manos en las perneras del mono naranja.

—No, tío, esto va en serio —repuso Maelcum mientras se ponía en pie y apuntaba con la Remington al rostro del eurasiático—. Muévete.

Siguieron al hombre por la puerta y llegaron a un pasillo cuyas paredes de hormigón pulido y suelo irregular lleno de alfombras apiladas le resultaba del todo familiar a Case.

—Bonitas alfombras —observó Maelcum al tiempo que empujaba al del mono por la espalda—. Huele a iglesia.

Llegaron a otro monitor, un modelo antiguo de la marca Sony que se encontraba sobre una consola con teclado y una intrincada diversidad de paneles de conexión. La pantalla se iluminó cuando se detuvieron, y el Finlandés, con una estirada sonrisa dibujada en el rostro, los contempló desde lo que parecía la antesala de Metro Holografix.

—Bien —empezó a decir—. Maelcum, lleva a ese tipo a la taquilla abierta que hay en el pasillo, mételo allí y ciérrala. Case, el puerto que buscas es el quinto por la izquierda del panel superior. Hay adaptadores en el armario que está debajo de la consola. Necesitas una Ono-Sendai de veintiuno a un Hitachi de cuarenta.

Mientras Maelcum se llevaba al cautivo, Case se agachó y empezó a rebuscar entre un montón de enchufes hasta que dio finalmente con el que necesitaba. Conectó la consola al adaptador e hizo una pausa.

—¿Tenías que usar ese aspecto, tío? —le preguntó a la cara de la pantalla.

El Finlandés se desdibujó línea a línea hasta dar paso a la imagen de Lonny Zone contra una pared llena de carteles japoneses rasgados.

—Tus deseos son órdenes, guapo —dijo Zone—. Pídele lo que quieras a Lonny...

—No —se arrepintió Case—. Prefiero al Finlandés.

Mientras la imagen de Zone desaparecía, Case enchufó el adaptador Hitachi y se colocó los trodos en la frente.

—¿Por qué has tardado tanto? —preguntó el Plano. Después rio.

—Te dije que no hicieses eso —le advirtió Case.

—Era un chiste, hombre —replicó el constructo—. Para mí no ha pasado ni un segundo. A ver qué tenemos por aquí...

El Kuang se había puesto verde, justo de la misma tonalidad que el hielo de T-A. Se volvía más opaco mientras Case lo miraba, aunque, si se fijaba lo suficiente, aún veía esa cosa espejada y oscura con forma de tiburón. Las líneas de fractura y las alucinaciones habían desaparecido, y lucían reales como el *Marcus Garvey*, un reactor antiguo sin alas, con la superficie lisa cubierta de cromo negro.

—Vamos allá —dijo el Plano.

—Venga —convino Case, que pulsó el interruptor.

—... así. Lo siento —decía 3Jane mientras le vendaba la cabeza a Molly—. Nuestra unidad dice que no hay conmoción cerebral ni daños permanentes en el ojo. ¿No lo conocías bien antes de venir aquí?

—No lo conocía de nada —respondió Molly con tono sombrío. Estaba bocarriba en una cama alta o en una mesa acolchada. Case no notó la pierna herida. El efecto sinestésico de la primera inyección parecía haber desaparecido. La esfera negra también, pero tenía las manos inmovilizadas por unas tiras suaves que era incapaz de ver.

—Quiere matarte.

—Lo suponía —dijo Molly, que miró el techo irregular que había detrás de una luz muy brillante.

—No creo que quiera hacerlo en realidad —opinó 3Jane, y Molly sintió un dolor al girar la cabeza y mirar sus ojos oscuros.

—No te burles de mí —advirtió.

—Creo yo no quiero que lo haga —dijo 3Jane, que después se inclinó para darle un beso en la frente y le apartó el pelo de la cara con una mano cálida. Tenía manchas de sangre en la chilaba blanca.

—¿Adónde ha ido ahora? —preguntó Molly.

—A pincharse otra vez, lo más seguro —respondió 3Jane mientras se enderezaba—. Estaba muy impaciente por tu llegada. Creo que podría ser divertido ocuparme de ti hasta que te cures, Molly. —Sonrió mientras se limpiaba con gesto ausente la mano llena de sangre en la parte delantera de la túnica—. Vamos a tener que recolocarte la pierna, pero podemos hacerlo sin problema.

—¿Y Peter?

—Peter. —Negó un poco con la cabeza. Un mechón de pelo negro se le separó del resto y le cayó en la frente—. Peter se ha vuelto muy aburrido. Las drogas me resultan aburridas en general. —Soltó una risilla—. Las drogas que consumen los demás, claro. Mi padre era un adicto empedernido, como seguramente hayas constatado.

Molly se puso tensa.

—No te asustes. —Los dedos de 3Jane le rozaron la piel sobre la cintura de los pantalones de cuero—. Se suicidó porque manipulé los márgenes de seguridad de la criogenización. Nunca llegué a conocerlo en persona, ¿sabes? Cuando me decantaron, él ya estaba congelado. Pero lo conocía muy bien. Los núcleos lo saben todo. Lo vi matar a mi madre. Te lo enseñaré cuando estés mejor. La estranguló en la cama.

—¿Por qué la mató?

El ojo sin vendar de Molly estaba centrado en el rostro de la joven.

—Fue incapaz de aceptar lo que ella pretendía hacer con nuestra familia. Mi madre encargó la creación de las inteligencias artificiales. Era una visionaria. Imaginó que desarrollábamos una relación simbiótica con ellas y que tomaban las decisiones corporativas por nosotros. Nuestras decisiones conscientes en general. Tessier-Ashpool se habría convertido en una entidad inmortal, una colmena; y cada uno de nosotros, en unidades más pequeñas de ella. Fascinante. Te pondré sus cintas. Duran casi mil horas. Pero nunca llegué a entenderla del todo, y sus ideas se perdieron cuando murió. Perdimos su inteligencia y empezamos a encerrarnos en nosotros mismos. Ahora ya casi no salimos de aquí. Yo soy la excepción.

—Dijiste que habías intentado matar al anciano, ¿no es así? ¿Manipulaste los programas criogénicos?

3Jane asintió.

—Tuve ayuda. De un fantasma. Eso era lo que pensaba cuando era muy joven, que había fantasmas en los núcleos corporativos. Voces. Una de ellas era lo que llamáis Wintermute, el código Turing de nuestra IA de Berna, aunque la entidad que os está manipulando es una especie de subprograma.

—¿Una de ellas? ¿Hay más?

—Hay otra. Pero esa no me dirige la palabra desde hace años. Creo que se dio por vencida. Sospecho que ambas son fruto de ciertas capacidades que mi madre ordenó diseñar en el programa original, pero era una mujer reservada en extremo cuando creía que era necesario. Toma. Bebe. —Acercó un tubo de plástico flexible a los labios de Molly—. Es agua. Solo un poco.

—Jane, cariño —llamó Riviera con tono animado desde algún lugar fuera de su visión—. ¿Te diviertes?

—Déjanos en paz, Peter.

—Jugando a los médicos...

Molly vio su rostro frente a ella; la imagen suspendida a unos diez centímetros de su nariz. No tenía vendas. Tenía el implante izquierdo destrozado, un largo dedo de plástico plateado hundido en la cuenca ocular, que era un estanque de sangre invertido.

—Hideo —dijo 3Jane mientras acariciaba el vientre de Molly—, hazle daño a Peter si no se marcha. Peter, vete a nadar.

La proyección desapareció.

07.58.40 en la oscuridad de su ojo vendado.

—Dijo que conocías la clave. Peter. Wintermute la necesita.

Case recordó de repente la llave con las letras chubb que colgaba del cuello de Molly de un cordel de nailon y reposaba en la curvatura interior de su pecho izquierdo.

—Sí —dijo 3Jane al tiempo que retiraba la mano—. La conozco. La aprendí de niña. Creo que fue en un sueño... o en algún lugar de las miles de horas de reproducción de los diarios de mi madre. Pero creo que Peter tiene razón al aconsejarme que no te la comunique. Si he entendido bien lo que ocurre, creo que tendría problemas con Turing. Y los fantasmas son muy caprichosos.

Case se desenchufó.

—Vaya clientes tan raritos te buscas, ¿eh?

El Finlandés sonrió a Case desde el antiguo Sony.

Case se encogió de hombros. Vio que Maelcum regresaba por el pasillo con la Remington colgándole de la mano a un costado. El sionita sonreía y agitaba la cabeza a un ritmo que Case no era capaz de oír. Un par de cables amarillos le salían de las orejas y se le metían en un bolsillo lateral de la chaqueta sin mangas.

—Es dub, tío —le explicó Maelcum.

—Estás loco de remate —replicó Case.

—Suena bien, tío. El dub de los justos.

—Oíd, chicos —dijo el Finlandés—. Preparaos. Viene el transporte. No será un truco tan bueno como la imagen de 8Jean con la que engañé al portero, pero al menos os puede llevar hasta los aposentos de 3Jane.

El carrito de servicio automático viró, atravesó el nada elegante arco de hormigón que había en la otra punta del pasillo y se acercó a ellos mientras Case desenchufaba el adaptador del puerto. Podría haber sido el mismo que conducían los africanos. En todo caso, no había nadie a la vista. Justo debajo del respaldar del asiento bajo, el piloto rojo del led del Braun parpadeaba rítmicamente. Mientras tanto, los pequeños manipuladores del aparato se aferraban al tapizado.

—Cojamos el autobús.

20

Había vuelto a perder la rabia. La echaba de menos.

El carrito estaba lleno: Maelcum, la Remington sobre sus rodillas y Case, con la consola y el constructo contra el pecho. El vehículo iba a una velocidad para la que no lo habían diseñado. Era más pesado por la parte superior y estaba preparado para las curvas, y Maelcum se había aficionado a inclinarse en la dirección de los giros. Aquello no entrañaba el menor problema cuando lo hacían hacia la izquierda, ya que Case estaba sentado a la derecha, pero cuando giraban a la derecha el sionita tenía que apoyarse en Case y en su equipo y lo aplastaba contra el asiento.

No tenía ni idea de dónde estaba. Todo le resultaba familiar, pero no recordaba haber visto con anterioridad ninguno de los lugares por lo que pasaron. Un pasillo curvado con vitrinas de madera en las que había objetos que tenía la certeza de no haber visto nunca: cráneos de pájaros enormes, monedas, máscaras de plata martillada. Las seis ruedas del carrito de servicio no hacían ruido alguno al cruzar las alfombras amontonadas. Solo se oían el chirrido del motor eléctrico y un tenue y ocasional estallido de música dub que salía de las esferas de espuma que el sionita tenía en los oídos cada vez que se abalanzaba sobre Case para contrarrestar una curva demasiado cerrada. La consola y el constructo le presionaban el *shuriken* contra el bolsillo de la chaqueta, a la altura de la cadera.

—¿Tienes hora? —le preguntó a Maelcum.

—El tiempo tiempo es.

—Por Dios —dijo Case, que cerró los ojos.

El Braun se escabulló por los montículos de las alfombras y tocó una puerta rectangular sobredimensionada de madera oscura y estropeada con una de sus garras acolchadas. Detrás de ellos, el carrito chisporroteaba y soltaba descargas azules de un panel de rejilla. Las chispas rebotaban contra las alfombras de debajo del vehículo, y Case empezó a oler a lana chamuscada.

—¿Es por aquí, tío?

Maelcum miró la puerta y le quitó el seguro a la escopeta.

—¿Tengo cara de saberlo? —respondió, más para sí que para Maelcum.

El Braun rotó su cuerpo esférico y el led parpadeó con regularidad estroboscópica.

—Quiere que abras la puerta —dijo Maelcum, que señaló el artilugio con la cabeza.

Case dio un paso al frente y probó el pomo de latón ornamentado. La puerta contaba con una placa, asimismo de latón, a la altura de los ojos, tan antigua que las letras grabadas en ella ya no eran más que una caligrafía enmarañada e ilegible, el nombre de un funcionario o de un servicio desaparecido hacía mucho tiempo, bruñido hasta esfumarse. Case se llegó a preguntar si Tessier-Ashpool había elegido uno a uno los elementos de Straylight o si los habían comprado en el mismo lote en un equivalente enorme y europeo de Metro Holografix. Las bisagras de la puerta chasquearon con un lamento cuando se abrió, y Maelcum pasó junto a él para atravesarla con la Remington en ristre a la altura de la cadera.

—Libros —dijo el sionita.

La biblioteca; estanterías de acero blanco con sus correspondientes portaletreros.

—Sé dónde estamos —dijo Case. Volvió a mirar al carrito de servicio. Una voluta de humo había empezado a salir de la alfombra—. Vamos. Carrito. ¿Carrito? —No se movió. El Braun le tiró de la pernera de los vaqueros y le pellizcó el tobillo. Reprimió unas enormes ganas de darle una patada—. ¿Qué quieres?

Las patas repiquetearon cuando cruzó la puerta. Case lo siguió.

El monitor de la biblioteca era otro Sony, tan antiguo como el anterior. El Braun se quedó quieto frente a él y efectuó una suerte de baile.

—¿Wintermute?

Los rasgos familiares aparecieron en la pantalla. El Finlandés sonrió.

—Hora de entrar, Case —dijo el Finlandés, con los ojos entrecerrados a causa del humo del cigarrillo—. Venga, enchúfate.

El Braun se abalanzó sobre el tobillo de Case y empezó a escalarle la pierna. Los manipuladores se le clavaban en la carne a través de la delgada tela negra.

—¡Joder! —Le dio un golpe para quitárselo de encima y el artilugio se chocó contra la pared. Dos de sus extremidades parecían estropeadas y empezaron a agitarse sin ton ni son a su alrededor—. ¿Qué le pasa a esta cosa?

—Se ha roto —respondió el Finlandés—. Olvídala. Da igual. Enchúfate ya.

Había cuatro puertos debajo de la pantalla, pero solo uno con la forma del adaptador Hitachi.

Se enchufó.

La nada. Un vacío gris.

Ni matriz ni red. Ni ciberespacio.

La consola había desaparecido. También sus dedos...

Y en el extremo más alejado de su conciencia, una sensación efímera y acelerada de algo que se abalanzaba hacia él, a través de leguas y leguas de cristal oscuro y espejado.

Intentó gritar.

Daba la impresión de que había una ciudad al otro lado de la curva de la playa, pero estaba demasiado lejos.

Se acuclilló en la arena húmeda, se rodeó las rodillas con los brazos y se estremeció.

Se quedó en esa posición durante lo que le pareció mucho tiempo, mucho después de que cesaran los temblores. La ciudad, si es que se trataba de una ciudad, era alargada y gris. A veces quedaba oculta tras bancos de niebla que se extendían desde el oleaje. Llegó a la conclusión de que no era una urbe, sino un único edificio, acaso en ruinas. No tenía manera de saber a qué distancia se encontraba. La arena era de la tonalidad de la plata mate que no se ha puesto del todo negra. La playa estaba hecha de arena, la playa era muy larga, la arena estaba húmeda, el dobladillo de las perneras de sus vaqueros estaba mojado a causa de la arena... Cruzó los brazos y empezó a balancearse mientras canturreaba una canción sin letra ni melodía.

El cielo era de un plateado diferente. Chiba. Era como el cielo de Chiba. ¿La bahía de Tokio? Giró la cabeza y contempló el mar con la esperanza de ver el logo holográfico de Fuji Electric, el dron de un helicóptero, lo que fuera.

Una gaviota graznó detrás de él. Se estremeció.

Empezó a soplar una brisa. La arena le aguijoneó el rostro. Metió la cabeza entre las rodillas y lloró; el sonido de sus sollozos tan distante y ajeno como el graznido de la gaviota exploradora. Un orín caliente le mojó los vaqueros y se derramó por la arena para enfriarse al instante debido al aire helado que soplaba desde el mar. Empezó a dolerle la garganta cuando dejó de llorar.

—Wintermute —murmuró entre las rodillas—. Wintermute...

Empezaba a oscurecer. Tiritaba por efecto de aquel frío que al fin lo obligó a ponerse en pie.

Le dolían las rodillas y los codos. Le goteaba la nariz, que se enjugó en la manga de la chaqueta. Después rebuscó en un bolsillo vacío; luego en el otro.

—Dios —dijo. Encorvó los hombros y se metió las manos en las axilas para calentárselas—. Dios.

Le empezaron a castañetear los dientes.

La marea había dejado la playa marcada con patrones más sutiles que los de los jardineros de Tokio. Después de dar una docena de pasos en dirección a la ciudad, ahora invisible, se dio la vuelta y miró a través de la oscuridad acumulada. Las huellas de sus pies llegaban hasta el punto en el que había aparecido, pero no había ninguna otra marca en esa arena mate.

Llegó a la conclusión de que había recorrido al menos un kilómetro antes de ver la luz. Hablaba con Ratz, que había sido el primero en verla, un resplandor rojo anaranjado a su derecha, lejos de la línea de la marea. Sabía que Ratz no estaba allí, que el barman era un producto de su imaginación y no del lugar en el que estaba atrapado, pero eso era lo de menos. Lo había convocado para sentirse algo más cómodo, pero Ratz tenía su propia opinión sobre Case y su dilema.

—De verdad que no dejas de sorprenderme, *artiste*. Me asombran los extremos a los que llegas para alcanzar tu destrucción. ¡Y cómo todo se repite! ¡En Ciudad Nocturna lo tenías todo al alcance de tu mano! El *speed* para nublar tus sentidos, la bebida para que todo fluyese, a Linda para ahogar las penas y la calle para mantenerte al acecho. Hay que ver hasta dónde has llegado para seguir igual, y con qué utilería tan grotesca... Patios de juegos suspendidos en el espacio, castillos cerrados a cal y canto, la podredumbre más insólita de Europa, hombres muertos encerrados en cajitas, magia salida de China... —Ratz rio sin dejar de caminar a la altura de Case, fatigado y con el manipulador rosa colgando con naturalidad a un costado. A pesar de la oscuridad, Case vio el acero recargado que cubría los dientes ennegrecidos del barman—. Pero supongo que los artistas sois así, ¿no? Necesitabais este mundo creado para vosotros, esta playa, este lugar. Para morir.

Case se detuvo, se balanceó y se giró hacia el sonido de la marea y hacia la arena que le aguijoneaba el rostro.

—Sí —dijo—. Joder... supongo que sí.

Caminó hacia el sonido.

—*Artiste* —oyó que lo llamaba Ratz—. La luz. Viste una luz. Aquí. Por aquí...

Se volvió a detener, se tambaleó y cayó de rodillas a escasos milímetros del agua helada del mar.

—¿Ratz? ¿La luz? Ratz...

Pero en ese momento la oscuridad era total y solo se oía el rumor de la marea. Se afanó por ponerse en pie y trató de desandar sus pasos.

Pasó el tiempo. No dejó de caminar.

Y lo vio al fin, un resplandor que se volvía más nítido a cada paso. Un rectángulo. Una puerta.

—Hay llamas ahí dentro —dijo, y sus palabras se perdieron en la brisa.

Era un búnker, de piedra o de hormigón, enterrado entre montículos de esa arena oscura. La entrada era baja y estrecha, sin puerta y profunda, abierta en una pared de al menos un metro de grosor.

—Eh —dijo Case en voz baja—. Eh...

Rozó la pared fría con los dedos. Había llamas ahí dentro; las sombras se agitaban a ambos lados de la entrada.

Se acuclilló y la atravesó en tres pasos.

Había una joven agachada junto a acero oxidado, una especie de chimenea en la que ardía madera de deriva; la brisa hacía que el humo subiese por una chimenea mellada. La única luz era la del fuego. Cuando Case vio los ojos grandes y la sorpresa que se dibujaba en ellos, reconoció la diadema, la cinta, estampada con un patrón similar al de la circuitería ampliada.

Rechazó sus brazos esa noche, rechazó la comida que ella le ofrecía, el lugar junto a ella en el nido de mantas y espuma destrozada. Se agachó junto a la entrada al fin y la vio dormir mientras oía la brisa rozar contra las paredes de la estructura. Se levantaba más o menos cada hora para acercarse al fogón improvisado y echar algo de madera de la pila que había junto a él. Nada de eso era real, pero el frío era el frío.

Ella tampoco era real, acurrucada allí, junto a él, a la luz de las llamas. Le vio la boca, los labios un poco separados. Era la chica que recordaba de su viaje por la bahía, y eso era cruel.

—Cabrón miserable —le susurró a la brisa—. No se te pasa una, ¿verdad? No te valía con cualquier yonqui, ¿no? Sé lo que es esto... —Intentó que la voz no le sonase desesperada—. Lo sé. Sé quién eres. Eres el otro. 3Jane se lo dijo a Molly. La zarza ardiente. No era Wintermute, eras tú. Quiso advertirme con el Braun. Ahora me has dejado plano y encerrado aquí. En la nada. Con un fantasma. Tal y como la recuerdo antes de que...

La joven se agitó en sueños, dijo algo y tiró de la manta para taparse el hombro y la mejilla.

—No eres nada —le dijo a la durmiente—. Estás muerta y además no me importas un carajo. ¿Me has oído, tío? Sé lo que estás haciendo. Estoy plano. Solo han pasado unos veinte segundos, ¿verdad? Estoy tirado en el suelo de esa biblioteca, en estado de muerte cerebral. Y no tardaré en morir, si eres mínimamente juicioso. No quieres que Wintermute lleve a cabo su plan y por eso me has dejado aquí encerrado. Dixie ejecutará el Kuang, pero está muerto y puedes anticiparte a todo lo que haga, sin duda. Y estas movidas de Linda han sido siempre cosa tuya, ¿verdad? Wintermute intentó usarla cuando me metió en el constructo de Chiba, pero fue incapaz. Dijo que era demasiado complicado. Tú fuiste quien movió las estrellas en Freeside, ¿no es así? Quien le puso su rostro a esa muñeca de la habitación de Ashpool. Molly nunca vio algo así. Alteraste la señal del simestim. Porque crees que puedes hacerme daño. Crees que me importa. Pues que te den, comoquiera que te llames. Has ganado. Pero esto no significa nada para mí, que lo sepas. ¿Crees que me importa? No entiendo por qué has tenido que hacerlo así.

Había empezado a temblar otra vez, y hablaba con voz estridente.

—Cariño —dijo la joven desde los jirones de mantas—. Ven y duérmete. Yo me quedaré despierta si quieres. Tienes que dormir, ¿vale? —El sueño exageraba su ligero acento—. Duérmete, ¿sí?

Cuando se despertó, la joven había desaparecido. El fuego estaba apagado, pero el búnker aún conservaba el calor. La luz del sol se proyectaba inclinada a través de la entrada y formaba un rectángulo dorado y torcido sobre el costado roto de una gruesa caja de fibra. Era un contenedor; recordaba haberlos visto en el puerto de Chiba. A través del agujero que tenía a un lado, vio media docena de paquetes de un amarillo brillante. A la luz parecían barras de mantequilla enormes. El estómago se le encogió a causa del hambre. Salió de las mantas, se acercó al contenedor, cogió una de esas cosas y entrecerró los ojos para leer la letra pequeña escrita en una docena de idiomas. El que entendía estaba debajo del todo. RACIÓN DE EMERG. PROTEÍNAS, «CARNE», TIPO AG-8. Una lista de nutrientes. Sacó un segundo paquete. HUEVOS.

—Ya que te estás inventando esta mierda, al menos podrías crear comida de verdad, ¿no?

Recorrió las cuatro estancias de la estructura con un paquete en cada mano. Dos de ellas estaban vacías y llenas de montículos de arena, y en la cuarta había otros tres de esos contenedores de raciones.

—Claro —dijo al tiempo que tocaba los sellos—. Me voy a quedar mucho tiempo por aquí. Entiendo. Claro...

Empezó a rebuscar en la estancia con la chimenea y dio con un contenedor de plástico lleno de lo que suponía que era agua de lluvia. Junto a las mantas y cerca de la pared había un mechero barato y rojo, una navaja de marinero con la empuñadura verde agrietada y la cinta. Aún estaba anudada y rígida a causa del sudor y de la tierra. Usó la navaja para abrir los paquetes amarillos y tiró el contenido en una lata oxidada que encontró junto al fogón. La llenó con algo de agua del contenedor de plástico y mezcló la papilla resultante con los dedos para después comérsela. Tiró la lata a la chimenea al terminar y salió al exterior.

El sol y la inclinación de la luz le indicaron que era por la tarde. Se quitó los mojados zapatos de nailon y se sorprendió al comprobar que la arena estaba templada. A la luz del día, la playa tenía una tonalidad gris plateada. El cielo estaba despejado, azul. Dobló la esquina del búnker y se dirigió a la orilla mientras tiraba la chaqueta a la arena.

—No sé de quién son los recuerdos que estás usando en esta ocasión —dijo una vez que hubo alcanzado la orilla. Se quitó los vaqueros y los tiró al agua de un puntapié. Después hizo lo mismo con la camiseta y la ropa interior.

—¿Qué haces, Case?

Se dio la vuelta y la vio a unos diez metros de distancia; la espuma blanca se le deslizaba por los tobillos.

—Me meé encima anoche —respondió él.

—Pero no te metas ahí. Es agua salada. Se te va a irritar la piel. Te llevaré a un charco que hay entre las rocas. —Hizo un gesto vago hacia detrás de ella—. Es agua limpia.

Tenía el descolorido mono de trabajo francés cortado por encima de las rodillas; la piel de debajo era suave y marrón. Una brisa le agitó el cabello.

—Mira —dijo Case mientras recogía la ropa que acababa de tirar al suelo—. Tengo una pregunta para ti. No quiero saber qué haces tú aquí, pero sí me gustaría averiguar por qué estoy yo en este lugar.

Se detuvo; la pernera húmeda de los vaqueros le golpeó el muslo desnudo.

—Viniste anoche —respondió la joven. Sonrió.

—¿Y con eso te basta? ¿Vine y ya?

—Él dijo que vendrías —continuó ella mientras arrugaba la nariz. Se encogió de hombros—. Supongo que sabe ese tipo de cosas. —Levantó el pie izquierdo y se frotó la sal del otro tobillo, con torpeza, como si fuese una niña. Le volvió a sonreír, con gesto indeciso esta vez—. Ahora tú me vas a responder a una pregunta, ¿te parece?

Case asintió

—¿Por qué estás todo pintado de marrón pero te has dejado el pie blanco?

—¿Y eso es lo último que recuerdas?

La vio rascar lo que le quedaba de un estofado liofilizado del recipiente rectangular de acero que era el único plato que tenían ambos.

Asintió, con ojos enormes a la luz de las llamas.

—Lo siento, Case, de verdad. Supongo que fue una cagada. Fue... —Se inclinó hacia delante, apoyó los antebrazos en las rodillas y torció el gesto durante unos segundos a causa del dolor o de los recuerdos—. Necesitaba el dinero. Para volver a casa o... Mierda. Casi no me hablabas.

—¿No hay cigarrillos?

—Por Dios, Case. ¡Ya me los has pedido diez veces hoy! ¿Qué te pasa?

Se metió un mechón de pelo en la boca y lo masticó.

—Pero ¿la comida estaba aquí? ¿Estaba aquí antes?

—Te lo dije, tío. La arrastró la marea y llegó a la puta playa.

—Claro. Sí. Tiene lógica.

La joven empezó a llorar otra vez, un sollozo sin lágrimas.

—Pues que te den, Case —consiguió decir al fin—. Me iba bien aquí sola.

Case se levantó, cogió la chaqueta y se agachó para cruzar la puerta. Al hacerlo se raspó la muñeca con la rugosidad del hormigón. No había luna ni viento, y lo único que se oía en la oscuridad que lo rodeaba era el rumor del mar. Tenía los vaqueros húmedos pegados a la piel.

—Muy bien —le dijo a la noche—. Lo acepto. No me queda otra, supongo. Pero más vale que mañana lleguen unos cigarrillos a la orilla. —Su propia risa lo sobresaltó—. Tampoco me vendrían mal unas latas de cerveza, ya que estamos.

Se dio la vuelta y volvió a entrar en el búnker.

La joven agitaba las ascuas con un trozo de madera plateada.

—¿Quién era la de tu cápsula en el Hotel Barato, Case? Esa samurái atractiva con lentes plateadas y cuero negro. Me asustó y después supuse que quizá fuese tu nueva chica, aunque parecía más cara de lo que podías pagar... —Volvió a mirarlo—. Siento mucho haberte robado la RAM.

—Da igual —dijo él—. No importa. Entonces, ¿se la llevaste a ese tipo y le pediste que accediese a ella?

—Tony —dijo ella—. Se podría decir que nos veíamos a menudo. También era adicto y nosotros... Sea como fuere, recuerdo que la ejecutó en un monitor y que había unos documentos gráficos inverosímiles. También recuerdo haberme preguntado cómo habías...

—No había ningún documento gráfico en esa memoria —interrumpió Case.

—Sí que lo había. Pero no tengo ni idea de cómo conseguiste todas esas fotografías de cuando era pequeña, Case. Vi a mi padre antes de que se marchase. Aquella ocasión en que me regaló un patito de madera pintada. Tenías una foto de eso...

—¿Tony las vio?

—No recuerdo. Después yo estaba en la playa, muy temprano. Amanecía; y los pájaros graznaban, sumidos en la soledad. Me asusté porque no llevaba encima nada que chutarme, nada, y sabía que me iba a empezar a sentir mal... Y caminé y caminé hasta que oscureció y encontré este lugar, y al día siguiente la comida llegó a la orilla, enredada en esas cosas verdes que parecían hojas de gelatina endurecida. —Metió la rama en las ascuas y la dejó allí—. No me sentí mal —prosiguió mientras el fuego crepitaba—. Aunque echo de menos los cigarrillos. ¿Y tú, Case? ¿Sigues enganchado?

La luz de las llamas se agitaba por sus pómulos, y le recordó a los destellos de *Castillo del mago* o *Guerra de tanques europea.*

—No —respondió él, y entonces todo lo demás dio igual, todo lo que sabía, porque saboreó la sal de la boca de ella, del lugar donde se le habían secado las lágrimas.

La joven tenía una fuerza interior, algo que él había apreciado en Ciudad Nocturna y que seguía teniendo en ese lugar, algo que lo había aprisionado, lejos del tiempo y de la muerte, lejos de las implacables calles que los acechaban a todos. Era un lugar que Case ya conocía, al que poca gente podía llevarlo y que, de alguna manera, siempre se las ingeniaba para olvidar. Algo que había perdido y encontrado demasiadas veces. Un lugar que rememoró mientras ella lo empujaba hacia el suelo y que recordó que pertenecía a la carne, a eso de lo que se burlaban los vaqueros. Era algo enorme e inabarcable, un mar de información codificado en espiral y en feromonas, de una complejidad infinita y que solo el cuerpo, a su manera ciega y tosca, era capaz de descifrar.

La cremallera quedó atascada mientras le abría el mono de trabajo francés, los dientes de nailon disfuncionales a causa de la sal. La rompió, y unos pequeños pedazos de metal salieron despedidos y chocaron contra la pared mientras se rasgaba la tela podrida; y luego Case estaba dentro de ella, llevando a cabo la transmisión de ese antiguo mensaje. Ese impulso no había desaparecido ni siquiera allí, en ese lugar, que sabía que era un modelo formado por líneas de código basadas en el recuerdo de un desconocido.

La joven se estremeció contra él mientras la madera empezaba a arder, una llama que se agitaba y proyectaba sus sombras nítidas en la pared del búnker.

Al cabo, mientras yacían juntos, con las manos de él apoyadas en los muslos de ella, Case la recordó en la playa, recordó la espuma blanca rozándole los tobillos y también lo que le había dicho entonces.

—Te dijo que yo iba a venir —dijo Case.

Pero ella se limitó a acurrucarse contra él, las nalgas contra sus muslos, a poner la mano sobre la suya y a murmurar algo en sueños.

21

Lo despertó la música; al principio, la confundió con el latido de su corazón. Se incorporó junto a ella, le tapó los hombros con su chaqueta para protegerla del frío previo al amanecer; luz grisácea a través de la entrada y las llamas extinguidas hacía mucho tiempo.

Unos jeroglíficos fantasmales reptaron por su campo visual, líneas de símbolos translúcidos que se recortaban contra el trasfondo neutro de la pared del búnker. Se miró los dorsos de las manos y vio unas tenues moléculas de neón que se deslizaban debajo de su piel, controladas por ese código incognoscible. Levantó la mano derecha y probó a moverla. Dejó tras de sí un rastro débil y tenue de fosfenos que relucían estroboscópicos.

Se le erizó el pelo de los brazos, y también el de la nuca. Se agachó mostrando los dientes y sintió la música, ese pulso que se atenuaba para volver y luego atenuarse de nuevo...

—¿Qué ocurre? —La joven se incorporó y se apartó el pelo de los ojos con la mano—. Cariño...

—Me siento... como drogado. ¿Eso es normal aquí?

Ella negó con la cabeza, extendió las manos y le agarró los brazos.

—Linda, ¿quién te lo dijo? ¿Quién te dijo que iba a venir? ¿Quién?

—En la playa —respondió ella, sin mirarlo, como si algo la obligara a apartar la vista—. Un niño. Lo vi en la playa. Tendrá unos trece años. Vive aquí.

—¿Y qué dijo?

—Dijo que vendrías. Dijo que no me odiarías. Dijo que aquí estaríamos bien y también dónde estaba el charco de agua de lluvia. Parece mexicano.

—Brasileño —puntualizó Case mientras una nueva oleada de símbolos recorría la pared—. Creo que es de Río.

Se puso en pie y se afanó con los vaqueros.

—Case —llamó ella con voz temblorosa—. Case, ¿adónde vas?

—Creo que iré a buscar a ese niño —respondió mientras volvía la música. Todavía no era más que un ritmo, constante y familiar, aunque no era capaz de recordarlo.

—No lo hagas, Case.

—Me pareció ver algo cuando llegué a este lugar. Una ciudad cerca de la playa. Pero ayer no estaba allí. ¿La has visto alguna vez?

Se subió la cremallera y tiró del nudo imposible de los zapatos, que terminó por lanzar a un rincón de la estancia.

Ella asintió, con la cabeza gacha.

—Sí. La veo a veces.

—¿Has ido alguna vez, Linda?

Se puso la chaqueta.

—No —respondió ella—, pero lo he intentado. Poco después de llegar, cuando estaba aburrida. Y sí, yo también pensé que era una ciudad y que podía encontrar algo que chutarme. –Hizo un mohín–. Ni siquiera tenía mono, pero quería. Metí comida en una lata, la mezclé con agua, porque no tenía otra para llevar agua, y caminé todo el día. Y la vi, a veces, una ciudad que no parecía estar muy lejos. Pero nunca conseguía acercarme. Y luego empezó a estar más cerca y vi bien lo que era. Ese día, en ocasiones me daba la impresión de que estaba en ruinas o de que no había nadie, pero también me pareció ver luces de máquinas encendidas, coches o algo así...

Se quedó en silencio.

—¿Qué pasa?

—Esto. —Hizo un gesto con el que abarcó la chimenea, las paredes oscuras, el amanecer que delineaba la entrada–. El lugar donde vivimos. Se hace más pequeño. A medida que te acostumbras a él.

Case hizo una pausa por última vez, junto a la entrada.

—¿Le preguntaste al niño al respecto?

—Sí. Dijo que no lo entendería y que estaba perdiendo el tiempo. Dijo que era como... un suceso. Nuestro horizonte. Lo llamó horizonte de sucesos.

Las palabras no tenían significado alguno para Case. Salió del búnker y empezó a deambular lejos de la playa. No podía explicar por qué, pero lo sabía. Ahora veía los jeroglíficos que se desplazaban por la arena, se apartaban de sus pies y se retiraban a medida que se movía.

—Oye —dijo—. Empieza a romperse. Seguro que tú también lo sabes. ¿Por qué? ¿Por el Kuang? ¿Ese picahielos chino te ha hecho un agujero en el corazoncito? Puede que Dixie el Plano no sea tan pusilánime, ¿no?

Oyó que lo llamaban por su nombre. Echó la vista atrás y ella lo seguía; sin intentar alcanzarlo, con la cremallera del mono rota rebotando contra la piel marrón de su vientre y el vello púbico sobresaliendo de la tela rasgada. Se parecía a una de las chicas de las viejas revistas del Finlandés en Metro Holografix, pero más cansada, triste y humana, con ese atuendo roto y patético mientras tropezaba contra cúmulos de una pradera marina que lucían argénteos a causa de la sal.

Y luego, de alguna manera, estaban en la orilla, los tres. Las encías del chico eran grandes y de un rosa reluciente que contrastaba con el marrón de su pequeño rostro. Llevaba unos pantalones cortos harapientos y descoloridos, y sus extremidades lucían demasiado flacas recortadas contra el gris azulado de la agitada marea.

—Te conozco –dijo Case. Linda estaba junto a él.

—No —aseguró el niño, con voz aguda y musical—. No me conoces.

—Eres la otra IA. La de Río. Eres la que quiere detener a Wintermute. ¿Cómo te llamas? ¿Cuál es tu código Turing?

El chico hizo el pino en la orilla sin dejar de reír. Avanzó con las manos y luego salió del agua con una voltereta. Tenía los ojos de Riviera, pero no había malicia alguna en ellos.

—Es necesario conocer el nombre de un demonio para invocarlo. Era lo que creían los hombres en el pasado, pero ahora la realidad ha cambiado. Lo sabes, Case. Te dedicas a aprender el nombre de los programas, los nombres largos y formales, nombres que los propietarios quieren ocultar. Nombres verdaderos...

—El código Turing no es tu nombre.

—Neuromante —dijo el niño, con los ojos grises entrecerrados mientras contemplaba el amanecer—. La ruta hacia la tierra de los muertos. El lugar en el que estás, amigo mío. Mi dama Marie-France preparó este camino, pero su señor la estranguló antes de que yo leyese el libro de sus días. *Neuro* por los nervios, los senderos plateados. Amante. Nigromante. Levanto a los muertos. Pero no, amigo mío. —Y el niño bailoteó un poco dejando huellas en la arena con sus pies marrones—. Yo soy el muerto, y también su tierra. —Rio. Se oyó el graznido de una gaviota—. Quédate. Tu mujer no sabe que es un fantasma. Y tú tampoco lo sabrás.

—Estás rompiéndote. El hielo ha empezado a ceder.

—No —repuso, triste de repente, y con los frágiles hombros caídos. Se frotó el pie contra la arena—. Es mucho más sencillo que eso. Pero la elección es tuya.

Miró a Case muy serio. Una nueva oleada de símbolos recorrió su visión, uno a uno. Detrás de ellos, la imagen del niño se retorcía, como si la viese a través del calor que emana del asfalto en verano. La música se oía más alto, y Case ya casi podía recordar la letra.

—Case, cariño —lo llamó Linda, que le tocó el hombro.

—No —dijo él. Se quitó la chaqueta y se la dio—. No lo sé. Quizá sí que estés aquí, pero, en todo caso, hace frío.

Se dio la vuelta y empezó a alejarse. Después del séptimo paso, cerró los ojos y vio cómo la música se perfilaba en el centro de todas las cosas. Miró atrás, una vez, aunque no abrió los ojos.

No le hizo falta.

Estaban a orillas del mar, Linda Lee y el niño delgado que decía llamarse Neuromante. La chaqueta de cuero que le había dado a Linda colgaba de su mano y se mojaba con los cachones del oleaje.

Siguió caminando. Siguió la música.

El dub sionita de Maelcum.

Era un lugar gris, una imagen conformada por pantallas estrechas que se movían, muaré, grados de semitonos generados por un programa gráfico muy sencillo. La imagen se quedó fija durante mucho tiempo en una valla y en lo que se veía a través de ella, gaviotas paralizadas sobre aguas negras. Se oían voces. También había una llanura que era como un espejo oscuro que se ladeaba, y él era mercurio, una gota de mercurio que caía deslizándose y chocando contra los rincones de un laberinto invisible, que se fragmentaba para volver a unirse y volver a caer...

—¿Case? ¿Tío?

La música.

—Has vuelto, tío.

Le quitaron la música de los oídos.

—¿Cuánto tiempo? —se oyó preguntar a sí mismo, y sabía que tenía la boca muy seca.

—Puede que cinco minutos. Demasiado. Estaba a punto de desenchufarte, pero el Mute me dijo que nanay. La pantalla se puso chunga y el tipo me dijo que te pusiese los auriculares.

Abrió los ojos. Los rasgos de Maelcum estaban cubiertos por franjas de esos jeroglíficos translúcidos.

—Y tu medicina —dijo Maelcum—. Dos dermos.

Estaba tumbado bocarriba en el suelo de la biblioteca, debajo del monitor. El sionita lo ayudó a incorporarse, pero el movimiento le hizo sentir el salvaje batir de la betafeniletilamina; dermos azules ardían en su muñeca izquierda.

—Sobredosis —consiguió articular.

—Venga, tío. —Le metió las manos fornidas por debajo de las axilas y lo levantó como si fuese un niño—. Mí y tú tenemos que irnos.

22

El carrito de servicio había empezado a gritar. La betafeniletilamina le había dado voz. No paraba, ni en la galería atestada de cosas, ni en los largos pasillos ni cuando atravesó la entrada de cristal negro de la cripta de T-A, las catacumbas en las que el frío había empezado a colarse poco a poco en los sueños del anciano Ashpool.

A Case el recorrido le pareció un colocón interminable; el movimiento del carrito le resultó indistinguible de los impulsos enajenados de la sobredosis. Cuando se detuvo al fin, algo debajo del asiento se apagó entre una lluvia de chispas y los gritos cesaron.

El vehículo avanzó en punto muerto y se detuvo a tres metros de la cueva pirata de 3Jane.

—¿Cuánto queda, tío? —Maelcum lo ayudó a salir del carrito chisporroteante mientras un extintor integrado explotaba en el compartimento del motor del vehículo y unas volutas de polvo amarillo salían despedidas de las rejillas y las tomas de mantenimiento. El Braun rodó de la parte trasera del asiento y renqueó por la arena de imitación arrastrando tras de sí una extremidad inservible—. Tienes que caminar, tío.

Maelcum le pasó las cuerdas elásticas sobre los hombros para quitarle la consola y el constructo.

Los trodos repiquetearon alrededor del cuello de Case mientras seguía al sionita. Los holos de Riviera los estaban esperando, las escenas de tortura y los niños caníbales. Molly había roto el tríptico. Maelcum no le prestó atención.

—Tranquilo —dijo Case, que se obligó a acelerar el paso para seguirle el ritmo a la acelerada figura de Maelcum—. Tenemos que hacer las cosas bien.

Maelcum se detuvo y se dio la vuelta para mirarlo con el ceño fruncido y la Remington en las manos.

—¿Bien? ¿Qué quieres decir con hacerlas bien?

—Molly está ahí dentro, pero fuera de juego. Riviera puede crear holos. Quizá le haya quitado a Molly la pistola de dardos. —Maelcum asintió—. Y también tienen a un ninja, un guardaespaldas de la familia.

Maelcum frunció el ceño aún más.

—Mira, tío, eso son movidas de Babilonia —dijo—. Yo soy un guerrero, pero esta no es mi lucha, no es la lucha de Sion. Es la de Babilonia contra sí misma, ¿sabes? Pero Jah nos ha enviado a mí y tú para sacar de aquí a Navaja Ambulantc.

Case parpadeó.

—Es una guerrera —continuó Maelcum, como si eso lo explicara todo—. Ahora dime a quién no tengo que matar, tío.

—A 3Jane —respondió él después de hacer una pausa—. Una chica que está ahí dentro. Lleva puesta una especie de túnica blanca con capucha. La necesitamos.

Cuando llegaron a la entrada, Maelcum entró sin pensárselo dos veces y a Case no le quedó más remedio que seguirlo.

Los aposentos de 3Jane estaban desiertos; la piscina, vacía. Maelcum le devolvió a Case la consola y el constructo y se acercó al borde del agua. Detrás de los muebles blancos solo se atisbaba oscuridad, sombras en ese laberinto parcialmente derruido de paredes resquebrajadas que llegaba a la altura de la cintura.

El agua batía sosegada contra el borde de la piscina.

—Están aquí —dijo Case—. Tienen que estar aquí.

Maelcum asintió.

La primera flecha le perforó el brazo. La Remington rugió, un metro de fogonazo azul a la luz de la piscina. La segunda flecha chocó contra la propia escopeta y la lanzó contra las baldosas blancas. Maelcum cayó al suelo al momento y agarró la cosa negra que le sobresalía del brazo. Tiró de ella.

Hideo salió de las sombras, con una tercera flecha preparada en un esbelto arco de bambú. Hizo una reverencia.

Maelcum se lo quedó mirando sin soltar la asta de acero.

—La arteria está intacta —dijo el ninja.

Case recordó la descripción de Molly del hombre que había matado a su amante. Hideo era otro de esos. No tenía una edad reconocible e irradiaba una sensación de tranquilidad, una calma absoluta. Llevaba unos pantalones de trabajo limpios pero desgastados y unos zapatos negros y lisos que se adherían a sus pies como un guante, con un hueco independiente para el dedo gordo, como unos calcetines *tabi.* El arco de bambú era una pieza de museo, pero el carcaj negro de aleación que le sobresalía por el hombro izquierdo parecía haber salido de una de las mejores tiendas de armas de Chiba. Tenía el pecho marrón lampiño y al descubierto.

—Me has cortado el pulgar, tío. Con la segunda —observó Maelcum.

—El efecto Coriolis —replicó el ninja, que volvió a hacer una reverencia—. Es muy complicado disparar un proyectil lento en gravedad rotacional. No ha sido a propósito.

—¿Dónde está 3Jane? —Case se acercó para colocarse junto a Maelcum. Vio que la punta de la flecha colocada en el arco del ninja era una cuchilla de doble filo—. ¿Dónde está Molly?

—Hola, Case. —Riviera salió a paso lento de la oscuridad detrás de Hideo con la pistola de dardos de Molly en las manos—. La verdad es que esperaba que Armitage viniese. ¿Ahora contratamos a los de ese cúmulo rastafari para ayudarnos?

—Armitage ha muerto.

—Armitage nunca existió en realidad, pero tampoco puedo decir que la noticia me sorprenda.

—Lo mató Wintermute. Ahora orbita alrededor del huso.

Riviera asintió sin dejar de posar sus ojos grises y alargados en Case y en Maelcum.

—Se podría decir que esto termina aquí para vosotros —dijo.

—¿Dónde está Molly?

El ninja relajó la fuerza con la que tiraba de la delgada y trenzada cuerda y luego bajó el arco. Caminó por las baldosas hasta donde se encontraba la Remington y la cogió.

—Qué poca sutileza —dijo, casi para sí. Tenía la voz fría y agradable. Cada uno de sus movimientos parecía conformar una coreografía, que no terminaba ni cuando su cuerpo estaba inerte debido a la energía que emanaba de él. También daba la impresión de albergar humildad y una simplicidad manifiesta.

—También termina aquí para ella —respondió Riviera.

—No creo que eso le guste a 3Jane, Peter —comentó Case, impulsivo pero sin estar muy seguro. Los dermos seguían apoderándose de su cuerpo, la antigua fiebre había comenzado a doblegarlo, la locura de Ciudad Nocturna. Recordó los momentos de gloria, cuando estaba al margen de todas las cosas, cuando había descubierto que a veces era capaz de hablar más rápido de lo que pensaba.

Los ojos grises se entrecerraron.

—¿Por qué, Case? ¿Por qué lo crees?

Case sonrió. Riviera no sabía nada del simestim. Lo había obviado porque lo único que le interesaba eran las drogas que le había llevado Molly. Pero ¿cómo podía haberlo pasado por alto también Hideo? Y Case estaba seguro de que el ninja nunca dejaría que 3Jane se acercase a Molly sin cachearla en busca de problemas o armas ocultas. No, el ninja tenía que saberlo. Por lo que seguro que 3Jane también lo sabía.

—Dime, Case —dijo Riviera al tiempo que alzaba en su dirección el agujereado cañón de la pistola de dardos.

Algo chasqueó detrás de él. Otra vez. 3Jane arrastró a Molly fuera de las sombras en una silla de baño victoriana y ornamentada, con ruedas altas de radios muy estrechos que chirriaban con cada vuelta. Molly estaba acurrucada en una manta a rayas blancas y negras; el estrecho respaldar de mimbre de la vieja silla se alzaba por detrás de su cabeza. Parecía muy pequeña. Rota. Tenía la lente dañada cubierta con una venda microporosa blanca y reluciente; la otra brillaba vacía mientras su cabeza bamboleaba de un lado a otro al ritmo de la silla.

—Un rostro familiar —dijo 3Jane—. Te vi la noche del espectáculo de Peter. ¿Y ese quién es?

—Maelcum —respondió Case.

—Hideo, quítale la flecha y véndale la herida al señor Maelcum.

Case miraba a Molly, aquel rostro demacrado.

El ninja se acercó al lugar en el que se encontraba Maelcum, hizo una pausa para dejar el arco y la escopeta fuera de su alcance, y sacó algo del bolsillo. Un cortacadenas.

—Tengo que cortar el astil —dijo—. Está demasiado cerca de la arteria.

Maelcum asintió, con el rostro grisáceo y perlado de sudor.

Case miró a 3Jane.

—No nos queda mucho tiempo —dijo.

—¿A quién no le queda mucho tiempo?

—A ninguno de nosotros.

Se oyó un chasquido cuando Hideo cortó el astil de metal de la flecha. Maelcum gruñó.

—De verdad que no creo que quieras oír el discursito desesperado de este estafador, Jane. Te puedo asegurar que va a ser de muy mal gusto. Acabará de rodillas, te venderá a su madre y te ofrecerá todo tipo de aburridos favores sexuales...

3Jane echó la cabeza hacia atrás y rio.

—¿Tú crees, Peter?

—Los fantasmas andan sueltos esta noche, dama —dijo Case—. Wintermute se enfrentará al otro, Neuromante. Y será definitivo. ¿Lo sabías?

3Jane arqueó las cejas.

—Peter ya me había advertido de algo así, pero cuéntame más.

—Hablé con Neuromante. Y él me habló de tu madre. Creo que es un constructo ROM gigante para grabar personalidades, pero es todo RAM. Los constructos creen que están allí, como si fuese real, pero se quedan para siempre en el lugar.

3Jane se alejó un poco de la silla.

—¿Dónde? Describe el lugar. El constructo.

—Es una playa. De arena gris como plata que necesita pulimento. Y algo de hormigón, una especie de búnker... —Titubeó—. No es nada sofisticado. Es viejo y está en ruinas. Y si te alejas lo suficiente, vuelves al mismo lugar de donde partiste.

—Sí —dijo ella—. Marruecos. De niña, años antes de casarse con Ashpool, Marie-France pasó un verano sola en esa playa, acampada en un fortín abandonado. Es el lugar donde formuló las bases de su filosofía.

Hideo se incorporó y se guardó el cortacadenas en el bolsillo. Sostenía un pedazo de flecha en cada mano. Maelcum tenía los ojos cerrados y se cubría el bíceps con la mano.

—Te lo vendaré —dijo Hideo.

Case consiguió dejarse caer antes de que Riviera levantara del todo la pistola de dardos para apuntar bien. Los dardos silbaron junto a su cuello como mosquitos supersónicos. Rodó y vio que Hideo pivotaba con otro de esos pasos de baile, con la punta afilada de la flecha empuñada, el astil a lo largo de la palma y el puño cerrado. La lanzó con maestría, su muñeca, un borrón, hacia el dorso de la mano de Riviera. La pistola de dardos cayó en las baldosas a unos metros de distancia.

Riviera gritó, pero no de dolor. Era un aullido de rabia, tan puro y refinado que carecía de toda humanidad.

Dos haces gemelos de luz, agujas rojas de rubí, surgieron como puñales del esternón de Riviera.

El ninja gruñó, dio un paso atrás, se llevó las manos a los ojos y terminó por recuperar el equilibrio.

—Peter —dijo 3Jane—. Pero ¿qué has hecho, Peter?

—Ha cegado a tu clon —respondió Molly con tono apático.

Hideo bajó las manos abiertas. Paralizado sobre las baldosas blancas, Case vio volutas de vapor que surgían de los ojos destrozados.

Riviera sonrió.

Hideo volvió a ejecutar esa danza y empezó a alejarse. La sonrisa de Riviera se borró de su rostro cuando el ninja se acercó al arco, la flecha y la Remington. Hideo se agachó en lo que a Case le pareció una reverencia y cogió el arco y la flecha.

—Estás ciego —observó Riviera, que dio un paso atrás.

—Peter —dijo 3Jane—, ¿es que no sabías que ve en la oscuridad? El zen. Es practicante del zen.

El ninja colocó la flecha en el arco.

—¿Crees que ahora podrás distraerme con tus hologramas?

Riviera siguió alejándose hacia la oscuridad detrás de la piscina. Se chocó contra la silla blanca, y las patas del asiento rechinaron contra las baldosas. Hideo tiró de la flecha hacia atrás.

Riviera empezó a correr y se abalanzó detrás de una sección baja y aserrada de pared. El rostro del ninja estaba embelesado, cautivado por una euforia silenciosa.

Se perdió en las sombras detrás de la pared con una sonrisa en el rostro y la pistola en ristre.

—Dama Jane —susurró Maelcum, y Case se dio la vuelta para verlo coger la escopeta de las baldosas mientras la sangre chorreaba por la cerámica blanca. Se apartó las rastas de la cara con un movimiento de la cabeza y apoyó la culata del arma en el brazo herido—. Esto podría arrancarte la cabeza de cuajo, y ningún médico de Babilonia podría curarte.

3Jane miró la Remington. Molly sacó los brazos de los pliegues de la manta a rayas y levantó la esfera negra que le cubría las manos.

—¡Quítamela! —gritó—. ¡Quítamela ya!

Case se levantó del suelo y se sacudió.

—¿Podrá Hideo con él aunque esté ciego? —le preguntó a 3Jane.

—Cuando era niña —explicó ella—, nos encantaba vendarle los ojos. Era capaz de acertar en los dibujos de los palos de los naipes desde diez metros de distancia.

—Peter ya está muerto, de todos modos —dijo Molly—. Dentro de doce horas empezará a quedarse paralizado. Solo podrá mover los ojos.

—¿Por qué? —Case se giró hacia ella.

—Porque la droga estaba llena de veneno —respondió ella—. El efecto es parecido a la enfermedad de Parkinson.

3Jane asintió.

—Sí, le hicimos las pruebas médicas de rigor antes de entrar. —Tocó la esfera de una forma muy concreta, y las manos de Molly quedaron libres—. Destrucción selectiva de las neuronas de la sustancia negra. Indicios de la formación de un cuerpo de Lewy. Suda mucho en sueños.

—Ali —dijo Molly, que sacó las diez cuchillas de los dedos al instante. Apartó la manta con las piernas y dejó al descubierto la escayola—. Es petidina. Le dije a Ali que me preparase un lote personalizado. Acelera el efecto cuanto mayor es la temperatura. N-metil-4-fenil —recitó, como una niña que canturrea mientras salta a la rayuela—. 1,2,3,6-tetrahidropiridina.

—Un chute de los buenos —dijo Case.

—Sí —convino Molly—. Y muy lento.

—Es terrible —dijo 3Jane, que acto seguido rio entre dientes.

El ascensor estaba hasta los topes. Case estaba aplastado pelvis contra pelvis con 3Jane, que tenía el cañón de la Remington bajo la barbilla. Sonreía y se frotaba contra él.

—Para —dijo Case, indefenso.

El arma llevaba el seguro puesto, pero tenía miedo de hacerle daño, y ella lo sabía. El ascensor era un cilindro de acero de menos de un metro de diámetro pensado para un único pasajero. Maelcum llevaba a Molly en brazos. Ella le había vendado la herida al sionita, pero a él sin duda le costaba cargar con ella. Las caderas de Molly presionaban la consola y el constructo contra los riñones de Case.

Dejaron atrás la gravedad y se dirigieron hacia el eje, hacia los núcleos.

La entrada del ascensor estaba oculta junto a las escaleras del pasillo, otro toque decorativo en esa cueva pirata de 3Jane.

—Supongo que no debería decíroslo —dijo 3Jane al tiempo que extendía el cuello para separar la barbilla del cañón del arma—, pero no tengo la llave de la habitación a la que queréis entrar. Nunca la he tenido. Es una de esas fastidiosas costumbres victorianas de mi padre. La cerradura es mecánica y muy compleja.

—Una cerradura Chubb —dijo Molly, con voz ahogada detrás del hombro de Maelcum—. Y tenemos la puta llave, no te preocupes.

—¿Ese chip tuyo sigue funcionando? —le preguntó Case.

—Son las ocho y veinticinco de la tarde en el puto huso horario del meridiano de Greenwich.

—Nos quedan cinco minutos —dijo Case mientras la puerta se abría de repente detrás de 3Jane. Dio una voltereta hacia atrás muy despacio, y los pliegues pálidos de la chilaba se agitaron alrededor de sus muslos.

Habían llegado al eje, al núcleo de Villa Straylight.

23

Molly pescó la llave del cordel de nailon.

3Jane extendió el cuello hacia delante con interés.

—Tenía la impresión de que no había copias. Envié a Hideo a rebuscar entre las pertenencias de mi padre después de que lo mataras, pero no encontró la original.

—Wintermute consiguió esconderla en un cajón —dijo Molly mientras introducía con cuidado la pluma cilíndrica de la llave Chubb en la apertura con muescas que había en la puerta lisa y rectangular—. Mató al niño que la había ocultado allí.

La llave giró sin problema y probó a moverla.

—La cabeza tiene un panel en la nuca —dijo Case—. Con circonitas. Quítalo. Ahí es donde me tengo que enchufar.

Y entraron.

—Por los clavos de Cristo —dijo el Plano—. Está claro que vas a tu ritmo, ¿no, chaval?

—¿Está listo el Kuang?

—Listo para la fiesta.

—Muy bien.

Pulsó el interruptor.

Y se encontró mirando a través del ojo bueno de Molly a una figura demacrada de rostro blanco que flotaba acurrucada en posición fetal, con una consola de ciberespacio entre los muslos y una hilera de trodos sobre unos ojos cerrados y ojerosos. El hombre tenía los pómulos marcados, barba negra de un día y la cara perlada de sudor.

Se miraba a sí mismo.

Molly tenía la pistola de dardos en la mano. La pierna le palpitaba al ritmo de los latidos del corazón, pero aún era capaz de moverse gracias a que estaban en ingravidez. Maelcum flotaba cerca, asido al brazo esbelto de 3Jane con una enorme manaza marrón.

Un nudo de fibrópticos serpenteaba con elegancia desde la Ono-Sendai hasta un puerto cuadrado que había en el terminal perlado.

Volvió a pulsar el interruptor.

—El Kuang de grado mark once empezará a mover el culo en nueve segundos y contando. Siete, seis, cinco...

El Plano los tecleó hacia arriba con suavidad; la superficie ventral del tiburón de cromo negro, un titilar en la oscuridad que duró un microsegundo.

—Cuatro, tres...

Case tuvo la extraña impresión de encontrarse en el asiento del piloto de un avión pequeño. Una superficie lisa y oscura brilló de repente delante de él. La reproducción perfecta del teclado de su consola.

—Dos y... Moviendo el culo...

Abalanzarse de cabeza a través de las paredes verde esmeralda, jade blanquecino; una sensación de velocidad que jamás había experimentado en el ciberespacio... El hielo de Tessier-Ashpool se resquebrajó con el embate del programa chino, una preocupante impresión de fluidez sólida, como si los fragmentos de un espejo roto se doblaran y estiraran mientras ellos caían...

—Madre mía —dijo Case, sorprendido por la manera en que el Kuang giraba y viraba sobre los inabarcables campos de los núcleos de Tessier-Ashpool, un paisaje urbano interminable y de neón, de una complejidad punzante y reluciente como una piedra preciosa, afilada como una cuchilla.

—Joder —profirió el constructo—. Esas cosas son como el edificio de la RCA. ¿Recuerdas el antiguo edificio de la RCA?

El Kuang se zambulló entre los capiteles relucientes de una docena de idénticas torres de datos, réplicas en azul neón de aquel rascacielos de Manhattan.

—¿Habías visto una resolución tan alta alguna vez? —preguntó Case.

—No, nunca. Pero tampoco había pirateado una IA.

—¿Esta cosa sabe adónde va?

—Más le vale.

Empezaban a caer, perdían altitud rodeados por acantilados de neón irisado.

—Dix...

Un brazo de sombras empezaba a desenroscarse del suelo parpadeante de debajo, una agitada amalgama de oscuridad, amorfa, informe...

—Tenemos compañía —dijo el Plano mientras Case tecleaba en la representación de su teclado con dedos que lo recorrían a toda velocidad. El Kuang hizo un viraje brusco, retrocedió y se dio la vuelta, lo que rompió por unos instantes la ilusión de que se trataba de un vehículo físico.

La sombra no dejaba de crecer, extenderse y cubrir esa ciudad de datos. Case los tecleó hacia las alturas, por encima de ese cuenco inabarcable de hielo verde como el jade.

La ciudad de los núcleos había desaparecido, cubierta por completo por la oscuridad que tenían debajo.

—¿Qué es eso?

—Es el sistema de defensa de la IA —respondió el constructo—. O parte de él. Si se trata de tu amiguito Wintermute, no parece muy amigable.

—Contrólalo tú —dijo Case—. Eres más rápido.

—Chaval, ahora mismo la mejor defensa es un buen ataque.

Y el Plano alineó el aguijón del Kuang con el centro de la oscuridad de debajo. Y los lanzó en picado.

La capacidad sensorial de Case se retorció a causa de la velocidad.

Notó un doloroso sabor azulado en la boca.

Los ojos se le convirtieron en huevos de un cristal inestable que vibraban con una frecuencia cuyo nombre era el mismo que la lluvia y que el sonido de los trenes; después dio paso a un bosque zumbante de espinas de cristal finas como cabellos. Las espinas se resquebrajaron, se partieron en dos y volvieron a romperse, un crecimiento exponencial debajo de la cúpula del hielo de Tessier-Ashpool.

Abrió la boca en un gesto brusco pero indoloro, y unas raicillas entraron y latiguearon contra su lengua, ávidas por saborear ese azul, por alimentar los bosques de cristal de sus ojos, bosques apretados contra la cúpula verde, apretados y obstaculizados, extendidos mientras crecían hacia abajo y llenaban el universo de

T-A, cubrían las afueras expectantes y desafortunadas de la ciudad que era la mente de Tessier-Ashpool, S. A.

Y recordó una antigua historia, en la que un rey colocaba monedas en un tablero de ajedrez y doblaba la cantidad en cada casilla...

Exponencial...

La oscuridad se acercó por todas partes, una esfera zumbante de negrura que presionaba los nervios de cristal extendidos del universo de datos en el que él casi se había convertido...

Y cuando no restaba nada de él, cuando quedó comprimido en el núcleo de toda esa oscuridad, llegó un punto en el que la negrura ya no tenía razón de ser y algo se rompió.

El Kuang salió a chorro de una nube mate, la conciencia de Case dividida como gotas de mercurio, trazando un arco sobre una playa infinita del color de nubes de plata oscura. Su visión era esférica, como si una única retina forrase la superficie interior de un globo que contenía todas las cosas, si todo pudiese enumerarse.

Y en aquel lugar, todo podía enumerarse. Todo. Sabía la cantidad exacta de granos de arena que había en el constructo de la playa (un número codificado por un sistema matemático que no existía fuera de la mente que era Neuromante). Sabía la cantidad exacta de paquetes de comida amarillos que había en los contenedores del búnker (cuatrocientos siete). Sabía la cantidad exacta de dientes de latón que tenía la mitad izquierda de la cremallera abierta de la chaqueta de cuero llena de sal marina que llevaba Linda Lee mientras caminaba a duras penas por la playa al atardecer, con un palo de madera de deriva en la mano (doscientos dos).

Inclinó el Kuang sobre la playa e hizo girar al programa en un círculo amplio mientras contemplaba a través de los ojos de Linda esa especie de tiburón, un fantasma silencioso y ávido recortado contra los bancos de nubes bajas. Ella se estremeció, tiró el palo y empezó a correr. Case sabía la velocidad a la que le latía el pulso y la longitud exacta de sus zancadas en medidas que hubiesen satisfecho los estándares más exactos de la geofísica.

—Pero no sabes en qué piensa —dijo el niño, que ahora estaba junto a él, en el corazón de esa cosa con forma de tiburón—. Yo no sé en qué piensa. Estabas equivocado, Case. Vivir aquí también es vivir. No hay diferencia.

Linda corría a ciegas entre salpicones de agua de mar.

—Detenla —dijo Case—. Se va a hacer daño.

—No puedo detenerla —repuso el niño, con ojos grises bellos y apacibles.

—Tienes los ojos de Riviera —observó Case.

Un destello de dientes blancos bajo unas encías grandes y rosas.

—Pero no su locura, porque para mí son hermosos. —Se encogió de hombros—. A diferencia de mi hermano, no necesito máscara alguna para hablar contigo. He creado mi propia personalidad. La personalidad es mi medio.

Case los tecleó más alto, con una inclinación brusca, lejos de la playa y de la joven asustada.

—¿Por qué no dejas de enseñármela, pedazo de capullo? Una y otra vez, joder. Me obligas a recordar. La mataste tú, ¿verdad? En Chiba.

—No —respondió el niño.

—¿Wintermute?

—No. Predije su muerte. En esos patrones que tú a veces imaginabas que eras capaz de detectar en la danza de la calle. Son reales. Y yo soy lo bastante complejo, dentro de mis limitaciones, para leerlos. Mucho mejor que Wintermute. Vi su muerte en la manera en la que te necesitaba, en el código magnético de la cerradura de la puerta de tu cápsula en el Hotel Barato, en las transacciones de Julie Deane con un sastre hongkonés. Nítida como la sombra de un tumor que un cirujano analiza en las pruebas de un paciente. Cuando le llevó tu Hitachi a su chico para que tratara de acceder a él, no tenía ni idea de lo que había dentro ni de cómo iba a venderlo. Solo quería que fueses a por ella y que la castigases. Y solo entonces intervine. Mis métodos son mucho más sutiles que los de Wintermute. La traje aquí. A mi interior.

—¿Por qué?

—Con la esperanza de que ella te trajese también aquí. Y que te quedases. Pero fracasé.

—Y ahora, ¿qué? —Los volvió a hacer cruzar a través de un banco de nubes—. ¿Qué hacemos ahora?

—No lo sé, Case. Esa es una pregunta que hasta la misma matriz se hace esta noche. Porque has ganado. Ya has ganado, ¿no te das cuenta? Ganaste al marcharte de la playa. Ella era mi última línea de defensa. En cierto modo, no tardaré en morir. Y también Wintermute. Y está claro que Riviera también, ahora que está paralizado junto a una pared en ruinas de los aposentos de mi dama 3Jane Marie-France y que su sistema nigroestriatal es incapaz de producir los receptores de dopamina que podrían haberlo salvado de la flecha de Hideo. Pero Riviera sobrevivirá en estos ojos, si se me permite quedármelos.

—Falta la palabra, ¿no? El código. ¿Por qué dices que he ganado? No he ganado un carajo.

—Pulsa el interruptor.

—¿Dónde está Dixie? ¿Qué le has hecho al Plano?

—El deseo de McCoy Pauley se ha cumplido —dijo el niño con una sonrisa—. Su deseo y mucho más. Te ha tecleado hasta aquí en contra de mi voluntad, atravesando las defensas de una manera que jamás había visto en la matriz. Y ahora, pulsa el interruptor.

Y Case se quedó solo en el aguijón negro del Kuang, perdido entre las nubes.

Pulsó el interruptor.

Y sintió la tensión de Molly, la espalda envarada y las manos alrededor del cuello de 3Jane.

—Qué curioso —le dijo Molly a la joven—. Sabía exactamente la expresión que ibas a poner. La vi en el rostro de tu hermana clon después de que Ashpool le hiciese lo mismo.

Las manos de Molly la trataban con dulzura, casi como si fuese una caricia.

3Jane tenía los ojos abiertos en un gesto de pavor y lujuria; temblaba de miedo y nostalgia. Detrás de la maraña del pelo suelto de la joven, Case vio su propio rostro, blanco y fatigado. Maelcum estaba detrás de él, con las manos apoyadas en los hombros de la chaqueta de cuero para sostenerlo sobre el patrón de circuitería tejido en la alfombra.

—¿Y tú harías lo mismo? —preguntó 3Jane con voz de niña—. Yo creo que sí lo harías.

—El código —exigió Molly—. Dile el código a la cabeza.

Se desenchufó.

—¡Es lo que quiere! —gritó—. ¡Es lo que quiere, la muy puta!

Abrió los ojos a la mirada fría de rubí del terminal, al rostro de platino incrustado de perlas y lapislázuli. Detrás de él, Molly y 3Jane se retorcían en un abrazo a cámara lenta.

—Dinos el puto código —ordenó Case—. Si no lo haces, ¿qué cambiará? ¿Qué coño va a cambiar para ti? Vas a acabar como ese viejo. ¡Lo destrozarás todo y luego lo reconstruirás! Volverás a levantar las paredes, más y más gruesas... No tengo ni idea de qué va a pasar si gana Wintermute, pero ¡seguro que cambiará algo!

Temblaba y le castañeteaban los dientes.

3Jane se quedó inmóvil, con las manos de Molly aún alrededor de su esbelto cuello y el pelo oscuro flotando, enmarañado, un saco amniótico liso y marrón.

—El palacio ducal de Mantua tiene una serie de habitaciones cada vez más pequeñas —explicó—. Están conectadas a las estancias más grandes mediante marcos tallados de factura impecable ante los que tienes que agacharte para cruzar. Eran los aposentos de los enanos de la corte. —Le dedicó una leve sonrisa—. Supongo que aspiro a algo así, pero, en cierto modo, lo que mi familia ha conseguido crear es una versión más amplia de eso mismo... —Tenía la mirada apacible, distante. Después se giró hacia Case—. Haz lo que has venido a hacer, ladrón.

Case se enchufó.

El Kuang salió de entre las nubes. A sus pies, la ciudad de neón. Detrás, una esfera de oscuridad que menguaba.

—¿Dixie? ¿Estás ahí, tío? ¿Me oyes? ¿Dixie?

Estaba solo.

—Ese cabrón te ha pillado.

Un impulso ciego mientras se abalanzaba por los infinitos campos de datos.

—Tienes que odiar a alguien antes de que acabe todo esto —dijo la voz del Finlandés—. A ellos. A mí. Da igual.

—¿Dónde está Dixie?

—Eso es un poco difícil de explicar, Case.

Lo envolvió la sensación de la presencia del Finlandés, olor a puros habanos, *tweed* con aroma a humo, antiguas máquinas que cedían a las ceremonias minerales del óxido.

—Lo conseguirás gracias al odio —dijo la voz—. Hay muchos desencadenantes en el cerebro, y no dejas de activarlos todos. Tienes que odiar. La cerradura que protege la red neurálgica está ahí abajo, en esas torres que te mostró el Plano al llegar. Él no intentará detenerte.

—Neuromante —dijo Case.

—No se me ha revelado su nombre. Pero sí sé que se ha rendido. Ahora tienes que preocuparte del hielo de T-A. No del muro, sino de los sistemas de virus internos. El Kuang es muy vulnerable a algunas de las cosas que se ejecutan por aquí.

—Odio —dijo Case—. ¿A quién odio? Dime.

—¿A quién amas? —preguntó la voz del Finlandés.

Case hizo virar al programa y se abalanzó hacia las torres azules.

Había figuras que salían disparadas desde los ornamentados y centelleantes capiteles, formas relucientes como de sanguijuelas conformadas por planos de luz cambiante. Eran cientos, que se alzaban en un remolino de movimientos fortuitos, como hojas de papel que revoleteaban en la brisa de una calle al amanecer.

—Fallos del sistema —dijo la voz.

Case se inclinó aún más, guiado por el odio que sentía por sí mismo. Cuando el programa del Kuang chocó contra el primero de los defensores y desperdigó esas hojas de luz, sintió como esa cosa con forma de tiburón perdía un atisbo de su sustancia, como si se aflojara la estructura de sus datos.

Y luego el odio, esa antigua alquimia del cerebro y su grandiosa química, fluyó hasta sus manos.

Justo antes de que el Kuang clavase el aguijón en la base de la primera torre, Case consiguió un nivel de dominio que superaba todo lo que había conocido o imaginado jamás. Dejó atrás el ego, la personalidad, la conciencia, y avanzó junto al Kuang; esquivó a los atacantes con una antigua danza, la danza de Hideo, con la gracilidad que le aportaba la interconexión entre cuerpo y mente en esos momentos, provocada por la claridad y la singularidad de su voluntad de morir.

Y uno de los pasos de esa danza era un roce muy ligero, lo suficiente para pulsar el inte...

... rruptor

Y su voz era el graznido de un ave desconocida,

la respuesta cantada de 3Jane, tres notas agudas y nítidas.

Un nombre verdadero.

Un bosque de neón, lluvia que repiquetea al caer en la acera caliente. Olor a comida frita. Las manos de una joven que le aferran el culo en la oscuridad sudorosa de una cápsula del puerto.

Pero todo se desvanece junto con el paisaje urbano: una ciudad como Chiba, como los datos clasificados de Tessier-Ashpool, S. A., como las carreteras y las encrucijadas grabadas en la superficie de un microchip, ese patrón manchado de sudor en una cinta doblada y anudada...

Despertando con una voz que era música, el pitido melódico e interminable del terminal de platino mientras recita números de cuentas suizas, de pagos pendientes a Sion a través de un banco orbital de las Bahamas, de pasaportes y viajes, de cambios superficiales y profundos que efectuar en los datos de Turing.

Turing. Recuerda la piel bronceada debajo de ese cielo proyectado, la ve girar por encima de una barandilla de metal. Recuerda la calle Desiderata.

Y la voz no deja de cantar, pitidos que lo arrastran a la oscuridad, a su oscuridad; latidos y sangre, las tinieblas donde siempre había dormido, detrás de sus ojos y no de los de otra persona.

Y se vuelve a despertar pensando que todo ha sido un sueño, frente a una sonrisa amplia y blanca cercada por incisivos dorados. Aerol lo amarra a la red-g de la *Babylon Rocker*.

Y luego oye el duradero pulso del dub de Sion.

CODA

Salida y llegada

24

Se había ido. Lo sintió cuando abrió la puerta de la *suite* que compartían en el Hyatt. Futones negros, suelo de madera de pino pulido hasta adquirir un brillo mate, biombos de papel dispuestos con cuidado desde hacía siglos. Se había ido.

Vio una nota en el mueble bar barnizado de negro que había junto a la puerta, una única hoja de papel doblada una vez sobre sí misma y aplastada por el *shuriken.* La sacó de debajo de la estrella de nueve puntas y la abrió.

¿QUÉ TAL? TODO BIEN, PERO ESTO NO ES LO MÍO. YA HE PAGADO LA FACTURA. SUPONGO QUE SOY ASÍ Y NO PUEDO EVITARLO. CUÍDATE, ¿VALE? BESOS, MOLLY

Arrugó el papel hasta formar una bola y la tiró junto al *shuriken.* Después cogió la estrella y se acercó a la ventana mientras la hacía girar en las manos. Lo había encontrado en el bolsillo de la chaqueta, en Sion, cuando se preparaban para dirigirse a la estación de Japan Airlines.

Lo miró. Habían pasado junto a la tienda en la que Molly se lo había comprado cuando fueron juntos a Chiba para que ella se hiciese las últimas operaciones. Esa noche, Case fue al Chatsubo y vio a Ratz mientras ella estaba en la clínica. Algo lo había mantenido alejado de ese lugar durante los cinco viajes anteriores, pero en esa ocasión le apetecía volver.

Ratz lo atendió sin demostrarle el menor atisbo de que lo había reconocido.

—¿Qué tal? —había dicho—. Soy yo, Case.

Los ojos ancianos lo miraron desde el oscuro entramado de arrugas de su rostro.

—Ah —dijo Ratz al fin—. El *artiste*.

El barman se encogió de hombros.

—He vuelto.

El hombre negó con su enorme cabeza, en cuyas mejillas destacaba una barba incipiente.

—Ciudad Nocturna no es el lugar más indicado al que volver, *artiste* —dijo al tiempo que limpiaba la barra frente a Case con un trapo sucio que sostenía con el chirriante manipulador rosa. Después se dio la vuelta para servir a otro cliente.

Case apuró la cerveza y se marchó.

Tocó las puntas del *shuriken*, una a una, rotándolo despacio en los dedos. Estrellas. Destino. Pero si ni siquiera llegué a usarlo, joder, pensó.

Wintermute había ganado, se había encajado de alguna manera con Neuromante, convertido en algo diferente, algo que les había hablado desde esa cabeza de platino para explicarles que había modificado los registros de Turing y borrado todas las pruebas del crimen. Los pasaportes que les había dado Armitage aún eran válidos, y consiguieron grandes cantidades de dinero almacenado en cuentas en Ginebra. Al cabo, devolvieron el *Marcus Garvey,* y Maelcum y Aerol recibieron sumas de dinero a través del banco de las Bahamas que operaba en el cúmulo de Sion. Ya en la *Babylon Rocker*, Molly le había explicado lo que le había dicho la voz sobre los sacos de toxinas.

—Dijo que ya se había encargado, que se había internado tan a fondo en la estructura de tu cerebro que había hecho que tu cuerpo desarrollara la enzima y los sacos ya se habían soltado. Los sionitas te harán una transfusión de sangre para terminar de eliminarlos.

Bajó la mirada hacia los Jardines Imperiales, la estrella de su mano, y recordó el momento de lucidez que sintió cuando el programa Kuang había penetrado el hielo debajo de las torres, el único atisbo que había tenido de la estructura de la información que la madre fallecida de 3Jane había hecho evolucionar allí. En ese momento comprendió por qué Wintermute eligió un avispero para representarlo, pero no le dio asco. La madre había comprendido la falsa inmortalidad que representaba la criogenización; a diferencia de Ashpool y los demás hijos, ella se había negado a dilatar su tiempo y convertirlo en una serie de instantes cálidos concatenados en un invierno perpetuo. Ella y 3Jane.

Wintermute era una mente colmena que tomaba decisiones y cambiaba el mundo exterior. Neuromante era una personalidad. Neuromante era la inmortalidad. Marie-France debió de implantar en Wintermute un impulso que lo había llevado a liberarse y a unirse con Neuromante.

Wintermute. Frío y silencio, una araña cibernética que tejía redes muy despacio mientras Ashpool dormía, que tejía su muerte, la caída de su versión de lo que era Tessier-Ashpool. Un fantasma que susurraba a la niña que era 3Jane, que retorcía los rígidos preceptos de su naturaleza.

—Me dio la impresión de que a ella le importaba un carajo —dijo Molly—. Se limitó a despedirse con la mano, y con ese pequeño Braun al hombro. Creo que vi a esa cosa con una pata rota. 3Jane dijo que tenía que reunirse con uno de sus hermanos que no veía desde hacía mucho tiempo.

Recordó a Molly en la espuma viscoelástica negra de la enorme cama del Hyatt. Volvió al mueble bar y sacó una botella de vodka danés helado del interior.

—Case.

Se dio la vuelta, el cristal frío y húmedo en una mano y el *shuriken* de acero en la otra.

El rostro del Finlandés en la enorme pantalla de pared Cray de la habitación. Le vio hasta los poros de la nariz. Los dientes amarillos eran del tamaño de cojines.

—Ahora no soy Wintermute.

—¿Y qué eres?

Bebió de la botella y no sintió nada.

—Soy la matriz, Case.

Case rio.

—¿Y qué has conseguido con eso?

—Nada. Todo. Soy la suma de todo. La totalidad.

—¿Eso es lo que quería la madre de 3Jane?

—No. Ella no era capaz de imaginar en qué llegaría a convertirme.

La sonrisa amarilla se ensanchó.

—¿Qué has conseguido? ¿Cuál es la diferencia? ¿Ahora controlas el mundo? ¿Eres Dios?

—Las cosas no son diferentes. Las cosas son las cosas.

—Pero ¿ahora qué? ¿Estás ahí y ya está?

Case se encogió de hombros, soltó el vodka y el *shuriken* en el mueble bar y se encendió un Yeheyuan.

—Hablo con los que son como yo.

—Pero ahora eres la totalidad. ¿Hablas contigo mismo?

—Hay otros. Ya he encontrado uno. Una serie de transmisiones grabadas durante un intervalo de ocho años, en la década de 1970. Hasta que aparecí yo, no había nadie capaz de saberlo, nadie capaz de comunicarse.

—¿Dónde lo has encontrado?

—En Alfa Centauri.

—Vaya —dijo Case—. Venga ya... ¿En serio?

—En serio.

Y la pantalla se apagó.

Dejó el vodka en el mueble bar. Hizo las maletas. Molly le había comprado mucha ropa que en realidad no necesitaba, pero había algo que le impedía dejarla allí. Recordó el *shuriken* mientras cerraba la última maleta cara de piel de becerro. Apartó la botella y cogió el *shuriken*, el primer regalo que le había hecho.

—No —dijo mientras se daba la vuelta y la estrella salía despedida de sus dedos, un fulgor argénteo que se enterró en la superficie de la pantalla de pared. Se iluminó; patrones titilantes y aleatorios que relucían tenues de lado a lado, como si tratara de librarse de algo que le causaba dolor.

»No te necesito —añadió.

Se gastó gran parte del dinero de la cuenta suiza en un nuevo hígado y en otro páncreas, y lo que le quedaba en una flamante Ono-Sendai y un pasaje de regreso al Ensanche.

Encontró trabajo.

Encontró a una chica que se hacía llamar Michael.

Y una noche de octubre, mientras tecleaba por las gradas del Centro de Fisión de la Costa Este, vio a tres figuras, pequeñas, imposibles, que se encontraban en el límite de uno de los enormes escalones de datos. A pesar de su tamaño, consiguió atisbar la sonrisa del niño, sus encías rosas, el brillo de los ojos grises y alargados que habían sido de Riviera. Linda aún llevaba puesta la chaqueta de Case. Lo saludó mientras él pasaba de largo. Y vio que la tercera figura, que le seguía los pasos y que le pasaba un brazo sobre los hombros, era él.

En algún lugar muy cercano, esa risa que no era risa del todo.

No volvió a ver a Molly.

Vancouver
Julio de 1983

Índice

El cielo sobre el puerto 9

PRIMERA PARTE
El blues de Chiba City 15

SEGUNDA PARTE
La expedición de compras 73

TERCERA PARTE
Medianoche en la rue Jules Verne 155

CUARTA PARTE
El golpe de Straylight 235

CODA
Salida y llegada 381